2015年

河南文学作品选

短篇小说卷

何 弘 主编

乔 叶 编

中原出版传媒集团
大地传媒

大象出版社
·郑州·

图书在版编目(CIP)数据

2015年河南文学作品选.短篇小说卷/何弘主编;乔叶编.—郑州:大象出版社,2017.7
ISBN 978-7-5347-9159-8

Ⅰ.①2… Ⅱ.①何… ②乔… Ⅲ.①中国文学—当代文学—作品综合集—河南②短篇小说—小说集—中国—当代 Ⅳ.①I218.61

中国版本图书馆CIP数据核字(2017)第033043号

2015年河南文学作品选
DUANPIAN XIAOSHUOJUAN
短篇小说卷
何 弘 主编
乔 叶 编

出 版 人 王刘纯
责任编辑 李建平 张 琰
责任校对 毛 路 霍红琴
封面设计 王莉娟

出版发行 大象出版社(郑州市开元路16号 邮政编码450044)
发行科 0371-63863551 总编室 0371-65597936
网 址 www.daxiang.cn
印 刷 河南瑞之光印刷股份有限公司
经 销 各地新华书店经销
开 本 787mm×1092mm 1/16
印 张 15.25
字 数 195千字
版 次 2017年7月第1版 2017年7月第1次印刷
定 价 36.00元

印厂地址 武陟县产业集聚区东区(詹店镇)泰安路与昌平路交叉口
邮政编码 454950 电话 0391-2527860

写出连通众生的存在感
——2015年河南短篇小说综述

吕东亮

先说些老生常谈的东西。短篇小说是个现代性的东西，这个概念以及它通行的典范的形态来自西方。中国有现代意义上的短篇小说，是晚清以来西学东渐的结果。中国当然也有短的小说，比如志怪志异、文人笔记、“三言二拍”之类的，但这些在现代性视域中被视为短篇故事，它的现代性转化是一个需要讨论和解决的问题。五四运动期间，从国外归来的胡适之博士给短篇小说作了一个经典的解说，即短篇小说是写生活的横截面的。这个界说，是有道理的，也符合事实。因为短篇小说这个词组，其定语只有一个，即短篇，篇幅上的短。可别忽略了这个貌不惊人的定语，很多时候，“短篇不短”成为文坛的难题。很多小说家写着写着，收不了手，奔着中篇甚至长篇去了。短篇小说在篇幅、字数上进行控制，就必然要求创作者讲求构思的精巧、审美的浑融，不可能由着作者在那里絮絮叨叨地叙说。所以，选择生活的横截面进行透视性写作，以小切口呈现大世界，是可行的创作路径，现代文学讲求叙事性的短篇小说名篇，大体上是沿着横截面的创作方法来的。也许是合适的生活横截面不那么容易选择吧，一些作家别开生面，创立了诗化抒情的短篇小说一脉，典型的是沈从文、废名、汪曾祺等京派的路子。诗化抒情范式的短篇小说，往往树立一个作者钟爱的人物作为抒情主人公，借以表达对于这个世界的观感，叙事则可以随着人物心绪来相对自由地收放，它放松了构思的严谨细密，却苛求诗意氛围的完美营造。当然，短篇小说的叙事一脉和抒情一脉并非双水分流、双峰对峙，在很多小说中，叙事的因子和抒情的因子是可以调剂融合的。叙事性强或抒情性强是大体而言。尽管如此，短篇小说分为叙事和抒情二脉，在今天仍然是具有涵盖力和解释力的。也是由于篇幅的要求，短篇小说对叙述破绽的容忍度也是最小的，它不像长篇那样可以凭借气势、故事性来遮掩和弥补。可能也是这个原因，很多作者往往一出手就是长篇，长篇容易藏拙，也容易给人以分量厚重的印象。但实际上，文坛每年盛产千部长篇，值得讨论和细读的往往不过二十部。短篇小说看似容易操作，其实最容易泄露功力和段位。文坛上有“长篇小说是体力活，短篇小说是手艺活”之说，这话对于优秀的长篇小说有些不公，但也揭示了短篇小说的技艺要求。因而，一个有抱负的作家要想在文坛上站稳脚跟，恐怕必须在短篇小说上有所表现。

短篇小说技术难度高，它的产出量却一直维持在一个高水平上。一方面是文学期刊版面有限，适宜于短篇发表；一方面是短篇小说已经形成了写作的传统，当下似乎找不到断绝的缘由。但我觉得这些原因都是第二位的。第一位的原因是，我们本心内在地具有把握现实、解释现实、适应现实的需要，这种需要中极其幽微的一部分，必须由文学、由短篇小说来承担。20世纪五六十年代，也就是新中国成立之初，茅盾等权威批评家大力提倡短篇小说，一个最大的理由是短篇小说可以迅速地反映变动中的生活，反映新中国日新月异的建设成就。当时的批评家称短篇小说为“轻骑兵”“侦察兵”，强调的即是其及时呈现生活的能力。六十年前的宏大叙述我们今天似乎感到迂阔，但文坛观看短篇小说的眼光及其背后的事理逻辑，似乎没有改变。不要说“深入生活、扎根人民”这些体制导向，即便是我们每个分子化的个体，也存在着被时代抛弃的惶恐以及了解时代、确认存在感的需要。当下的短篇写作，就其生态定位来说，或许就是及时表达存在感的“社会象征行为”吧。

短篇小说写作的技艺性、迫切性和难度已如上述。令人欣慰的是，河南的新进作家在短篇小说的创作上表现不俗。收集在这个选本中的篇子，呈现了一年来中原作家群新力量对于现实的捕捉，对于人性的发现，对于存在的省思。

李清源的《守夜》写的是基层警察的故事。基层警察所连接的大多是芸芸众生，《守夜》呈现的也自然是百姓人家的生存样态。作者的构思不能不令人叹服：弱势者任泉为了反抗欺凌，谎称身患艾滋病对强势者进行报复，凭借人们包括敌对者对艾滋病的恐惧取得完胜。末了又通过住过牢房的象征资本来维持长久的安全感。生活的悖谬就这样展开了，其中的真实性又毋庸置疑。但这不是小说的主线，主线是那个叫作余越的从警官大学毕业的副所长的故事，这个踌躇满志的青年警察在处理这一案件时开始对生存的复杂性有了更深刻的体认，也开始把没有警号、整日里似乎冷漠世故的老警察贾城视为成长中的他者。余越被艾滋病人咬伤的焦虑愤恨、贾城的尴尬心酸以及二人关系的微妙调整，都被写得十分到位。《守夜》中的故事从时间上来说，不过两天，作者却穿插进不少的人与事，而且人物性格凸显、事件场景真切，相互的交织则有条不紊。从整体上看，小说有些应制之作的嫌疑，有些理解警察甚或赞美警察的意思，难得的是应制之作也写得这样精彩。也可能是因为应制而作吧，小说似乎写得稍显拘谨。在我看来，小说还可以放得开些，把那些酸楚的、无奈的东西写得更有力些。墨柳的《糖》关注的也是底层的困顿，小说的抒情性很强，破败的乡村、离散的家庭、孤独的老人、暴戾的男子、无助的孩童被杂糅在一起，“悲凉之雾，遍被华林”。小说以“糖”作为连接叙述的意象，隐喻性是有的，但“糖”的叙述功能并没有发挥，整个小说的叙述虽然场景感较强，但缺乏节奏感，叙述的推进似乎也不讲章法。作者设置了不少的人物和细节，但缺乏经营这种多头绪小说所应有的打磨作品的耐心和匠心。傅爱毛的《非常疯子》和它所处理的题材一样，稍显另类。小说的叙述人申说论辩的欲望太过强烈，以至于盖过叙述本身。虽然小说揭示的存在之虚无让人混混沌沌中有寒意凛冽之感，但这样的内容直接写成散文可能会更好。柳岸的《聋婶》和张中民的《奔跑的蚂蚁》都有些诗化抒情小说的风味，后者还在结尾吟了一首诗。但相比而言，《聋婶》更好一些，伤感的意绪和着岁月的光晕，让人感慨粗粝生活中人性的斑驳陆离，但细想一下，这也不过是浮生遭际中的人性之常。《奔跑的蚂蚁》写生活困窘中人性尊严的丧失及其无奈，也是较为深刻的。

丁晨的《婚宴》采用的是典型的横截面的写法，一个场景有效地调动了相关的时间和空间。离婚的白秋芳和前夫一起参加儿子的婚宴，面对旧人，坚强而又机智地展现生命的风采。对于脑海中连绵而来的旧事，白秋芳百感交集，对儿媳说的“既然在一起了，就好好过”一语无疑是其人生体悟的浓缩，虽然平淡却让人唏嘘不已。《婚宴》选取的场景是平常的，主题也显得不那么精警，读后却让人回味再三。由此可见，好故事并非都是惊天动地的，家常情愫也一样引人入胜。值得赞赏的是作者贴着人物写的语调，叙述人隐藏得很深，却不动声色地把特定场合一个女人、一个母亲的心机、心思表现得淋漓尽致。孙青瑜的《羊头案始末》关于国画以及美术圈的叙说很多，知识密度也相对较高，初看此篇会觉得是关于雅人深致的文化小说，但看到最后，觉得小说的思维结构是小小说式的，叙述上虽然显得千回百转，但套路不能不说是简单化了的。从小说内部来看，可以生发的叙述空间是很大的，甚至可以生发另一条线索，使之与单一情节的反转作参差的对照，映现存在之难与烦。目前看似精巧实则老套的结构对小说的生长反而形成了一种限制、一种封锁。小说使人难以释然的是那个叫作程一品的女孩，她有理由自赏自怜，也有心机在大雅大俗之间周旋，她的焦虑需要化解，她的困顿的灵魂需要一个妥帖的安放，这应该成为叙述的内在动力。小说中也存在这种动力，但正在聚敛中的力量由于作者被另外的故事所吸引反而消散了，或者说这种力量丧失了可感的力度。孙瑜的《伤停补时》是篇好看的小说，叙述流畅、干脆利落。作者采撷的不过是生活中的一朵浪花，处理的也是俗滥的偷情故事，但通过主人公唐晓米的心理过程所展现的人性景观则是丰饶的，小说叙写的尽管多是些微不足道的小细节，却有效地折射出存在的微妙与含混。主人公最终与生活达成和解，在随波逐流中掩藏情感的擦痕，蓬勃地绽放生命的华彩。小说所写的普通人的人性传奇不由得让人想起张爱玲，想起张爱玲《封锁》中生活“打了一个盹”的妙喻，但不同于张氏的尖冷，孙瑜讲述故事的调子是热的、暄腾腾的，尤其是小说中唐晓米忘情的独舞，显示了对于生活的沉实的信心。

安庆的《老聂瘦猫以及我们的气象台》中的人物有的卑微，有的玄虚，故事则有跳跃感，颇有随意点染之风，这样的人与事处理成诗化抒情小说最好，但作者偏偏向叙事性上靠，如此情节则显得有些涣散，整体上的结构也显得较为勉强。值得称赞的是作者讲故事的能力，语调诙谐、活色生香，让人忍不住感慨“要有一个好故事就好了”。陈宏伟的《修身格言》具有浓郁的讽喻意味，但作者的冷峭幽默以及支持这种幽默的智性似乎缺乏更宽阔的存在经验的支撑。我指的是小说中缺乏厚重的东西，缺乏连通更广泛人群的东西，小说虽然写得潇洒，但终究有些漂浮，少了些在地的感觉。需要高度肯定的是作者对第一人称叙述者“我”的生活状态的描画，这种不甘被庸常生活气息包围、想透透气的存在感觉真是写尽中年况味，也触及我们社会中若隐若现的百无聊赖的后现代症候。田君的《泅渡》是典型的中年书写，小说中的男人作为人生的失败者，试图寻找旧日得意时的恋人以便在旧梦重温中获得抚慰，但现实的残酷无情迫使他向现实屈服。小说对于男人心境尤其是虚弱感、失败感的传达是到位的。小说有一个不错的开头，但叙事的推进到后来有些直接、有些简单化，叙述人的介入也显得僵硬了些，应当开放更多的情景和细节让男人呈现自我。尚攀的《脚下的天台》还带有青春写作的气息，文字却是有些老到，开始带有生活的质感了。作者倾力描写的主人公“李程碑”是叙述人“我”生命成长的一个镜像，小说也因而有些“心象小说”

的意味。小说中引述的“李程碑”的日记，固然起到了替代叙事的作用，也暴露了作者生活经验的不足，这些当然是青春写作普遍存在的问题，相信会随着阅历的增长而逐步得到解决。

生活永无止息，存在博大无垠。回顾2015年中原作家群短篇小说的创作，令人底气充沛、期待殷切。只要我们融入生活的热流，便会获得属于自我也能连通众生的存在感，也会使短篇小说的艺术得到扎扎实实的改善。末了，想起20世纪五六十年代批评界对于短篇小说的另外一个定位，即把短篇小说当作长篇小说的练笔。他们以为，一个作家只有短篇小说写好了，长篇小说才值得期待、值得看重。这个定位有没有道理，且不去说它，但这么多年过去，文坛还是把短篇小说视为作家取得文学信誉的关键。想想今年获得茅奖的李佩甫先生，想想他那些结结实实的短篇，我们会说，是的，就是这样。

目录

非常疯子

傅爱毛

该说说墨镜哥了。

据我观察，墨镜哥是精神病院里最不正常的患者，其不正常表现在从他身上寻找不到任何“不正常”的蛛丝马迹，他简直正常到超常的地步。事情相当悖谬：依照常规逻辑，但凡以“患者”身份住进精神病院的人，都应或多或少地表现出不正常的症状，如果太过正常，反倒是最大的“不正常”了。

墨镜哥和我住在同一病区，我和他碰面的机会比较多，再加上他文质彬彬、气质不俗，对我颇具吸引力，有时候我会装作无意的样子，故意跟他在散步的小径上遭遇，只为暗中观察他。说实话，最初他给我的印象非常可疑，跟他见面愈频繁，我心里的疑问愈重：他实在太正常了。正常到过分！一个像钟表一样正常的人为什么会成为患者住在俗称“疯人院”的精神病院呢？这令我大惑不解之余，好奇心大发，他表现得愈正常，我愈抓狂般地想要寻找到他身上哪怕蛛丝马迹的不正常之处。按说，作为萍水相逢的陌生人，他正常与否关我甚事，然而，我就是着了魔般地想要弄清楚，他究竟是怎么一回事，不弄清楚我坐卧难宁。医生高度怀疑我罹患“偏执症”，看来并非空穴来风。

墨镜哥很淡定。不管别人怎般看待，他依然我行我素、按部就班。作为暂时生活在同一家精神病院的“院友”，无意间碰面时，他每次都会礼貌地微笑着，恰到好处地向我问好道安。顺便说明一下，住在精神病院的人，无论患者还是非患者，内心都比较亲近，有一种“同是天涯沦落人”的默契。大家晓得，只要踏进精神病院的门，额头上都会被烙上无形的“红字”，成为雪白羊群里面另类的“黑羊”，很自然地就会惺惺相惜。我和墨镜哥又更亲近一层，原因很简单：我的脸上也会经常出现一副茶色宽边镜，算是他的“墨镜友”。需说明的是：我的墨镜既不防近视亦不遮阳，其功能基本相当于“面具”。精神病院毕竟是个令人避之唯恐不及的“另类”之地，有时候猝不及防地遇到个熟人，彼此都会非常尴尬。有一次，我在院里遇到个老同学，最初的刹那，我们都本能而又惊喜地朝对方迎去，然而，几秒钟以后，双双不约而同地装作“认错人”的样子同时讪讪地走开了。我们都在刹那之间意识到，如果相认，就预示着明目张胆地对彼此坦承：我生活得不够幸福。

就某种层面而论，不够幸福昭示的是做人的“失败”。人们可以接受身体的病痛，哪怕最凶险的恶性肿瘤，但却缺乏足够的力量承认“做人失败”的事实，于是，在精神病院这个地方就会经常发生“认错人”的事情。你看到的明明是“张三”，张三却斩钉截铁地声言他不是“张三”，这不足为奇。在精神病院作陪护的患者家属们，都心照不宣地不主动跟偶遇的熟人打招呼。明明熟识到牙齿，却要故作陌生，这相当别扭，于是，我替自己预备了一副墨镜，以便必要时作为“面具”戴在脸上作遮羞之用，因而成为精神病院的“墨镜姐”，与亲爱的墨镜哥先生相映成趣。

墨镜哥十分勤奋，闲来无事就会坐在医院小花园的连椅上写个不停。他埋首书写时，哪怕从他眼前经过他也视而不见。作为一个精神病患者，俗称“疯子”，他那般兢兢业业地究竟在写什么呢？某段时间里，他行走于纸上的那支水笔把我折磨得寝食难安。就在我确定无疑地相信他是个卧底的“探子”时，这个像美国特工一样隐藏得极深的“疯子”终于还是露出了狐狸的尾巴。

原来，看似好端端的墨镜哥其实疯得相当严重。具体地说，他不知道自己是谁。他不仅确定不了自己的身份，甚至无法确认自己的性别。这就麻烦了不是？张三可以因为虚荣之缘故不承认自己是张三，这很正常。但是，如果张三搞不清自己究竟是“张三”还是“李四”，问题就相当严重了。

在精神病院的疯子和非疯子们眼里，墨镜哥毫无疑问是个英俊帅气的男人，然而，许多时候他却从内心里认定自己原本应该是个娟秀妩媚的女人，上帝他老人家一时疏忽“搞错”了他的性别，他才会被错生成为男儿身的。为了纠正上帝的错误，做回“原本的女人”，他抗争了整整二十年，非但没有能够做回女人，自己的意识世界反倒完全乱了套。具体地说，他的身体硬件与灵魂软件相互对抗、拒不兼容。就硬件而言，他是个不折不扣的男人，然而，在他灵魂最深处却始终有个声音在坚称自己是个百分之百的纯女人。未成年时，只要得着机会，他就会穿上姐姐的裙子和高跟鞋，把自己装扮成花枝招展的小姑娘。日久天长，认识他的人都在背地议论，说他是个不男不女的“二尾子”，他为此不知道挨了父亲多少毒打。然而，哪怕恶狠狠的鞭子和棍棒也打不退他意识深处那个女人的影子。父亲鞭打得愈狠，那个影子的反弹力愈强，熟人们看他的目光愈暧昧，他的家人也愈来愈为他这个“怪物”而深感蒙羞。当他父亲因他而耻辱到企图自杀时，他意识到：想要为家人洗雪羞耻，自己必须努力“做男人”。某段时间里，他也的确看上去“很男人”。包括此刻作为疯子住在精神病院里，他也依旧男人得不折不扣。不过，他对此显然缺乏足够的自信。

“你确实相信我是男人，对吗？”他像孩子一样不安地问我。

“当然！”我回答，“这难道还有什么疑问吗？”

不过，仔细观察就会发现，他的男人功夫全都做在表面的行头上。他把自己的外表弄得愈男人，其内心愈女人。“女人”的意象像流水一样弥漫在他男人的坚硬盔壳里，汩汩有声。他可以把自己武装到牙齿，唯独武装不了眼睛。于是，那被幽闭了的女人的柔媚便像花朵一般灿烂地盛开在两只秋水样的眼睛里，而他的眼睛又被遮蔽在不见底的墨镜里。偶然的一次，当他无意之间摘掉墨镜擦拭时，我才看到了他那双星月无边的媚眼。那是怎样一双疯狂的眼睛啊，那双眼睛告诉我：疯子，疯子！他的外表愈端庄，他的灵魂愈疯狂！他就是个地地道道的疯子。具体地说，他是个一心认定自己是女人的男疯子。这话听起来有些拗口，不过，在精神病院待得久了，我对各色各类的疯子们基本上已经见怪不怪了，比墨镜哥更吊诡的疯子也大有人在。

比如，医院里有个叫林的疯子疯狂地嗜迷书法，只要让他写起字来他就会安安静静，半点都不疯。家人专门替他预备了几尺长的“扫帚笔”，这疯子整天拿扫帚笔蘸了清水在院里的一段石板路上写字，那字写出来气张神扬，如同飘飘欲仙的蝴蝶。那“水蝴蝶”刚写出来栩栩如生，仿佛会飞起来扑到人的脸上，眨眼之间水过地皮干，痕迹无留，于是他再蘸了水重写。写了风干，风干了再写，有时他会持续几十上百遍不停歇地反复写一个字，仿佛在跟风较劲，又仿佛在用笔捕捉风。风也不是好惹的，发起威来把树叶拍打得哗啦作响，拼命要将他手中的笔抢夺去，他固执地照写不误，拼命要把字烙在风中。有时实在逼急了，他干脆抡起笔来直接朝空中的恶风舞去，要把风那个泼妇的狗脸戳破，风终于怕了他，气得呜咽着跑开去拍打院长的窗玻璃，要告他的状。

有个叫雪的女疯子路过石板路时就会劝林疯子：林，你拿水写了成千上万遍，终究也没能在石板路上留下一个字，你应该蘸了墨在纸上写。

林疯子道：火把纸烧了怎么办？

雪疯子想想，出主意道：那，你就往木头上刻。

木头朽烂了呢？

那，你就往石头上写。

我在石头上写了好多年了，我一直只在石头上写。

雪疯子看看脚下的石板路，问：你写的字呢？我怎么一个都看不到？

林疯子听到这话总是气恨地回答：字被风吃掉了，我得筑道墙把风堵住。林疯子说着，收了笔，似乎预备去捡砖头砌墙。一个叫“傻子梅”的女疯子喜欢看林写字，林写字时她就会掂着蘸笔的小水桶跟在旁边，寸步都不离，每每听到林说要“筑墙”，她就会手舞足蹈地唱起一段民间童谣来：

大红喜字墙上挂，老鼠女儿要出嫁。女儿不知嫁给谁，只得去问爹和妈。爹妈说：谁最神奇嫁给谁，女儿自己挑选吧。鼠女听罢仔细想，最神奇的是太阳。

傻子梅唱到这里，雪就会接上口，两个人一人一句地唱下去：

太阳高高挂天上，光芒万丈照四方。鼠女求嫁找太阳，太阳急忙对她讲：乌云能把我遮住，嫁给乌云比我强。乌云说：大风能把我吹散，风吹过来我胆寒。大风说：围墙能挡我的路，我见围墙心发怵。围墙说：老鼠打洞我就垮，见了老鼠我害怕。鼠女听罢猛想起，老鼠天敌是猫咪。看来猫咪最神气，我要与它定婚期。婚礼定在初七夜，鼠女出嫁忙不迭。大红花轿抬新娘，群鼠送亲喜洋洋。新娘刚到猫咪家，猫咪一口就吞下。猫说新娘怕人欺，为保平安藏肚里。

哪怕最严肃的大夫，听到两个疯子像天真的顽童那样全身心投入地唱儿歌，也会开心地面露微笑。我感觉，“疯子”都是些在心智方面最接近天籁状态的“孩子”。这些“长不大”也“不肯长大的孩子”各自都在沉醉投入地把玩自己最痴迷的“游戏”，他们固执地生活在自己的游戏世界里，像最贪玩的孩子那样不肯出来，只好被关进精神病院。精神病院的医生们也很有趣，四月一日的医患联欢晚会上，每个参加演出的大夫和护士，包括院长都一副十分夸张的奇怪装束，有的戴着兔耳朵帽子，有的屁股上拖着条长长的狐狸尾巴，最严厉的男大夫脸颊上都打着浓郁的腮红，看上去滑稽到令人忍俊不禁。给我的感觉仿佛是整个精神病院都集体发疯了。

中国这个古老的国度一年到头大大小小的节日算起来几十个，这家精神病院却很前卫地只把每年的“四月一日”定为自己的盛典节日。据资深患者讲，为了这个节日，包括领导班子在内的全体医护人员都会投入大量精力做准备。节日那天，医生和患者们同台表演“假面晚会”，这时候，谁都分不清哪个是“疯子”，哪个是“正常人”。作为患者的陪护家属，我坐在台下，生平第一次观赏这样怪诞的晚会，感觉比央视的春晚还要过瘾。春晚再怎么搞怪也还是一本正经，而精神病院的化装晚会越正经八百，看上去越搞笑，完全就是地地道道的愚人节。在这个愚人节晚会上，全体登台表演者包括院长都戴着独具特色的个性面具，只有特别熟的人才会通过声音分辨出演出者的真正身份。

我惊奇地发现，在这个特殊的“愚人节”夜晚，参加演出的大夫甚至比疯子还要疯狂、离谱和不着调。很显然，能够有幸参加演出的“疯子”都是比较接近“正常”的患者，他们在表演节目的时候，本能地害怕观众把自己当作“疯子”而力求“正常”，医生则恰恰相反，他们都太过正常了，不出意外的话，一辈子都将运行在既定的正常轨道上，像火车轮子那样不得稍瞬偏离窄窄的社会“钢轨”，因恪守这中规中矩、不偏不倚的“终生正常”，他们不可遏制地在这个特殊的夜晚，让自己尽可能“不正常”地表演出了对“疯狂”的渴望。如果是个完全不知内情的陌生人坐在台下，一定会把台上表演的大夫当成真正的“疯子”，而把疯子们当作正常的大夫。

医院里以严厉著称、同时担任行政副院长的一个复姓端木的老处女大夫，据说几十年如一日，从未当众露出过半个哪怕最轻微最短暂的微笑，在愚人节的狂欢晚会上，她却发出了最经久不息和令每个人都可能终生铭记的笑声。虽然她也戴着面具，但是，哪怕医院里最疯的疯子也能听出，那是独属于她的声音。她表演的节目很简单：笑和哭。她把自己化装成一个全身盔甲的“机器人”。这个全副武装的机器人从后台慢慢踱到舞台正中央，规规矩矩地立正站定，然后一本正经地开始笑。先是笑得像一棵静止的树那样不动声色，然后，那棵树开始逐渐摇撼起来，像风摆杨柳般，其幅度随笑声的高低由小至大渐次加强，最后，那棵树终于笑疯掉，开始扭身子吊腰地大幅度摆动，笑声也随之趋向令人恐怖的疯狂和绝望，当这种笑的疯狂抵达最极致状态的时候，机器人的声音由“笑”演绎成为“哭”，如同一条声音的波浪，自笑至哭，又自哭至笑，最后是亦哭亦笑，哭笑不分。机器人像钉子一样纹丝不动，那哭笑难辨的声音活脱脱一条腾挪跳跃、痉挛盘曲的无形之蛇，在为时十五分钟的表演中，自始至终这个严厉的女大夫没有一个字的台词，却使台下观众们的神经达到了最为紧张的状态，以至像木偶泥塑般瞠目结舌，哭笑不得。

也是看过这个女大夫的表演以后，我才明白：语言其实非常苍白和乏味，不着一字的声音本身包含的感情才最为丰富和原始。从这个女大夫身上我也同时理解了精神病院的“愚人节”狂欢活动。正因为耳闻目睹过太多疯子的“不正常”，精神病医院的大夫们下意识地让自己的言行思维绝对恪守“正常”，甚至比正常人还要“更加正常”，如同拧得超紧的螺丝帽，反倒物极必反地被疯子们的“不正常”深深地吸引着，迫切而又本能地也想要偶尔打破坚不可摧的“正常”，让自己哪怕极其短暂地逃进不正常的疯狂里，从而得到灵魂深层次的抒放和宣释，得到更具刻度的极致性的满足。简单地说就是：给灵魂一个出窍的机会，让它不顾一切地像子弹那样：飞！

必须承认，晚会的创意者至少在洞悉人性方面堪称伟大，能够让这个貌似荒谬实则天才的创意沿袭成为这家精神病院的传统，这应该是历任院长先生的伟大。晚会的奖项设置也很独特，原汁原味地照搬历史起源，叫作“四月傻子奖”。最佳表演者荣获“四月傻子”的桂冠以后，将受到全医院的拥戴和青睐。我忍不住私下暗忖：也只有在精神病院这样的地方，“傻子”才会成为一种褒义和荣耀的象征，并被设为最高奖项。看来，“疯人院”确乎就是“疯人院”。

当然，作为正常大夫，“飞”的状态注定短暂。很快，他们就必须折起翅膀、夹起尾巴，让双脚着地，并勤恳严谨地让灵魂匍匐于最踏实的地面，亦步亦趋地沿着社会的正常轨迹依照既定程序默然前行。而真正的“疯子”们则想飞多久就飞多久，喜欢哪里就飞到哪里。正常人万马齐喑地拥挤在一个集体共用的“大世界”里，严格按约定俗成的规则行走，疯子则遨游在独属于自己的“小世界”里，那个世界小到有时甚至只有一本书那般大，装载一个天马行空的疯子却又绰绰有余。

医院有个名叫王天庆的疯子痴迷《红楼梦》。他发疯的典型症状就是不停地高声朗读《红楼梦》，不管时间，也不拘地点，有时在厕所里，有时在大街上，也有时在电梯里。发疯数载，他已从头至尾把《红楼梦》朗读过好多遍。他完全把自己当成《红楼梦》里的某个人物，有时候是贾宝玉，有时候是贾琏或焦大，日常话语也是一副“红楼腔”。走在大街上，他会时而忽然抓住“凤姐”扇上一巴掌，时而追着某个姑娘叫“林妹妹”。住进精神病院以后，他仍然朗读不辍。没有人肯听，他就读给猫狗和小鸟们听。连小鸟都跑掉时，他就读给石头或椅子听。闲着实在无聊时，我会坐在旁边听上一阵子，可以听得出来，他对《红楼梦》的理解十分深刻，以致像一头扎到万丈深渊那样，失足跌进这本书里，再也爬不出来。

在他眼里，这疯人院十足就是“大观园”，里面出出进进的，也都是红楼里的角色。有时他会突然拦住某个女医生叫“王夫人”，有时又会追着某个女患者叫“赵姨娘”，红楼里面男男女女大小人物近千个，他都能在现实中随时找到对应者，书里的诗词曲赋他也都耳熟能详，倒背如流，他最喜欢背的是那首《飞鸟各投林》：

为官的，家业凋零；富贵的，金银散尽；有恩的，死里逃生；无情的，分明报应。欠命的，命已还；欠泪的，泪已尽。冤冤相报实非轻，分离聚首皆前定。欲知命短问前生，老来富贵也真侥幸。看破的，遁入空门；痴迷的，枉送了性命。

好一似食尽鸟投林，落了片白茫茫大地真干净。

朗诵这首《飞鸟各投林》时，疯子王天庆总是拉长了声腔，有板有眼，一唱三叹，仿佛铺天冷雪瞬时覆盖了整个世界那般，让人凄茫难耐。每次听到那句“落了片白茫茫大地真干净”时，我都会突然呆怔住，感到眼前的一切都荒谬虚无到无以复加，仿佛一脚踏空，跌进绝壁深渊里那般，需得想尽一切匪夷所思的办法，才能把自己打捞到现实的岸上。后来，我寻找到一个最简单有效的小窍门：当茫茫雪原般的虚无袭来时，我便去医院门口的小食摊上买一种叫作“串串香”的麻辣小食品去吃。

这种油炸小食品不贵，却足够辣也足够麻，只要吃上一串，浑身的每一根神经都会被麻遍辣透，一口气吃上三五串，从头到脚的血液就会烈焰熊熊地燃烧起来。往往是我一边吃着刚从油锅里捞出来的麻辣串串香，一边恶狠狠地对自己说：活着，活着，我要活着！哪怕终究都只是“白茫茫大地真干净”，我也还是要活着。哪怕仅仅为了品尝这小小的“串串香”，我也值得活着。这个名叫王天庆的疯子虽然像蟑螂那样钻进一本书里爬不出来，那又怎么样？不是照样活得意趣盎然吗？看那情势，他可能终生都走不出“红楼之梦”了。医生用尽所有的办法都不能让他明白：《红楼梦》是虚拟的小说，距今已经好几百年了，而他是住在精神病院里的一个疯病患者。那又怎么样？谁说不能终生生活在一部古书里呢？既然小说人物贾宝玉可以遁入空门，疯子王天庆完全有权利依照自己的意愿遁逸进一本书里，对他而言，“精神病院”就是“大观园”，谁也唤不醒他，他比上帝还牛！

当然，医院里同样牛的疯子多了去。

有个女疯子更搞怪，奶着孩子时不疯，不奶孩子就疯。只要睁开眼睛，怀里就得有个孩子奶着。由于没有孩子好给她奶，家人只能不停地买布娃娃给她。她整天抱着布娃娃在医院晃悠，有时生了气，就对布娃娃又打又骂，或者干脆愤怒地把布娃娃摔进垃圾池，然后痛苦万状地到处寻找需要喂奶的娃娃，甚至追着医院的流浪小狗要喂奶。

医院有个男疯子喜欢捏橡皮泥，不同的是：他疯的时候才捏，不疯不捏，疯得愈厉害，他捏出的橡皮人儿愈鬼斧神工。与这个“橡皮泥疯子”具有异曲同工之妙的是个女疯子，这女疯子也喜欢“创作”手工艺品，不过，她的道具是毛线。她会用毛线编结出各种惟妙惟肖的类若动物的小玩意儿。住进医院以后，她无意间发现一种毛线代替品：输液用的塑料软管。那东西类若毛线，却不用花钱买。她把捡来的输液管洗干净，编结成活灵活现的小动物，这塑料小动物被发现以后，引起了全医院的震惊。那小东西编结得太天才了：大胆夸张、神态妙绝，又憨态可掬，哪怕最严谨的呆子见了她编的小动物都会忍不住笑出声来。后来，小护士们争相拿了经过消毒处理的塑料软管请她编结小动物，她却并非随时都愿意编，更非随时都能编。不高兴的时候，她会把递至手上的输液管扔到地上拿脚踩踏，即使勉强诱哄着她编，那编结出来的东西也不成样子。只有在她高兴的时候，那出手的小动物才如有神助，至于她什么时候高兴，非常难说。

经过观察，人们发现个奥秘：她偷偷喜欢上了英俊帅气的“墨镜哥”。如果有幸见到墨镜哥，且墨镜哥无意间对她微笑时，她就会激情高涨，继而创作欲大发。墨镜哥在对她微笑之余，若是再跟她搭讪几句闲话，其作品拿出来便是“神品”。如果恰逢墨镜哥心情不坏，能跟她说几句含情脉脉的温存话，她编结出来的就是比“神品”更高妙难得的“逸品”，那东西拿出来会让后现代前卫艺术家大跌眼镜。于是，人们为了从她手里得到件非凡的编织品，便撺掇墨镜哥出面跟她调情。想要得到她的上乘佳作，墨镜哥需得像演员入戏般把自己弄得衣冠楚楚，然后对着女疯子狠劲儿放电，直至把她“电晕”。她就会不由自主地进入恍惚迷离之意境，先是忐忑不安手足无措，既而晕头转向不辨东西，这时候，悄无声息地把塑料软管放在她目力所及之地，当她在恍惚不安中发现那团晶莹剔透的塑料软管时，立刻就会眼珠发亮双目炯炯，如同葛朗台看到闪闪发光的金砖头，饿狼发现酣睡的婴儿般猛扑上去，两只手哆哆嗦嗦地反复摩挲着对她仿佛生命弦丝般的塑胶软管，就像抚摸婴儿可爱的小手小脚那样，要么就是在无限爱恋地抚摸情人的头发，千般缱绻，万般疼惜，怎么摸都爱不够疼不够。摸着摸着，她会发癔症般安静下来，把整个世界包括她自己都忘掉，然后投入不分昼夜、忘情而又疯狂的编结之中。只要双手开始编结，她便不吃不喝不睡觉，不言不语不抬头，有时一口气编结二十来个小时不停歇。在她埋头编结的时候，看上去虽好端端地坐在那里，实际上她“人”已不在这个世界上，活着的只是她的“两只手”和握在手上的“小动物”，哪怕在她的耳畔撂个炸弹她也充耳不闻，直至把手中的“作品”完成，她才会把那个编好的小动物像破抹布样随手一撂，随即倒下开始酣睡，直睡至昏天暗地。不过，醒来以后她从不去寻找自己呕心沥血编结成的小动物，也从来不会开口问及。似乎她早已忘掉那东西的存在，或者她压根儿不知道有那物件存在，过去几十个小时里自己做过什么，她全然不知。但她编结出来的东西着实天才，谁看了都会惊为“天物”。不过，她的主治大夫总是千方百计地阻止她进入“编结状态”。每次投入而又沉醉地疯狂创作一件“天物”出来，她的病情都会加重，好长时间里，她的灵魂都仿佛处于出窍状态，昏昧懵懂，不知天上人间。

从亲眼所见的林林总总的疯子们身上我发现，许多疯子在做着他们生命中最飞扬放纵的事情时，就会自动趋于正常状态。问题是：姜花容到底是真疯还是假疯呢？又挨过两周，我再次把她从封闭病房带了出来。她显然已忘记上次骂我的事情，孩子样很听话地坐在草坪上吃着我买给她的樱桃。从吃樱桃的神态来看，她的确是个疯子：贪馋专注，不知害羞，不过足馋瘾不说话，打开话匣子又会无止休。她患的不是疯病，倒像是话痨癖，只要开口说起话来，她就会神采飞扬、容光焕发。我由她联想到那些“白痴天才”们，他们虽“白痴”，在某个能够激发他们灵魂的“生命穴位”上，却能把全部的能量凝聚于一点，使那个“点”如白炽光般灼灼夺目。没容我多思，姜花容开口了，整个世界被瞬间屏蔽。

扯得太远了些，这显然是“思维奔逸症”的明显症状，就此打住回到墨镜哥吧。

“我活得连候鸟都不如啊！天晓得，候鸟们迁徙时还有个固定的去处。”墨镜哥常常这样对我慨叹。

可怜的墨镜哥为了摆脱“女人”的心理暗示，做个“纯粹的男人”，远离家乡，躲开熟人的目光，一次次地朝着遥远的异地流浪迁徙，哪里陌生便到哪里去。然而，不管他迁徙至哪里，又怎般处心积虑地改名换姓，总会在劫难逃地暴露出他内里那个深隐暗匿的“女人身份”。暴露他的有时是突然邂逅的某个熟人，更多的时候是他自己。他总是会在无意之间，把“性别暧昧”的模糊信息掩饰不住地泄露出来，搞得自己狼狈不堪，然后无可奈何地匆匆逃离，再次迁徙至新的陌生地方去讨生计。对他而言，“生活永远在别处”。然而，到新的完全陌生的“别处”以后，过不了多久，他又会一如既往地通过某些“蛛丝马迹”铁定无疑地证实，有人发现自己“性别暧昧”的“隐秘真相”，于是，开始千方百计地替自己辩护，处心积虑地企图证明自己货真价实的“纯男”身份。往往他愈证明事情愈糟糕，他愈辩护愈此地无银三百两。这样的情况反复多次以后，连他也搞不清楚自己究竟是女人还是男人。

始料不及的是，随着不断更名换姓和频繁地迁徙异地，渐渐地，不只性别问题，他的身份亦愈来愈暧昧不明：“我起先使用父亲的姓，然后改用母亲的姓，后来连祖母和外祖母的姓氏都用遍了。天晓得，每更换一次姓名，我都要费尽周折地替自己办理一张新身份证。天晓得，‘身份证’这东西并非随便就可以更换，除非找人做假。天晓得，黑作坊里做出来的假身份证如同‘伪钞’那样经不起检验。”

天晓得，为了更名换姓，替自己拿到合法有效、货真价实的新身份证（这里的“新”是指包括姓名、籍贯在内的所有信息全部被更新），他每次都把自己弄到焦头烂额，而且要搭进去大把的“疏通经费”，比从头到脚蜕层皮壳都艰难。照他的话说：“每办理一张新身份证出来，就像从娘肚子里回炉重生一次那样，我拼命地工作，仿佛就是专门为着要用那挣得的钱来替自己谋取‘脱胎换骨’的新身份。”他为自己虚构的每个新身份都是对前一个身份的颠覆。如果前一张身份证上他是“张三”，下一张他必是“李四”；如果“张三”来自塞北，“李四”必出生于江南。他总是尽可能地人为制造“张三”与“李四”之间的身份跨度，以期能够彻底撇清“旧身份”与“新身份”之间的瓜葛，以杜绝人们由此及彼地推测联想，从而暴露他的庐山真面目。

换过几次身份以后，墨镜哥竟然慢慢地对变换身份上了瘾。有时候，并非出于客观的必需，仅仅因为厌倦和腻烦了“旧我”，他就会突然决定换个新的“陌生人”去做。身份于他而言仿佛一件随时可以脱去的外衣，脱去一重外衣仿佛丢掉一层蛇蜕那般。“初始的时候都会令我感觉非常新鲜，如同刚出生的婴儿，过去的烦忧也会被我丢诸脑后，变得渺无踪迹。天晓得，这种新鲜的陌生感维持不了太久，我就会遭遇新的麻烦，或是产生新的厌倦感，需得改名换姓‘重新做人’。”每一次做了陌生的“新人”，他都需要认真洗脑，把过去的记忆像影子一样尽量痕迹不留地抹去，让自己的灵魂变得像一张白纸那样，以方便描绘最新最美的“图画”，并把自己连根拔起，移植到一片新的土壤里。

由于他反复改换身份证，又过度依赖身份证，最终，那张薄薄的“身份证”变得比他本人更加致命地紧要，以致到后来，他究竟是谁，完全要由“身份证”说了算。“谁能相信呢？”墨镜哥摘下墨镜，圆睁着一双无辜的眼睛很真诚地看着我说，“我无法通过别的任何渠道确认自己的存在，只有亲眼看着身份证上由法律认可的白纸黑字，才能确认自己是谁。为了确凿地敲定自己的身份，每次拿到新身份证，我都要特意乘坐一次飞机，来验证其真伪。”

这听上去相当荒谬，然而，事实如此：只有用那张身份证顺利登上了飞机，墨镜哥才能确认自己拿到的假身份证是真的，也才会相信自己真是“某某某”，否则他就会惶惶然如丧家之犬，不晓得自己姓甚名谁，是何许人也。

墨镜哥完全依赖一张小小的“身份证”来确认自己的身份和存在。身份证说他是张三，他就相信自己是张三；身份证说他是李四，他就是李四。他把身份证随身携带在衣服口袋里，须臾不敢离弃，不时地就会掏出来查看一番，就像对自己验明正身那样。身份证上“张三”或“李四”们的资料都是他自己虚构出来的，问题的关键在于，只要能把这些虚构的资料（姓名、籍贯、性别、出生年月等）变成一张法律认可的真身份证，这资料就是真的。他住进医院用的就是一张虚构出来的身份证。这张身份证从法律的角度而言是“真”的，但上面的内容是“假”的。这是一张“真的假身份证”，或曰“假的真身份证”。

墨镜哥判断身份证真伪的唯一机构是航空公司。他认为，航空公司的安检部门对身份证的识别能力是最高的，只要能通过民航安检，就确定无疑是真的。“只要身份证是真的，谁能说我这个人是假的呢？人们判断一个人的身份，难道不是依据其身份证吗？除了身份证，还有什么是可靠的呢？”墨镜哥言之凿凿，令我无语以对。

一而再地通过特别渠道搞到真的假身份证，墨镜哥对这一整套程序操作得愈来愈轻车熟路，他晓得通过什么路径能够以最快捷的方式和最节省的费用搞到真的假身份证。“现如今这个时代，连克隆人都能制造得出来，一张小小的身份证岂能把人难倒？”由于愈搞愈得心应手，墨镜哥对变换身份渐渐地由上瘾到着魔，他不再仅仅因为性别的困扰而变换身份，只是为了变身份而变身份。他今天把自己做成“张三”，明天变成“李四”，后天又以“王五”的身份出现在一个全新的环境中，而且每一个身份都货真价实，经得起航空公司的检验，这让他愈来愈感觉奇妙和好玩。于是，改变身份由生存之必需，成为习惯性的游戏，又由习惯性的游戏，演绎成为一种疾癖。过段时间不变个身份，他就感觉非常不耐烦，就像身穿脏兮兮的旧衣服那样，于是，又开始挖空心思地替自己虚构新身份。

就像骗子很难相信别人那样，由于不断地替自己虚构身份，墨镜哥没有办法再相信别人的身份，他疑心身边的每个人都存在不确定的假身份。到后来，他从怀疑人的身份，发展到开始怀疑人本身的存在。

“这世界上所有的人都是虚构出来的，包括你和我，你相信吗？我们原本不存在，被虚构出来以后才存在。”

“那么，谁是虚构者呢？”我问。

“上帝，当然是上帝。上帝他老人家不仅虚构了人类，还虚构了世间万物。一切都是无中生有的‘虚构’。既然上帝可以虚构世界，我为什么不可以虚构自己呢？我要以虚构抵制虚构。”顿了顿，墨镜哥很认真地问：“你有孩子吗？”

“有个女儿。”

“你女儿就是你无中生有地虚构出来的，你能否认这个事实吗？”

不错，墨镜哥说得有道理，每个人的存在都是“无中生有”。我继而想到，既然无中能生有，有中就能生无。无就是有，有即是无，虚构就是存在，存在即是虚构，真就是假，假即是真。那么，我的存在是真的还是虚构的呢？这样想着，我的脑袋开始发胀，我紧忙在心里连续默念了五遍“二加二等于四”，并掰着手指头用事实把这道算术题做了一遍，才使自己镇静下来，没有被墨镜哥的“虚构”打倒。为了驳斥他，我问道：

“那，上帝若是把我们再虚构掉怎么办？”

“很简单，那我们就不存在了。所有的虚构物都将被虚构掉。”

我又一次被他击倒。最终还是据理力争道：“无论如何，你我现在都存在，此刻正坐在地球上的一家精神病院里，这一点确定无疑，你无法否认。”

“此刻坐在这里的不是上帝虚构的我，是我自己虚构的我，我住院用的是虚构的假身份证，所以，你此刻看到的不是真的我。”

我彻底晕掉，并坚定不移地相信：墨镜哥是不折不扣的疯子，而我是正常人。

疯子墨镜哥持续不断地费尽心机、反反复复地抹灭、涂改和虚构着自己的身份和个人资料，当他把第十三张真实有效的新身份证拿到手的时候，已经完全搞不明白自己的身份了：“我是谁？我从哪里来？我要到哪里去？”这些既经典又俗滥的哲学命题，对他而言成为无可逃避的现实考问，使他感觉自己就像摇荡于海面的一叶扁舟，或者要么就是飘零在空中的一只气球。他时而一口咬定自己是男人，时而又斩钉截铁地宣称自己是女人，时而认为自己存在，时而又认为自己不存在。而最终的问题是：

“到底是人类虚构了上帝，还是上帝虚构了人类呢？”他问我。

我偷偷在心里默念了三遍“二加二等于四”，然后斩钉截铁地回答：

“不知道！”

我所知道的事实是：墨镜哥不厌其烦地反复虚构着自己的身份和身份证，每一次修改都坚信不疑地认定，他终于替自己寻找到了“最终”和“真正”的身份。然而，新身份证拿到手以后，过不了太久，问题又会防不胜防地重新出现：他的言行举止总是无法与他捏造的陌生身份天衣无缝地对接，不是这里出现漏洞，就是那里发生破绽，他只好像救火般煞费苦心地缝补和弥合。如同一件破洞百出的衣服，补住了这里，又挂破了那里。

终于，缝缝补补也不能使这件捉襟见肘的“百衲衣”自圆其说，墨镜哥只好丢弃掉这件“破衣烂衫”，重新替自己捏造新身份，并想方设法使这个新身份以“身份证”的形式取得法律的认可。不过，相对于“环境认可”，法律认可虽手续繁杂到令人崩溃，只要舍得花钱，大多能够搞定。环境的认可却不以他的意志为转移，拿多少钞票都无能为力。于是，每更换个新身份，墨镜哥就需要像蝉儿蜕壳那样，丢弃掉旧有的环境，去替自己寻找全新的生存地域。由于随时准备启动下一程的流浪和迁徙，他没有办法在任何地方安营扎寨：“说来你可能难以想象：从二十出头开始流浪，直至人到中年，我不曾为自己购置过半间房屋，却先后购买过三辆越野车。天晓得，越野车就是我的‘家’。我的重要物品都习惯性地放在车里，我的车上永远携带着必不可少的物件：帐篷。天晓得，许多时候我只有躺在车上或帐篷里才能安然入眠。甚至，我有时候需要半夜三更从床上爬起来，走出屋门，钻进车里才能睡得着。我特别理解那个树痴，他喜欢睡在树上，我习惯睡在车里，就是这样。但医生愣是不允许！你说气人不气人？天晓得！”

天晓得，“车”和“帐篷”都给他以“在路上”的强烈飘荡感，这种身世飘零的恍惚又促使他更加渴望着陆靠岸，去寻找恒久稳固的身份和归宿地。由于身份和归宿地对他而言永远都在寻找之中，他也便始终处于“不确定”的状态：“有段时间，我奔波得太过疲惫不堪，突发奇思地决定，干脆明目张胆地做回一个‘真正的女人’算了。天晓得，既然别人老怀疑我不是真男人，我也因为要证明自己的纯男身份弄得狼狈不堪，索性大大方方做个女人能怎么着？况且，我心里也确实渴望做女人。说实话，我变了那么多次身份，却始终没有改变过‘性别’。一个大男人要替自己搞到一张女性身份证，这个难度太大了。不过，正因为难度大，才极富挑战性，我调动了全部能量，准备迎接这崭新的挑战。并且动情地想象着，做回女人以后，我就可以找个男人做依靠了！”

墨镜哥说到这里，脸上呈现出无限的柔情，仿佛他已经做了女人。顿了顿，他又无限柔情地说：“如果我能找个男人做依靠，那个男人将是我的‘老公’，我则顺理成章地取得‘妻子’的身份。‘某某男人的妻子’！这将是怎般踏实、笃定而又温暖的感觉啊！像板上钉钉一样。我做梦都想成为某人的妻子啊。天晓得！只要成为‘妻子’，我就可以结束飘零无依的迁徙生涯，理所当然地被这个社会所认领了。”墨镜哥再次打住话头，脸上呈现出十分陶醉的表情。陶醉了一阵子以后，才又接着道：

“认领！晓得吗？你的认领人是谁？”

见我一脸迷惑，他换一种口气道：“我是说，是谁娶了你？”

“这个嘛，当然是我丈夫，一个男人。”嘴上这样说着，我心里暗想：我是被我丈夫“认领”了吗？“妻子”是女人的最终身份吗？

但是，墨镜哥确实像一个迷路的孩子那样，非常渴望被“认领”。他深信，只要做回女人，就可以被某个男人以“妻子”的名分堂而皇之地认领回家，他就终于可以寻找到自己的归宿了。他真正想要的，可能就是一种“归属感”吗？他买来长长的波浪假发，戴上填了棉花的胸罩，再穿上飘逸的裙子和高跟鞋。他原本就生得眉清目秀，再涂脂抹粉稍加装扮，活脱脱就成了个妩媚靓丽的女人。他以为，依照别人的目光做了明目张胆的“女人”，自己就会被接纳和认可了：“我站在镜子面前，一边看着自己的长发红唇，一边想象着一个高大魁梧的男人走上前来，对我说：‘请嫁给我吧！我将一生一世陪伴你，直至终老！’然后，挽了我的手臂，把我领回家，给我一份稳定的人生。”事实证明，墨镜哥的假发、胸罩加上裙子和高跟鞋，齐心协力地给他换来的是一个他从未尝试过的新身份：“疯子”。于是，他被送进了俗称疯人院的精神病院。

像许多疯子曾经走过的心路历程那样，起初他死活不甘心被关在精神病院，并为逃出精神病院进行过拼死抵抗：“我不是疯子，干吗要住疯人院？”这是差不多每个疯子都曾经面临过的“天问”，医院通常沉默无声地采用药物和约束带来回答这个问题，不超过四个星期，他们就会投降变节，承认并相信自己就是疯子，这在专业上叫作“认知疗法”：让一个不承认自己是疯子的人承认自己是疯子，就像承认“二加二等于四”那样。这种“认知疗法”是所有走进疯人院的疯子和非疯子们必做的功课，没人能逃避。

天晓得，恰恰是在药物和约束带的帮助下，完成了“认知疗法”，相信自己是个货真价实的真疯子以后，亲爱的墨镜哥先生获得了生平从未有过的安宁和踏实，不再被身份问题折磨得生不如死了。此前，如同可怜的鸡蛋，他始终挣扎在身份的夹缝里，随时随地可能以碎裂的方式被踢出局去:“天晓得！我感觉自己就像牛头马面的怪物，当我拼命努力，试图削尖了脑袋跻身于某个类属时，总是狼狈不堪地打破那个类属的既定序列，成为被驱逐在羊群之外的那只可怜的‘黑羊’。”顿了顿，墨镜哥义愤填膺道:“九十九只羊都是白的，只有你一只是黑的。就是这样。你是一只黑羊！走到哪里都是黑羊，披上白袍子也还是黑羊！没办法！”

直至被不容商量地定义为“疯子”以后，他的身份才算没有任何歧义地得到确定、接纳和认可，他终于感觉自己变成了一只“白羊”。当然，或者应该说：他找到了属于黑羊的领地，终于被“认领”了，其认领者便是精神病院。在精神病院这个地方，既然所有的“羊”都是黑的，于是，黑羊也就相当于白羊了。

“你知道什么是黑，什么是白吗？”墨镜哥问我。

“黑就是……”

黑就是什么呢？我嗫嚅了半天也没能说出个囫囵圆，却莫名其妙地冒出个不伦不类的句子：“白天不懂夜的黑！”

“我刚开始也不懂，后来慢慢地搞懂了。”墨镜哥认真地说，“黑就是白，白就是黑，这要取决于你在哪里。比如我，在外面，我是黑羊，在里面，我就是地道的白羊，雪白的白羊。有时候，黑就是白，有时候白就是黑，事情就是这样，天晓得！”

墨镜哥又一次绕晕了我。我晓得，他所说的“外面”就是那个所谓的“正常社会”，“里面”，当然就是我们此刻处身其中的疯人院。“外面”和“里面”就像白天与黑夜一样，使用着完全不同的逻辑和话语。在“外面”的人看来，里面住的是疯子，而在“里面”的人眼里，“外面”绝对是个不宜人居的疯狂世界。然而，到底什么是黑，什么是白？到底是“里面”更疯还是“外面”更狂呢？就在我濒临崩溃想要不可遏制地尖声大叫时，墨镜哥开口了：

“你相信吗？现在所有认识我的人，不管是医生还是护士，无论是家人还是亲戚邻居，都确信无疑地承认我的身份：疯子。天晓得，没有任何人对我的疯子身份表示出丝毫异议，我终于被笃定无疑地接纳认可了。长期以来，我殚精竭虑都无法确认自己的身份，外界对我的身份界定更是众说纷纭，说我不男不女不三不四，说我不人不鬼不阴不阳，说什么的都有啊！天晓得，许多个早晨，我从睡梦中刚刚醒来又会马上陷入惶惑之中，不知道自己应该穿上裙子去和男人约会，还是穿上长裤去和姑娘相亲。许多个夜晚，我躺上床去睡觉时就会暗暗期盼，趁我熟睡之际，上帝能在我的额头写个字，或曰‘男’，或曰‘女’，写什么我认什么，绝无怨言啊，你相信不相信？遗憾的是，上帝什么都不肯写！什么都不肯写啊！”

于是，他也便始终只能在惶惑里纠结挣扎。现在，他被斩钉截铁地命名为疯子，“疯子”这个称谓像红字那样烙定在他的额头上。自从疯子的身份被坐实以后，他的心终于在长期的动荡飘摇之中踏实了下来：“你相信吗？作为疯子，我在精神病院吃得香、睡得甜，比在任何地方都活得自在。说实话，外面的世界实在太疯狂了啊！住到里面我才发现，这世界上最适宜我生存的地方就是疯人院，只有在这里我才找得到家的感觉。家！你明白吗？你知道自己的家在哪里吗？你能找到吗？”

什么是“家”呢？我确实不大明白。那么，我也是只“流浪猫”吗？想到这里，我不由自主地联想到了跟在僵尸男身后的那群流浪猫们，感觉自己活得连它们都不如，并对墨镜哥产生了由衷的羡慕。

墨镜哥从这家精神病院出来，再进那家，除了精神病院，他哪里都住不习惯。只要双脚迈出精神病院的大门，“我是谁？我从哪里来？我要到哪里去？”这些俗滥而又堂皇的“天问”就会像患了狂犬病的疯狗样如影随形地纠缠住他，令他无法喘息。相反，只要双脚踏进精神病院的大门，他立刻身心舒泰、高枕无忧。尤其难能可贵的是，只有在精神病院，他的性别问题才会消逝隐匿，不再成为痛不欲生的难题。简单地说：他不能生活在“外面”，只能待在“里面”。如同一条鱼，外面是它的沙漠，里面才是它的湖泊。

此刻，坐在精神病院的走廊上，墨镜哥清楚明白地知晓：“我是疯子，我从外面的正常世界里来，我住在精神病院里。”“疯子”这个称谓像一把巨型神伞，密实笃定地笼罩在他的头顶，覆盖了人生一切隐在的漏洞和破绽，所有存在的问题都自动消失，并被堂而皇之地抹平，使他获得了最大限度的“正常接纳”。

“外面的人永远不晓得做疯子的好！疯子是什么你晓得吗？”

“疯子嘛，就是疯子。”我回答。

“疯子乃是‘君王’和‘上帝’！”墨镜哥言之凿凿地宣称。

的确，作为“疯子”，无论他做出怎般“怪异”之举动，别人都认为再正常不过，绝不会拿异样的目光看待他。作为疯子，他表现得越“不正常”，别人越认为“正常”，“疯子”两个字所带来的豁免权超越权贵高官，确实类若上帝。

“这世界上最特别的地方有三个：监狱、火葬场和疯人院。相比较而言，疯人院是这三个地方中最适宜‘人居’之所在，如果只有这三种选择，我毫无疑问会把疯人院作为首选。你呢？你会选择哪里？”

墨镜哥的每个问题都刁钻古怪，令我崩溃。我决定幽他一默，于是道：“上帝把我虚构到哪里，我就待在哪里。”

墨镜哥笑笑：“我们此刻都在疯人院里，这显然不是虚构。你也喜欢小说吗？小说玩的就是虚构。”

“小说？”

“小说。”

墨镜哥不愧是个疯子！待在疯人院里，由于极度放松的缘故，他前所未有地充满妙思奇构，居然一不小心把自己客串成了“作家”。他像作家那样激情喷涌、笔耕不辍，写出了一篇篇被外面那个世界命名为“小说”的东西，他身边的每个患者都成为他潜在的作品主角，为他源源不断地提供着鲜活而又别具特色的素材，使他的创作灵感旺盛不竭，顺利谋得生存所必需的银子。于是，他成了疯人院里以疯养疯、自食其力的特殊疯子。

也算出奇，如果他原本处于抑郁状态，不管怎般严重，只要踏进精神病院的大门，不用服药，症状立刻自动缓解。相反，迈出医院大门，处身正常社会之中，抑郁的阴云立刻就会将他覆裹。仿佛精神病院的空气跟外面不同。外面的空气含有浓度极高的致抑郁因子，医院的空气刚好可以剿灭这种因子，令他身心正常，比药物都管用。

“你知道什么是正常，什么是异常吗？”墨镜哥问。

这次我不再上他的当了，干脆利落地回答：“没有正常，也没有异常，只有存在。”

墨镜哥笑笑：“没有存在，没有不正常，也没有‘没有’。”

“没有‘没有’？”我吃惊地瞪大了眼睛。

“是的，没有‘没有’。”墨镜哥镇静自若，“你见过‘没有’吗？你到过叫作‘没有’的地方吗？所以，没有‘没有’。”

我实在无言以对，于是，气急败坏地朝他喊了一句我的疯人院座右铭：

“二加二等于四！”

墨镜哥这一次没有笑，只轻轻吐出来三个字：“你疯了。”

这个该死的墨镜哥的确快要把我绕疯了！

不能否认，作为没有任何异常症状的“正常疯子”，他在医院能帮助医生做好多事情：编辑墙报，写表扬稿和壁报专栏，组织文艺演出和篮球比赛，作为优秀患者代表被领导接见。简单地说，像他这样的“正常疯子”在精神病院大有用武之地，更令疯子们羡慕嫉妒恨的是，他还下得一手好象棋。哪位大夫技痒了，就会跟他杀上一盘，哪个患者闲来无聊，或者突然烦躁不安时，也会找他拼杀，借以排释心头之火。作为医院的专业棋手，他能够给医生和患者带来极大的乐趣，相当于一剂不可多得的公共良药。医生从来不肯为难他，也不会强迫他服药，他只需交纳住院的床位费和三餐费用即可，一共也花不了几个钱。作为长驻精神病院的疯子，他理所当然地无须购别墅、宝马及名牌衣装。他想穿什么就穿什么，哪怕长裙曳地亦不足为奇，高兴的话，还可以在雨中裸奔。疯子嘛，哪有那么多的讲究和说道？精神病院的疯子生涯对墨镜哥而言简直如鱼得水："如果拿大公司董事长和疯子这两个职业供我选择，我会毫不犹豫地选择后者。作为董事长，每天不知道要面对多少桩糟心烂事，哪有当疯子自在呢？你说是不是？天晓得，我活在世界上最怕的就是'事儿'！但凡是个正常人，谁不是焦头烂额的事妈事爹事姥姥？你说是不是？"

是啊，春有百花秋有月，夏有凉风冬有雪。若无闲事挂心头，便是人间好时节。只要做了疯子，就能免除那些像鬼影一样时时缠身的麻烦事。墨镜哥不仅热爱做疯子，还是个喜欢帮医院做好事的优秀而又勤快的疯子，闲着没事还像作家那样写写小说。活得好不惬意！

"你是怎么想到要写小说的呢？"我问。

墨镜哥非常认真地回答："做身份证的老毛病又犯了呗。天晓得，就其本质而言，'做假身份证'和'写小说'原本是一码事，你相信吗？做身份证虚构的是自己，写小说虚构的是别人。我发现，虚构别人比虚构自己更有意思。说实话，'小说'这东西委实奇妙，比身份证好玩多了。就最现实的层面而言，每虚构一张身份证，我都要花费大量的心血和金钱，还要求爷爷告奶奶地找熟人托关系，甭提多烦心了。相反，凭空虚构一篇小说不需求任何人，却可以赚钱。一个赔钱，一个赚钱，这个账白痴也算得来。你说呢？"

"钱倒是虚构不出来的。"我调侃道。

"不。在外面不能，在里面可以随心所欲地虚构，需要多少就虚构多少。"

我被弄糊涂了："你说的'外面'是哪里？"

“当然是小说之外的现实世界啊。小说之外处处受限，小说里面天马行空，想要一百万，直接拿笔在纸上开张支票即可，比制造冥币都容易。你喜欢外面还是里面？”

我沉思片刻：“待在小说里面倒也挺有意思，可以随心所欲开支票。可是，我怎么进入到小说里呢？”

“那还不简单？我把你虚构进去就行。”

我在心里嘀咕：有点意思。但我还是待在“外面”比较踏实。

“自从开始虚构小说，我就不再虚构身份证了。身份证，哼！一张小孩子巴掌大的玩意儿，有甚意趣？我居然翻来覆去把玩了好多年，差点把自己玩进里面去，真是疯了！进到里面可就惨了！”

我又一次被他弄糊涂了：“等等，你刚刚说的‘里面’是哪里？”

“监狱的牢房呗！你以为是哪里？”

“嗯嗯，那当然。比较而言，待在小说里，肯定比待在牢里好，尽管小说是虚构的。”

“小说的虚构空间不知道比身份证大多少，一张身份证上也就那么几十个字，一篇小说却可以有好几万甚至数十万字，虚构起来委实过瘾多了，比上帝还牛！你让谁死，谁就得死。还可以赚到饭钱。天晓得！每当虚构小说的时候，我就会觉得自己是上帝。上帝，你相信吗？上帝虚构世界，我虚构小说，我与上帝有什么区别呢你说？”

“你需要吃饭，而上帝不需要，这显而易见。”

“不，小说里的人物跟上帝一样，也不需要吃饭，这同样显而易见。那个待在里面的‘你’难道需要吃饭吗？”

我彻底糊涂了：“你刚才说的‘里面’是哪里？你已经说了好几个‘里面’了：疯人院的里面，监狱的里面，小说的里面，还有……”

墨镜哥用手指指自己的胸口，恨铁不成钢地道：“你怎么这般不开窍呢？我这次说的是身体里面，身体里面！难道不是吗？我们每个人其实都是两个人，甚至许多个人。”

我涨红了脸，可还是不明白。

“我们外面的身体是一个人，可身体里面还藏着人。有时候，那藏着的人不甘寂寞，变成影子跟着我们，有时候，趁我们睡着后，那里面的人溜出来捣乱。你的灵魂难道不是待在你的身体里面吗？你外面的身体需要吃饭，可你里面的灵魂什么时候跑出来吃过饭？你的灵魂可不是我虚构的，这我可以保证，虽然它跟小说里的人一样无须吃饭，却绝不是省油的灯！”

听墨镜哥提到“灵魂”，那段早已被遗忘的话又下意识地浮现了出来：“我只能挨饿，因为我找不到适合自己的食物……”于是道：“灵魂虽然不吃饭，但并不代表它没有饥饿感。”

“这倒也是，我们醒着在外面四处奔波，睡着后在里面也不得安生。灵魂如果没有饥饿感，会在里面那般闹腾不休？”

听墨镜哥“里里外外”地绕来绕去，我的脑神经不只是糊涂，而是要瘫痪掉，还是硬着头皮问：“请问你这次说的‘里面’是哪里？”

“当然是梦里嘛！难道你睡着了不做梦吗？只要做梦，就证明你的灵魂挨了饿。”

“我的灵魂天天都在挨饿！”我没好气地说。

“所以它天天都在虚构小说！”

“谁天天在虚构小说？”

“你呗！”

我笑了：“亲爱的墨镜哥，这一次你可是让我给逮着了。我从来不碰小说那劳什子。从来不！顺便告诉你：我的职业曾经是记者。记者最忌讳的就是虚构，我想你能够明白。”提到自己的记者生涯我深感惭愧。作为报纸的“副刊记者”，我采访的都是些弄艺术的人，像作家、画家、音乐家、舞蹈家等。不过，采来访去，都是些虚假的表象，哪怕费尽九牛二虎之力，也捕捉不住他们的“真人”，使我对记者这个职业深感失望，很快丢而弃之。

“你是说，作为记者，你从来都不做梦吗？”墨镜哥问。

“梦嘛，倒是常常做。有时甚至天天做。记者做梦比别人都多。”

“‘梦’，就是你灵魂虚构出来的小说。其实，每个人都在虚构小说。我不过是醒来以后拿笔把我的梦用文字写在纸上，如此而已。作为记者，你在现实中不能虚构，于是，你拼命在梦中虚构。所以，你天天做梦，比谁梦得都多，难道不是吗？”

“那，你告诉我：为什么人人都做梦呢？这世界上恐怕没有睡着没做过梦的人吧？！”

“道理很简单：因为没有人愿意老待在里面，每个人都拼命想飞出来到外面去，哪怕片刻，所以，人人都做梦。你难道不想飞到外面去吗？”

我直愣愣地盯着墨镜哥，沉默了足足三分钟，忍不住歇斯底里地朝他狂喊：“里面、外面，外面、里面，你快要把我搞疯了你知不知道？你告诉我：你此刻说的‘外面’又是哪里？我什么时候说过我想飞到‘外面’去？我飞到‘外面’去做什么？”

墨镜哥摘下墨镜，拿手揉揉眼睛，又把墨镜戴上，用两片瓶底样黑洞洞的厚玻璃望着我，慢条斯理而又不容置疑地朗诵道：“莫言下岭便无难，赚得行人空喜欢。正入万山圈子里，一山放过一山拦。”

听着墨镜哥字正腔圆的朗诵，再看看他斯文儒雅的衣装，最初的质疑再次从我的心底浮现出来：他到底是不是疯子？但凡是疯子都意识不到自己是疯子，他却口口声声自称是疯子，而且出口成章、引经据典，这足以证明他不是疯子。可是为什么一跟他对话我就想发疯呢？我们两个到底谁是疯子？为了证明自己比疯子智慧，我嘴硬地坚持：

“这首诗是杨万里的，我知道。但他说的是‘上’和‘下’，不是‘里’和‘外’。”

“不。他说的就是‘里面’和‘外面’。所谓‘人在江湖，身不由己’。‘里面’就是‘江湖’‘规则’‘圈子’，或者叫作‘局’和‘网’。简单地说，所谓‘里面’就是‘限制’，而‘外面’，当然就是天广地阔的‘自由’。杨万里说得不错：正入万山圈子里，一山放过一山拦。人活在世界上，不受这种限制，就受那种限制，跳出这个局，又入那个局。局限、局限，就是这么个意思。那用‘局限’困住你的，可能是‘情’，可能是‘法’，也可能是名利、身份和地位，甚至可能是肤色、外貌和性别。没有人不受限制，方式不同而已，所以，没有人不想飞到限制外面去，于是，人人都会做梦，以便在梦里虚构一个不受限制的世界，然后让自己神游八极、上天入地。”

“那，你肯定也喜欢做梦啦？”

“当然。我比一般人都喜欢。一般人只在睡着以后做梦，我醒着也做。”

看来，那句流行于疯人院的格言说得不错：“所谓‘疯子’，就是醒着做梦的人。”我忍不住调侃道：“请问你醒着怎么做梦？”

“很简单：拿笔在纸上虚构小说。小说就是‘梦’，梦就是‘小说’啊。”

这么说，所谓的“作家”就是“疯子”啦？不过，我没好意思把这句话说出来，说出口的仍是句调侃：

“上帝虚构你，你虚构小说，有点意思。那，请问你的小说虚构什么？”

墨镜哥笑了：“我手头这篇小说恰恰虚构了你。真是赶巧了。”

我怔怔地望着眼前哲人般的疯子，有些不知所措：

“你的小说虚构了我？你是说我此刻在你的小说里，对吗？”

“对。你是我小说里面虚构出来的一个人物。”墨镜哥笑眯眯地说。

“不，我是真的，小说是假的。我不允许你虚构我！”

“一切都是上帝的虚构，包括我们此刻身处的这家精神病院和整个世界，不管你允许不允许。我确实把你虚构进了小说里。有一天，当你在世上不存在的时候，小说里的你还将继续存在。她比你真实，也比你活得久。你相信吗？你在小说外面的世界会死，但你待在小说里面不会死。难道你不想长久地活在外面，而愿意束手就擒、坐以待毙，早早地被攫进里面去死吗？”

“天啊！你刚刚说过你已经把我虚构进了小说里面，但你此刻说的‘外面’又是哪里呢？你成心想让我发疯是不是？”我差不多完全失控掉，抓狂般地冲他号叫起来，比疯子还要疯子。那个疯子墨镜哥先生却依然风平浪静，泰然自若：

“这般激动干吗呢？不过一篇小说而已，至于吗？我这里说的里面是‘死’，外面当然是指‘生’，这不是明明白白吗？在外面这个现实的世界里，你难道会长生不老吗？你快四十了吧？哪怕活到一百岁，你也终归还是要死。但在小说里，你将长长久久地活下去。难道不是吗？你的音容笑貌，还有你的一言一行和你的所思所想，都将在你死亡以后，通过文字的形式活在我虚构的小说里，这有什么不好呢？谁不贪生怕死，谁不想死掉以后以虚构的方式继续存活？活着本身原本就是上帝的虚构嘛。”

我沉默良久，找不到有力的逻辑来反驳墨镜哥，但又不甘心，于是道：“就算是吧。但上帝是个大手笔，他虚构的一切都实实在在，你看：住院部的高楼，我们此刻坐的椅子，还有长在地上的红花和绿树，以及草坪上醉卧的流浪狗和流浪猫，这一切都看得见摸得着，也都将在我的记忆里永恒存在，可你的小说却只是纸上谈兵的文字而已，请原谅我的直率，虚构的文字终究是假的！”末了，我又咬牙切齿地加了一句：“假的真不了，真的也假不了。你的小说是假的，你面前的我是真的！这你能否认吗？”

“什么东西能够永恒存在呢？你见过永恒吗？谁能够永恒？你还是我？连地球有一天也要消失不见，这家精神病院能撑持多久，谁知道吗？听说开发商已经购买了这块地皮，医院必须搬迁到郊外很偏僻的地方去，那个地方叫作十八里庄乌友村，否则就得消失解体，你晓得吗？所有的一切都将消失，包括你我和宇宙，只有文字还在。文字，明白吗？恰恰只有文字是真的，别的都是假的。”

“照你这么说，这整个世界就是上帝虚构的一篇小说了？”

“难道不是吗？你我都是小说中一个渺小到可以忽略不计的人物，甚至抵不上写在纸上的一个字符真实和恒久，我们都是上帝写在宇宙空间的一个小小的字符，时光的橡皮随时会把我们擦得痕迹不留。你说是不是真的？”

我站起来，后退两步，直视着墨镜哥，大声地宣言：“无论多么渺小，我都要紧紧地抓住自己。我决不忽略这世界上的任何细枝末节，包括一缕微风和一片树叶。”说着话，我顺手从桂花树上折下一小枝花，疯子般把它举到墨镜哥的鼻子前，赌气地连声道：“你闻闻，你闻闻，很香，是不是？这桂花的香是真的，不是虚构，也不是小说！”

墨镜哥听我这样说，大声笑起来，满脸都是嘲讽。无论他怎般嘲笑，我都不为所动。我相信，哪怕自己只是小说中最渺小的人物，也有独属于自己的命运轨迹。哪怕身处小说里，我也要竭尽全力，像疯子那样不管不顾地活，即使把自己活成疯子也在所不惜！

“在你的小说里，我活得怎么样？”我忍不住问墨镜哥。

“很不幸。她已经死了。”

“她，是怎么死的？”

“因抑郁症在一家精神病院里跳楼身亡。”

我愣愣地望着他，愤怒地喊道：“我不许你再虚构我！”

墨镜哥哈哈大笑起来，我落荒而逃。逃出好远还听到他在后面说：“开个玩笑而已。她没跳楼。她还在我的小说里好端端地活着，正准备穿上婚纱做新娘呢！”

“见你的鬼去！”我头也不回地喊道。

从此再也不跟墨镜哥照面，见了他便远远地绕开。

不过，每当看到墨镜哥坐在梧桐树下的连椅上疯狂地虚构小说时，我就会疯狂地想：我可以逃出墨镜哥的小说，但能逃得过上帝的虚构吗？自己只是上帝的小说中一个随时可能消失而且注定必然要消失的微不足道的人物啊，我必须抓紧每一分钟和每一秒钟认认真真地活，从而以自己的“活”抵制和抗拒“虚构”。然而，“虚构”这个词还是像细胞一样被墨镜哥种植在我的脑袋里，而且在疯狂滋生：虚构、虚构、虚构，这“虚构”快把我逼疯了，我想尽一切匪夷所思的办法证明自己不是虚构的人物，比如，看到草坪上酣睡的猫，我会悄悄凑过去狠狠地亲吻一口猫脸，或是拿手去抚摸它的全身上下。

摸着毛茸茸的猫头猫耳猫尾巴，我就对自己说：这是真的，不是虚构！虽每每被猫抓伤手臂，但看到那个带血迹的伤痕，真切地感受着灼烫的疼痛，我才会相信自己真的活着。痛得愈深愈狠，我愈相信自己活着。当我心痛欲碎地望着昏睡不醒的杨佳音时，总是椎心泣血地在心里号叫：活着，活着，活着！哪怕做个疯子也要活着！只有活着，我才能看到天上的太阳、地上的向日葵，还有床上躺着的杨佳音。如果我像虚构的小说一样消失而去，天空、大地以及杨佳音对我而言将像虚构小说一样不复存在，就此意义而言，这个世界就是为我而存在的，如果我不去倾心地热爱它，这一切就将沦为虚构！

让墨镜哥去虚构小说吧，我要爱！再爱！更加热烈地爱！爱这世界上的一切，包括毒蛇和狗屎！包括哀伤和苦痛！包括丑陋和龌龊！包括谎言和欺骗！包括灾难和祸患！包括疯子和疯人院！

我相信，墨镜哥千真万确就是个疯子！货真价实的疯子！不折不扣的疯子！作为疯子，他无须做任何自己不喜欢的事情，只需专心致志做个优秀疯子即可，因而拥有大把时间来虚构小说。他用小说赚来的稿酬付住院费绰绰有余，精神病院既是他的身体之家，亦是他的灵魂之家，日久天长，离开这个特殊之“家”，回到外面的世界他完全不能再适应，原因很荒谬：只要在外面，他就必须做个“正常人”。一个正常人所面对的一切都令他无所适从，社会附加给“正常人”的重负令他难以招架，比如工作、地位、身份、阶层、荣誉感、成就感以及被接纳感诸如此类，使他随时可能濒临崩溃。待在精神病院，他只需做个简单的疯子即可高枕无忧。于是，就形成了这样的怪象：只要去到“外面”的正常人群，他立刻沦为不正常的疯子；只要回到“里面”的疯人院，他立刻变成再正常不过的正常人。

简单地说，他是个绝对疯子加职业疯子再加正常疯子，这毋庸置疑。

令墨镜哥备感欣慰的是，疯子这职业门槛极低。只要表现出些微抑郁症状，就可堂而皇之地就疯子之业了，不存在任何竞争压力。哪怕火葬场的焚尸工都有许多人竞争上岗，唯有这疯子之职没人竞争。就像鱼儿出水上岸就会窒息而亡，一进水就会活蹦乱跳地死而复生那样，精神病院就是他这条“疯鱼”的复活之海。

看到墨镜哥把疯子这个职业做得如此别有创意，我暗想，在外面那个世界实在混不下去时，自己也不妨到医院混个职业疯子来做，这叫天无绝人之路，绝路也是路，这世界上没有“没有”这个地方，也没有虚构的虚构，一切都实实在在、活色生香，就像花园里那棵昂首挺胸的向日葵。

最后一次在院子里遇到墨镜哥时，我忍不住好奇，问他道：“在你虚构的小说里，我做了谁的新娘？”

墨镜哥摘下墨镜，揉揉眼睛，再把墨镜戴上，拿两片玻璃望着我说：“你真想知道？”

“别卖关子，快告诉我！”

“一个戴墨镜的人称‘墨镜哥’的疯子。”

我的脸腾地红了，有些心慌意乱。看来他当真是疯子无疑！我正扭身要走，墨镜哥摘下墨镜很诚恳地用眼睛望着我说：

“我很爱我的新娘。我是真心的。我的爱情地老天荒、海枯石烂不会变。你相信吗？”

“你说的是里面还是外面？”

“这个世界不分内外。”

（原载《大观》2015 年第 1 期）

老聂瘦猫以及我们的气象台

安　庆

一

我在一场雨前赶往霓镇，确切说是赶往老塘南街。

我想起牧城的气象台，气象台的浪子。我给浪子打电话，问预告的雨到底在几点下。傍晚？七点，还是六点？我对浪子喊，浪子，看在我们朋友的份儿上给我说具体一点。我听见浪子讪笑。浪子说，你要能搞准你来气象台当台长，我们都把你抬起来。他在电话里大声地训我，马言，你尿尿有时都难把握，你想想！我有些沮丧，我说，浪子，不是能人工降雨吗？浪子有些发疯，呼呼地喘气，说，马言，你真疯了，该送你去精神病院。现在什么时候搞人工降雨，我们找打？

我说，浪子，我正从牧城往家赶，我要抢在雨前和老婆把晒在路上的麦子收回家。我是说你们能不能人工抗雨，推迟一场雨的到来，把太阳、白云、星星、月色，甚至蓝色的天空都崩出来，崩出来……

浪子打断了我的话，说，马言，兴许有一天能，但现在不能。你们这些人真能想象。

我失望地把电话挂了。不，是浪子把电话挂了。此刻，我特别想念我们的老塘南街。

我们老塘南街有自己的气象台，在一座3层楼高的楼顶，我们叫它城堡，根据我们台长的特点我们叫台长瘦猫。往往瘦猫的叫声悠长而又高亢，尤其在每年的农忙，瘦猫的叫声简直是我们老塘南街的信仰。在牧城，每次仰望天空，我常常想念瘦猫在楼顶的叫声。瘦猫在楼顶安了几只喇叭，分别朝着老塘南街的八个方向。我们老塘南街相信的就是瘦猫，瘦猫就是老塘南街格林尼治天文台的台长。我常常想念瘦猫的派头。瘦猫每天生活在楼顶，手握一个气象观测的望远镜，专注地观察天象，几杆红色的旗，在他的身边呼呼飘扬。然后，他用喇叭告诉我们每天的天气。在我离开老塘南街时，我最想念的是瘦猫的气象台和瘦猫略带沙哑的喊声，他站在楼顶上很有气质，像一个诗人或者画家。他不下楼，就生活在 3 层的楼顶，我们老塘南街每天都把蔬菜和面粉用一副滑轮按时给他滑到楼上，我们能听见他在楼顶上吃面条的声音。更重要的是瘦猫在楼顶的作法，他手里挥动的是望远镜和一杆小旗，他一次次根据我们的需要赶走云彩，或者呼风唤雨。瘦猫知道我们老塘南街的需要，他站得高看得远，接地气，深入生活，贴近基层，知道当时老塘南街的情况。比如说晒麦子，他会尽力地作法，让天气晴朗，麦子晒得顶牙。当然，他也会如实地向我们预报，让我们赶在雨前把粮食拢起来，装进麻袋。比如说今天，老婆让我赶回就是因为瘦猫预报在傍晚前后会有一场大雨。

我恨浪子，关键时候一点儿作用不起。什么气象台的工程师，我发誓从今不再和这种人做朋友，不再请他喝酒，不再听他的大话，更不请他喝茶，找什么茶房给他醒酒。我情愿相信我们村庄的瘦猫。

车站嘈杂得像一个鸟窝，到处都是包裹。民工们正从打工的地方往家赶。

终于到了我们的县城。县城的车站更像一个麻雀窝，乱得聒噪，到处在询问发车的情况，挤满了人，汗水的味道又苦又咸，大包小包在朝空间有限的车上移动，大街上到处是肩扛包裹，挥手打车的人。

我必须在雨前赶回老塘南街！必须！

我截了一辆三轮车，告诉他我去老塘南街，霓镇的老塘南街。他告诉我今天他拉的人都有包裹，只有我一身轻松。我不轻松，我心里很沉。此刻，格林尼治天文台在干什么？此刻，浪子们在忙碌什么？此刻，大大小小的气象台在忙碌什么？此刻，我心情沉重，三轮车在路上颠簸。我终于没能在一场大雨前赶回老塘南街，车还没到霓镇大雨就下来了，车篷上噼噼啪啪，哗哗的雨点机关枪一样往头上打。我灰心丧气，我探出头，让雨水冲击我脸上的泪水或者把我冲昏。三轮车淋在路途，我一路上没话，我不想说，我只告诉他，老塘南街，老塘南街，老塘南街……

伙计，我图的什么，挣几个小钱，这雨恨不得把我淋死。三轮车老板一副悔断肠子的丧气。

我下来，仰着头，任雨淋着，一口一口地吞着雨水，真过瘾。我少年的很多日子都是这么过的，和父亲，和已经长眠的母亲，很多次都是在这样的雨天蹚在玉米地里，为了借着雨水给庄稼追肥，省几个电费，有时候我们正在地里劳动，雨呼啦就下来了。那种雨淋真的让人怀念。我来到城里就很少有这样的机会了，偶尔在雨中淋过，被人当成了疯子，有人从楼上给我扔了一件雨衣，那件雨衣没有披在我的身上，结果把我打翻了，我躺在地上站不起来……

我从衣兜里掏出半个没有吃完的烧饼塞到三轮车师傅的手里，我想我还是喊他师傅，一个开三轮车的，喊他老板他可能以为瞧不起他。我最后叫了他一声兄弟，我说，兄弟，你吃了吧，长长力气。

他把我的半个烧饼扔了，我听见雨水中一声沉闷，半个烧饼穿过了一丛雨水，落在路边的草地里。他掷地有声地说了一句，上车！

此刻，我们村庄的气象台在一场雨中，我们的台长瘦猫在心甘情愿地接受一场雨淋，他因为没能阻止一场大雨在雨中忏悔。他仰脸朝天，非常虔诚，喇叭里放着类似于哀调的音乐，声音潮湿，像他的嗓子一样嘶哑，老塘南街的气象格外凝重。牧城的气象台在干什么？浪子会不会有这样的忏悔？此刻，我也愿意接受惩罚，我没再打老婆的电话，我看着已在眼前的村庄，为没有在雨前赶回村庄愧疚，我甘愿这样接受一场雨淋。

被挡在村外的是一条长龙，最前边的是中巴，路过我们老塘南街的公交。三轮司机说，你看！车的确走不动了。我看到了老塘南街的大街是一道白色的风景，路边支起白色的大篷，白色的雨布遮住了倾盆而下的大雨。雨布离地皮两米左右，布篷下是装好摞起的小麦，雨蛇正绕过麻袋奔涌而流，不断激起无数的水泡，麻袋像装在船上。篷下站了好多人，他们在望着城堡。通过雨幕，我看见很多人站在雨中，和我一样地情愿接受雨淋。不，和我们的台长瘦猫一样接受雨淋，望着气象台，等着关于天气的消息。我们的老塘南街还那样虔诚。

二

我讨厌动不动就谈什么书法。几年前我进了一家文艺单位，这里的人一半都和什么家有关，都是什么协会的主席，留着女人一样的长发，奇装异服，夏天里时常忘不了一把扇子，酒场上几瓶酒下去会打起来，为一个观点几个人争论不休。这种场合里我能捡几把扇子，我把它们装在我的包里，等他们请我喝酒再赎回去。

我喜欢乡村马路上的字，高手在民间。这是乡村的风景：接近麦收或者秋收时，我们村外村内的马路上会画满白色的格子，那些格子里用白灰水写上了歪歪扭扭的“占”字。写“占”字的地方是用来晒粮食的。乡村马路不是谁家的马路，只能是平常的道理，收麦和收秋的季节，要另当别论！

我喜欢老聂的字，老塘南街的字数老聂的最好。

不是因为我喜欢老聂，喜欢老聂的二胡，就夸老聂的字好，老聂的字确实是好。我说过高手在民间，我们乡村像老聂这样的高手很多。想一想如果老聂上过高等学府或者天天在纸上练字，被别人吹捧，会是怎样的一番人生景象。我看不惯那些自视清高的什么家，所以我在单位格格不入，像一个外星人。

老聂原来不姓聂，姓万，姓万姓到30多岁，姓万的后爹死了，他想追根溯源，回归本姓，自作主张地要回他原来的聂姓，好像憋了多少年，快要憋出病来了。第一次老聂在“占”字前加上了“聂”字，一村人都莫名其妙，不知道到底是谁写的。字写得底气不足，有些模糊，好像写字时手软。大家都在揣摩这到底是一个什么字儿。老聂先是站在远处观察，后来终于忍不住站了出来，他站到那一个“聂”字上，有点吞吐，说，聂，聂，是聂字；我写的，我，我改回聂姓了。往后的话不用说了。老塘南街的人知道他的来历，当年一个已经不算小的孩子被村里的老万，万福来带回老塘南街，万家从此多了一个叫万来运的男孩。有了这样的回忆，大家都默认了。心里不顺的是万家，万家在老塘南街算大户，几百口人，脸面上过不去，心里头绾了一个结，在一起埋怨，说这万来运，有机会得教训他一顿，让他改回来，万家养了他几十年，原来养了个白眼儿狼，没良心的货。你还在老塘南街，你不姓万你还想在老塘南街混啊？你把万家当什么了，这万字是谁想姓就姓，不想姓就丢掉的吗？

“聂”字在一天清晨变成了“萬”字。那个“聂”字仿佛被夜里的风刮跑了。

老聂看着“萬”字，朝马路上瞅，怀疑这是不是他占下的那段马路。那个“萬”字写得工工整整，是用老笔画写的，比这个万字多出几笔！老聂的油菜已经割了，要把油菜摊到路上。油菜就在他身后的架子车上，米粒大小的菜籽，密密麻麻往路上蹦。老聂要卸油菜时朝哩哩啦啦的人看着，犹豫着挪动架子车，架子车上的油菜胆怯地看着主人。这时候有人走了出来，说，这是你的马路吗？老聂又看了一遍马路，确信无疑，隐隐约约那个“聂”的影子还在。他继续从架子车上往下卸着油菜，已经卸下了两捆，架子车上的其他油菜都在盼着快点被他卸下来。

你姓万吗？问话的当然是万家的一个人，比他年龄大很多的兄长，不然他写不出如此笔画复杂的“萬”字。他看着老聂或者老万，老聂脸上的表情有些复杂，他停下手，再次看着那个“萬”字，他说，是我的！姓万的长兄瞥他一眼，问，你写的是这个字吧？老聂彻底停下手，他看见被盖住的那个“聂”字，他丢下油菜，拼命地往家跑，大街上的脚步声像马蹄子一样响。他穿过马路，身影闪进一条胡同，大街上的人和路上的油菜都在等待着他返回。人越聚越多，超过了车上的油菜捆数，当然超不过油菜籽儿的，全村人也超不过。老聂回来了，还是身子朝前倾着，半弯着腰，手里握着一个小桶，桶里是早准备好的白灰水，那个“聂”字大概就是这桶白灰水写上的，白灰水里是一支被泡乱的毛笔。他没有把“萬”字灭下去，他不敢灭。他犹豫之后，咬着嘴唇，只好在旁边又写了一个大大的“聂”字，而且写了两个字：聂诺！写完之后他有些迷惘地看看人群，看一眼夏天灼热的太阳，太阳高到一个斜角的程度，角角落落都被镀亮，亮得他情绪烦乱。他把白灰水迅速地扔掉，疯狂地往下卸着油菜，人们看见，那些并不多的油菜把一条路，一条他占的路段铺严了，看不见了“聂”字和“萬”字。

三

那年秋天，我们家在村外的马路上占了几十米。这事儿是老婆干的，老婆这货比我胆大，有心计，泼辣，肤色也白。很多夜晚我最喜欢欣赏她的肤色，当然，我指的是整个身体，我像欣赏仕女画一样欣赏着老婆，在她的身体上写字，写得最多的是一个“白”字。我说我感谢老婆让我的孩子换了肤色，见过孩子的人都说不像我的种子，因为我长得黧黑，我就得向他们解释，说我的孩子随老婆的肤色。我写着写着老婆睡着了，好像我的字是用来催眠的。我就在老婆皮肤上再加上几个字，老婆我爱你，老婆，我想……这样写着把老婆写醒了，老婆说你终于进步了，说你是不是也想当书法家？我说对，我想写人体书法，将来带着你出去展览，周游列国，参观的人肯定不少，这叫行为艺术。老婆说，要卖门票吗？我说，可以考虑。老婆抬起脚，把我踹下了床。

可是老婆的字不好，虽然整条马路上的字数她的最差，关键是我们占到了马路。我看到了老聂，看到了那个“聂”字，不，是聂诺。油菜事件后，他把马路的目标挪到了村外。还是老聂的字写得最好，老聂大学肄业，有过功夫，老聂的“聂”字写得挥洒而又充满无奈。他本不该写第二个字的，第二个字到底写了出来。老聂到底姓了聂，一种本姓的回归。不过，老聂又姓回过一次万姓，油菜事件后的第二年，老聂的女儿在鹤城出了一件事，男女情感的事。一个男人深夜带了几个兄弟，要把女儿从老塘南街挟持走。老聂可怜地看着就要被劫走的女儿，浑身哆嗦，要瘫下去，女儿喊了一句，快去找万家的人啊。老聂不敢犹豫，撞开了最近一家的门，就是写那个“萬”字的兄长。听了老聂上气不接下气的叙述，万家长兄叹口气，可你不是不姓万了吗？老聂又叫了一声大哥，也是泪水沾襟，我一直都尊你为大哥啊，你救救侄女！救过呢？大哥看着老聂，老聂一仰头，我听大哥的！大哥风风火火地出门，咚咚咚夯了几家的大门，几十个万姓男人站到了大街上，救下了即将出村的女儿。一个夜晚，老聂按长兄意思，把一张依然姓万叫万来运的告示贴在了大街，有人看见了老聂，或者老万，在告示前站着，远远地传出一声长叹。

马路上搁满了棍棒，那些城里偶然下乡的车，去乡间推销化肥的车，小心翼翼地绕过棍棒，擦着棍棒。棍棒里边的半个路面晒满了金黄的玉米，他们骂骂咧咧，哀怨地走路，不理解如果不抓紧晒干，玉米就会发霉，发霉的玉米卖不出去，成为不了我们的经济收入，无法去城里消费。他们看的不是长远，而是影响了他们走路。我们不理他们，我们依然晒我们的玉米。这个季节，我们最热爱的是天上的太阳，玉米需要太阳，地里需要太阳，发霉的天气玉米发沤，地也无法按时耕种。

可是，这一年的秋天一直连阴，哩哩啦啦，下了一个多月，坏天气破坏了我们的脾气，我们动不动就想发火，打架的事儿时有发生，常有人站在潮湿的房顶上莫名地破口大骂，弄得我们的村庄乌烟瘴气。

我一直在潮湿的马路上睡，玉米秆捆住在路边搭了一个窝棚。老婆在家待得烦躁，踩着湿地出来找我，和我钻进窝棚里，要我的身子暖她身上的潮气，还要我在她身上写字，写内容多的字。这种鬼天气，我没有兴致，爱字前边的那个字写不出来。这种天真烦人。

不断听到发生的事情，外地司机挨打了，惊动了派出所，晒粮户脾气很大，派出所来了人还骂骂咧咧的。派出所劝走了司机，留一句，要不是看在这鬼天的面上我饶不了你们！这时候我们最烦的是耍官腔的人，上边的人下来，说是来视察来安慰农民，我们霓镇却要先给他们腾路。下雨天玉米没有摊开，路能将就着过，问题是镇里的头儿怕上边的头儿嫌路难走，还要逼我们把路腾得更宽。镇里的头儿又怎么样，这年头神仙也会遇到耍横的人，我们最讨厌搞形式，说几句冠冕堂皇的臭话有什么用。天沤得我们的脾气都冒火星，擦火即燃。我们也不想天天占着马路，我们不过每年就占几天，谁愿意天天睡在马路牙上，听着刷刷的雨声，雨里的蛙声，心里烦躁。想着这老天往下尿，往下尿，土地又不是你们的尿不湿，我们想死的念头都有。镇里要动铲车，被一个村庄的人困住，大人喊，小孩哇哇地哭叫，都坐在马路牙子上，让铲车从身上碾，反正过得没意思。法不责众，铲车司机吓得脸白，领导止住，避免了一场官民的冲突。也有被铲的，那是晒在国道边上的玉米，国道上不能晒，这我们都懂。

我就在这段日子里听到了老聂的二胡，我之所以大张旗鼓地叫他老聂，是因为老聂还是叫了老聂。有一天听完老聂的二胡，我问老聂，你以后要一直姓聂了？老聂手摸着二胡，他搭的窝棚比我搭得高，挂了个老物件马灯。老聂说，对。老聂说，大哥同意了，大哥其实不错。老聂把二胡合住，说，大哥住院了，我去看大哥，看见大哥我哭了，他怎么几天瘦成了一根棒，脸皮贴在颧骨上，能看出牙把一张脸支起。老聂说，你看见大哥也会哭的，我一直哭一直哭，像这雨。大哥有气无力地说，别哭了，兄弟，我知道你心里屈，不能守在亲爹亲娘的身边，你心里愧，连亲爹的姓也不能姓，你心里抵抗。大哥说，我现在理解了，兄弟，我一个行将就木的人了，你想姓什么就姓什么吧，我对兄弟们交代一声，以后不再找你的茬儿。不过，兄弟啊，我们万家也不是为难你，是要你给我们一个面子，你一姓聂，你的两个孩子也要姓聂，万家一下子少了几口人啊，我们心里也不好受，可怜的是我们的叔，你回了聂姓，你将来不在了恐怕也不会埋在他身边了，他在那边多孤独，他可是养了你几十年啊。老聂说，我对长兄表态了，我死了不回老家，埋在养父的坟墓边，一码事是一码事。人不能没良心，忘了养恩。老聂说他又在村里贴了一张告示，告示的内容情真意切，念及养父恩情，长兄对他的宽谅，说自己姓聂了还在老塘南街，原来的亲人还是亲人。那张告示被人念着都念哭了，说老聂也好，老万也好，讲良心就好。其实，老聂不叫聂诺，叫聂中原。

没办法，老天让我们没办法。我们天天聚在窝棚里睡懒觉，喷闲话，喝小酒，打扑克，聊女人，听蛤蟆叫，去东河边看河水涨，捞鲫鱼，在河滩挖蘑菇，在树上找野木耳。雨落地的声音我都记熟了。晚上听老聂的二胡，哽哽叽叽，潮湿的弦子弹奏一曲悠悠的老曲，有些哑。我们调侃他弹的是一曲“发沤的玉米”。我和老聂聊了很多，也喝小酒，一个人兑一两个小菜，或半瓶酒。我问老聂，女儿呢？那个被救下的大女儿？他说，嫁了，我都快做姥爷了。我们在雨中站在桥上呀呀地喊，发泄几声，雨叮当落进河床，河里游着数不完的蝌蚪。我们骂着，这鬼天气。树上的柿子也都烂了，噗噗嗒嗒地往下掉，几天时间掉光了。

四

我们都心灰意懒。我们不想当农民，光晒粮食这事儿就够我们心烦。不单单是马路的问题，老天爷动不动就会给我们脸色看，把我们折腾得够呛。城市人只知道下到锅里熬粥，哪知道这些过程。

天气预报我们都懒得听了。

我们不听浪子的预报，也讨厌了瘦猫的破嘴。一个月里他一直广播着有雨，有雨，有雨！一点儿也不知道安慰我们，还向我们炫耀他搜集的故事，什么规律，公元前某某年，公元后某某年，一连下了几天的大雨；向我们念一本老掉牙的课本，陈胜、吴广起义那年，接连遭了多久的大雨；1963年、1974年、1986年……好像我们倒霉到了公元什么世纪，不但防雨，还要时刻准备着抵抗洪水。这个乌鸦嘴给我们制造着恐怖，我们潮湿的情绪没有出口，更加狂躁。这个瘦猫怎么就不能说一些安慰的话，模棱两可的话，怎么和那个浪子一样，呜里哇啦，怎么就不会作法了，把倒霉的雨撵走，把太阳解放出来……我们听腻了瘦猫的乌鸦嘴，我们需要安慰，人有时候情愿受到欺骗。

气象台被袭击了，我们老塘南街的气象台，霓镇的村级气象台，一个人的气象台。愤怒的老塘南街向瘦猫的气象台投掷石块、棍棒，在楼下骂，唾沫星子顺着潮湿的风往瘦猫的脸上吹。瘦猫哑了。我们看见，雨把楼上的旗淋得刮不起来，好久，好久，气象台沉默了。

秋天特别漫长。没办法，我陆陆续续在家待了一个月。这段时间，城里人也特别烦躁，尤其那些艺术家，他们没法出去采风，只有天天喝酒，喝了酒争论吵架，动手，摔东西。那个叫什么的曲协主席酒后被打伤，住进了医院；美协主席烦乱得从画室里往下扔一个花瓶，砸坏了楼下的小车，陪了人家价值几万块钱的画。

太阳总算出来了。

太阳出来那天，老塘南街到处都是感动的哭声。伴着掀开篷布、塑料布的声音，塑料布上积攒的雨水把另半条马路淋成了落汤鸡。到处是发霉的气息，摊开的马路上冒着浓烟，原来占半拉马路，现在整个马路都被占严了。不占不行，一季的收成真要完蛋了，完蛋了攒什么积蓄，盖什么新房，娶什么媳妇，添什么家电？连城里的几家商场都替马路上的粮食着急，农民的粮食卖不出去，购买力大大下降，直接影响商场的什么值。我们是农业国，我们是农业国的国民，如果没有农民的购买力，老板们试试，都喝西北风去，神马都是浮云，都先后倒闭，稀里哗啦哭成孙子。没用，老塘南街不相信眼泪，霓镇不相信眼泪。那个时候叫你们来乡村修更宽的马路，你们会心甘情愿，甚至会卑躬屈膝地求我们，如果不信，你们敢不敢搞个试验。现在的社会，一些老板只知道吸血不知道造血，过着寄生虫的生活，以为海参燕窝都是宝贝；五谷不分，四体不勤，所以有了家政，有了外卖，有了修马桶、缝纽扣挣钱，挣他们钱的都是农民，其中有我们文城，我们霓镇，我们老塘南街的人。

房顶成了地面，密密麻麻，人都站在房顶上吆喝，歇斯底里，房顶上和马路上的人遥相呼应，沆瀣一气，湿气一股扭着一股蒸发着，老塘南街的人都站在烟里雾里。

天一晴，啥都要开始了，紧锣密鼓，昼夜奋战，日理万机。一天恨不得掰成两天用、三天用、五天用。赶紧去地里看看，晒几天能够犁地了，一天都不再拖延，时节不早，过了秋分，接近寒露了。思想先进的，不犁了，旋！旋耕耙简单一翻，畦儿一整，赶快把麦子种进去，墒好，苗齐没问题。过几天，地里的景象又出来了。仰着头，看着天，祈愿着日头可不能再发晕啊，再发晕，明年夏天的经济也要栽进去了，我们的GDP（国内生产总值）更受影响。

听得见房顶上有人对着太阳喊，老天爷，多给些晴天吧，我们老百姓需要晴天啊！要晴天啊！要晴天啊……鸟儿出来了，鸟儿终于敢飞了，齐刷刷飞。又是几声喊，从别处的房顶一齐聚起来，我们老百姓要晴天啊！我们老百姓要晴天啊！要晴天啊……

这时候，出了一件大事：郎元伯和老聂，聂中原正走着不走了，说，不对，不对，不对啊！我们把大事儿忘了，错了，错了，错了！他们朝头顶上看，一边说着一边往那座破楼上跑，他们喊着，气象台，气象台，气象——气象——台——瘦猫，瘦猫啊——

郎元伯和老聂正喊着不喊了，后边跟上了几百人，上千人；驴车、奔马车、拖拉机、自行车、摩托、小车，都疯子一样朝一个方向跑，蜂拥着；各种人群混合，脚步慢下来，慢下来。郎元伯、老聂看见了楼上的旗自动降了半旗……

一村人朝着楼上喊，朝着楼上哭开了，憋了一个月的嗓子，奔出缺口，势不可当！这时候，楼上的喇叭竟然响了，是一种哀乐。

都沉默着。戴帽子的学着电视里把帽子摘了下来……

五

粮食当然卖不了好价钱，贩子们趁火打劫，敲了我们的竹杠，影响了我们的 GDP。文城几个商场的营业额明显不如往年。

那年秋后，老塘南街经过集体商议，分别为气象台和台长瘦猫立了碑，将气象台定为我们老塘南街的文物保护单位，举行了隆重的揭碑和挂牌仪式。离开老塘南街的那天早晨，我又去了一趟气象台，远远的我听见了二胡声，抬起头，看见老聂坐在楼顶上，琴声悠扬而又沉郁……我朝楼顶上挥挥手，算和他告别，尽管我知道他那样专注，根本没有看见。

（原载《当代小说》2015 年第 7 期）

守　夜

李清源

牙痕呈椭圆形，仿佛一圈环状珊瑚礁，深嵌在余越左手腕上三寸处。每个齿印都穿透皮肤，凿肉见血。余越用碘酊和酒精交替冲洗，伤口已经麻木，棉棒像耙地一样在上面刮来刮去，亦已感觉不到疼痛。贾城捏笔旁观，庆幸与怜悯交织心头，回想起当时的情景，背上的汗毛一时如春草般竖起。

你洗了俩小时了。贾城说：如果有用，已经可以了，如果没用……不会有事的。

余越神情焦躁，手捏棉棒狠狠擦着伤口。挨咬的不是你！没事？没事你也让他咬一口去！

他说话的语气很冲，似乎要迁怒贾城。贾城大度地笑了笑，继续埋头抄笔记。群众路线教育实践活动犹如春天里满山遍野的映山红，因着时令开得轰轰烈烈，撰写学习心得遂成为公职人员的第一要务，而且必须手写，打印不算。应溪镇派出所亦不例外，九名警察把正常业务之外的时间都用在了写笔记上。余越将用光的酒精瓶丢进垃圾桶，懊恼地盯着已洗得发白的伤口，满脑子壮士断腕的念头。然而就算现在把这条胳膊砍掉，也未免为时已晚，病毒恐怕早已随着血液散布全身。这还不如被歹徒一枪毙命，不仅立地成为烈士，说起来也死得雄壮。他抬起头，没好气地盯着贾城。

你抄完没有？

还早。

给我也写一份。

行啊。

贾城应允的爽快让余越有些意外。贾城是个乏味的人，没有坏心眼，也没有助人为乐的情怀，若在平时让他帮忙写笔记，他的回答毫无疑问会是：你没长手？此时突如其来的大方，反而让人适应不了。但是余越很快就理解了：他这是对自己悲催遭遇的一种抚慰，譬如看到快死的人，再吝啬的家伙也会发发善心，施舍一碗粥饭或几枚铜板。余越愈加焦躁起来。

算了，不用你写了。余越说：要是感染了那病，命都保不住，还写什么得。

贾城抄着笔记笑起来。你怎么老往坏处想？他说：就算真感染了，你不用再写笔记，也是因祸得福嘛。

贾城笑得很克制，带着些刻意的友好与安抚。这个玩笑开得也很蹩脚，当然这已经很难得，对一个乏味的人提太多语言艺术上的要求是不现实的。余越看了看墙上的石英钟，才十点多钟，距离明天上午医院上班还有将近十个小时。十个小时啊，时间如此漫长，足以让艾滋病毒从从容容地周游五脏六腑，四肢百骸，在身体表里上下安营扎寨，从此反客成主。可是，即使医院现在就上班，立马给他抽血检验，又能如何呢？余越已经在网上查了，艾滋病毒感染后有六至八周的潜伏期，在潜伏期内很可能检测不出来，所以检查结果没事，不等于真没事。而万一结果是 HIV 阳性，就等于告诉他可以去死了。余越想起怀孕的妻子。他没敢给妻子打电话说这事儿。此时此刻，她肯定正坐在沙发上，给肚里的孩子织小毛衣，落地灯暖色调的光温软地披洒在她身上，她的唇角微微上挑，勾着一抹幸福而安恬的微笑。余越心酸不已，眼泪一时夺眶而出。他将棉棒摔到地上，提起警棒走出了接警大厅。

贾城抬头注视着他，在他跨出玻璃门时说了一句：先把监控关掉。

贾城知道余越要去干什么，如果换作是他，他也会去揍那家伙一顿。派出所院内灯光雪亮，贾城隔着玻璃门，看到余越像只狂怒的豹子，甩开大步向拘押室冲去，心头泛起一阵物伤其类的悲哀。余越工作富有激情，处警时总是打头，越有危险越往前钻。有人说他爱出风头，贾城则认为是年轻气盛，一味逞英雄，而不懂得保护自己。贾城老早就断定余越早晚要出事，但并没劝阻过，他自己无意当先进分子，但也知道明哲保身并不光荣，所以没理由劝说余越从俗。何况余越性如犟驴，不但不会听劝，还会反过来大加抢白，诸如“软如泥，怯如鸡，领导问话哼叽叽”之类的挖苦，贾城可没少领受。他要逞英雄，就让他逞吧，人各有志，况且一个单位里总得有人热爱干活，而在公安系统，英雄主义与工作积极是相辅相成的。

贾城厌烦余越的时候，曾替他假设过各种“出事”方式，比如被打击报复、设计陷害、处警时遭遇暴徒受伤致残乃至壮烈牺牲，等等，唯独没想到会被艾滋病人咬一口。如果真有一个传说中的上帝在掌管世界，决定每个人的得失存亡，那他对余越的安排就是个刻薄的玩笑，奇思妙想而又不近人情。但是贾城并不将责任都归诸上帝，替可怜的同事抱屈，而是觉得，余越落个这样的下场，主要还怪他自己。所谓性格决定命运，天作孽犹可违，自作孽不可活。余越被咬伤，几乎可以说是他自找的。

他们是在一个小时前接到110指令，说有人被艾滋病人攻击，让他们立即出警。贾城放下电话后，小腿也开始转筋。余越一贯大胆，但听了情况后也显得有些怵。两人一路上相互劝勉，要注意处置方式，首先稳定艾滋病人情绪，而万不可将麻烦引向自己。贾城把警车开得像驾牛，余越一开始没发现，当他们议定好处置方案后，马上注意到了贾城的磨蹭，急性子顿时发作，一个劲儿催促开快些。据后来肇事者交代，他本已打算结束攻击，他们如果晚去几分钟，就不会有之后的事了。

余越以各种讥诮和挖苦鞭策着贾城赶赴现场。现场离派出所不远，穿过两条街就到了。他们到达时，肇事者正攥着一根杨树枝抽打一名壮汉。壮汉被堵在街道死角，抱头蜷缩在幽暗的阴影里，随着抽打发出一声声凄惨的号叫，如同一条束脚被宰的狗。肇事者瘦瘦高高，二十来岁，脸色在昏黄的路灯下惨白如草纸。他一边抽打，一边骂着脏话，但是词汇贫乏，骂来骂去就那么几个字。远远地围了一群看客，一个中年妇女在挨个儿哭求人们帮忙。有几名男子意图上前劝架，但是刚上前几步，就被肇事青年喝止了。

想死就过来！他厉声大叫，我正缺垫背的，谁敢惹我，我让你全家死精光！

余越刚好拉开车门跳下来，这句火药味十足的话刺进他的耳朵，在他刚烈的小世界里轰然炸响，准备好的戒慎之心被炸得灰飞烟灭，天生的犟脾性却如崩堤的江水汹涌而出。肇事青年震慑住多事的街坊后，继续抽打角落里的壮汉。余越大喝一声："住手！"快步冲上前去。青年闻声回头，看到一身警服的余越，突然变得非常狂躁，挥舞着树枝大吼大叫：

别过来！过来我咬死你！

他将这句话翻来覆去地喊，手中的树枝也胡乱挥个不停，路灯将他瘦长的影子印到墙上，张牙舞爪的样子仿佛疯狂的小丑。余越既好气又好笑，目不转睛地盯着这个情绪濒临失控的艾滋病患者。小小年纪就得这种病，不是因为吸毒，就是淫乱。厌憎之情仿佛阴沟里的污水直冒上来，余越的表情无论如何也做不到和颜悦色了。

我是警察！余越板着脸吆喝，放下棍子，有事去派出所说，不准伤人！

我不去！我不去！别过来，过来咬死你！

挨打的汉子发现青年的注意力转移到了警察身上，悄悄弓起身子，拔腿就逃，不料才跑两步，就脚下打滑摔倒在地。青年立即蹿过去将他按住。汉子惊恐得如落魔掌，四脚朝天拼命踢腾。余越本能地冲上去，贾城一把没拉住，他已赶到青年身旁，将他从汉子身上拽起来。青年身无肥肉，而余越则用了全力，轻松地就将他摁倒在地。汉子被解救，连滚带爬地逃入人群，青年则在余越身下死命挣扎。贾城看到余越拔出手铐，正在犹豫要不要上前帮忙，青年已趁机翻过身来，抱住余越的胳膊咬了上去。

被打的汉子叫王建国，报警的是他老婆。贾城从王建国口中得知肇事青年叫任泉。余越制服任泉后，立即给 120 打电话，咨询被艾滋病人咬伤后会不会也得艾滋病。接线员说你打错电话了，应该去医院咨询专业医生。余越说你给我个专业医生的电话号码。接线员说对不起我这里没有。余越说，那我该怎么办？接线员想了想，对他说，你等明天医院上班后去检查一下吧，我知道你很着急，我理解你的心情，但是就算现在派救护车把你拉到医院，也没有办法呀。

任泉双手反铐，双腿用绳子捆缚，嘴巴则被贾城脱下的警服紧紧勒住，塞在警车后座里。附近商店店主送来一瓶碘酊，余越胡乱冲洗了一下伤口，黑着脸钻进警车。王建国夫妇不敢同车随行，另骑电动车去派出所做笔录。据他们说，王建国吃过晚饭后，在街上溜达，任泉突然拿着棍子就打上了。王建国一直躲一直躲，最后被赶到街角，若非警察同志及时赶到，就要被任泉打死了。

贾城说：你怎么知道他有艾滋病？

王建国说：他自己说的，他一边打我，一边说他得了艾滋病，反正活不了了，要拉我垫背。

以前你知道吗？

不知道，今天才听他说。

他说你就信？

他娘就是艾滋病死的，卖血得的艾滋病。他说他也是，肯定假不了。

余越没有参与讯问，他向所长打电话报告了情况，就开始拼命地用碘酊和酒精冲洗伤口。所长吃惊不小，匆忙赶到所里查看，然而他徒有满怀同情，却亦无计可施，只能安慰说，也许任泉只是诈唬，并无艾滋病，等明天带去做个检测就知端底。安抚之后，所长又做了些指导，就有事离开了。贾城做完笔录，送走王建国夫妻，然后走进接警大厅，让余越在笔录上签名。他坐到椅子上，悲悯地看着焦躁不安的余越。此时此刻，再学舌说安慰的话已经毫无意义，而且事实上，贾城很想责怪他几句，甚至骂他一声活该，自作自受。但他最终什么话也没说，而是默默地掏出笔记，写起了群众路线教育实践活动心得。

其实，所长的安慰并非没有道理，只要检测结果还没出来，就有侥幸无事的可能。但是这一点希望好比漆黑旷野里的一豆亮光，不但无益于安抚灵魂，反而更加激发了他的恐惧和不安，尤其是当他想到怀孕的妻子时，余越终于忍受不住了。他感觉自己需要立即发泄一番，否则将会烦躁而死。于是他提起警棒走了出去。

拘押室设在派出所大楼一楼的一个房间。由于事涉敏感，拘押室里的摄像头与派出所大门和院子的监控并不在一个系统。余越负气而来，直到走进大楼，才开始想如何关掉视频。来到拘押室门前，他已经想好了关视频的办法，却忽然听到哭泣的声音。哭声很低沉，是压抑不住的那种。余越怔住了。他手握警棒悄然站立在拘押室门前，听着室内冤魂似的哭声，满腔怒火如被抽去薪柴，悄无声息地减弱下来。

将任泉扔进拘押室后，贾城曾试图给他做笔录，但他一直保持着疯狂挣扎的状态，根本不予配合。有余越的前车之鉴，贾城不敢冒险去解勒嘴的警服，就将他关在拘押室里慢慢冷却。拘押室里空无一物，余越打开铁门，摁下开关，看到任泉背靠墙坐在地上。哭泣声已在灯光布满房间之前停下，余越向他望去时，他正试图用胳膊抹泪，但是双臂反剪，没有成功，就屈起双腿，将眼窝压在膝盖上蹭了蹭。

余越是个吃软不吃硬的人，生平见不得人痛苦哀伤。他盯着仓皇掩藏脆弱的任泉，恨意像漏气的皮球无法遏制地瘪缩下去。他摆弄着警棒，踱到任泉面前。任泉将脸倔强地别到一边，一副桀骜不驯的样子。余越皱了皱眉，厌憎之心又起。

你胆子不小，竟敢袭警！你知道袭警是什么后果吗？

余越这句话纯属是恫吓，用来吓唬不知内情的人。事实上很多时候他们挨了也就挨了，警察的身份并不能为他们换取更多额外的保护。所以在做严厉状说出这句话时，余越心里自嘲地笑了一下。任泉依旧别着脸。余越用警棒挑着他的脸颊，意图将他拨过来。任泉猛一甩头，将警棒甩开，然后挺起头来，与余越的眼光针锋相对。他的眼光与神情一样，有着过分的怨毒。

怎么？不服？余越用警棒一下一下敲打着左掌心，冷蔑地瞟着任泉。告诉你，我专治各种不服，立竿见影，药到病除，你信不信？

任泉并没有被吓倒，反而冲他吼叫起来。他的嘴巴被勒得很紧，嘶吼的声音粗闷不清，听不出喊的什么，但从狠戾的神情上，不难判断必定是“有种打死我”之类强硬对抗的话。他身子前倾，脑袋随着吼叫一挺一挺的。余越怒火陡然蹿起，便要举棒抽打，而此时手机却响起来。是贾城打的，又接到了警情，叫他一起去出警。余越挂断手机，用警棒指点着任泉的脑袋，瞪着眼说：你等着！转身走出了拘押室。

报案的是镇上一户人家，他们得老年痴呆症的父亲走丢了，请求警察帮助寻找。按规定失踪四十八小时以后才予立案，而这位老先生只走失了几个小时，本来可以不用出警。但是家属把报警电话打到了贾城的手机上，如果不去走走，未免不近人情。另一个原因是他想借机把余越拉出去，余越年轻气盛，做事冲动，贾城怕他控制不住情绪，闹出麻烦不好收拾。

这次依旧是贾城开车。余越要抢方向盘，他执意不让。余越开车很野，一高兴就飞车，不高兴还飞车，贾城对此深恶痛绝，与他一道出警时，什么都可以让他，唯独方向盘坚决不放。此时已近午夜，大街上行人寥落，偶有几只家犬在街巷间自在追逐。贾城驾着警车，仿佛一叶小舟，不紧不慢地飘行在寂静的街道上。余越窝在副驾驶座上，阴着脸一语不发。贾城瞟了他一眼，掏出烟递过去。

我有个熟人，是卫生院防保所所长，我给他打了电话，打听有没有叫任泉的艾滋病患者。他说档案里没登记这个人，也不知道他的情况，明天会去了解一下。贾城说：我觉得可能性不大，你也宽宽心。

贾城在所里对人不远不近，处事不冷不热，余越已习惯了他的温暾麻木。此时听他为了自己的事费心，颇有些感动，点了支烟戳到贾城嘴上。贾城部队转业后，就分到应溪派出所，在这里一干十几年。应溪是个大镇，镇子里大街小巷犹如树叶的脉络，枝枝杈杈交错绵密，余越初来时曾几次走迷路，而贾城闭着眼都能走几个来回。警车闪着警灯，轻车熟路地来到报警者家门口。大门紧闭，贾城喊了几声，院内并无回应，想必是举家都去找人了。贾城钻回警车，掉头开向镇外。余越问去哪儿，他说去找老头儿。

田野里一团黑暗。警车的大灯凿开一道光明的隧道，嗡嗡叫着奔向二里外的河边。贾城将车停到农田旁，与余越踏着田间小径走向河畔的芦苇地。河风瑟瑟吹过，仲春的夜晚凉气袭人。贾城的警服勒在任泉嘴上，身上只有一件衬衣，余越跟在他身后，发觉到他有点颤抖，就把自己的警服脱给他。贾城倒不客气，接过警服坦然穿上。芦苇正在拔尖儿，此时高才齐肩，贾城手持手电筒，带着余越向芦苇深处走去。

余越用他的手电筒照来照去，疑惑地问贾城：老头儿会来这儿?

看看呗。贾城说：反正也没目的，随便找。

老头儿居然真在这里。芦苇夹岸而生，沿河有不少钓鱼爱好者开辟的垂钓点，老头儿就在河湾的一个垂钓点儿里，坐在一块石头上呆呆地望着星光下淙淙流淌的河水。余越背起老头儿走出芦苇丛。他问贾城怎么知道老头儿在这儿，贾城说碰运气而已。贾城没说实话，其实他认识老头儿，知道老头儿唯一的爱好就是钓鱼，退休之后几乎每天都在河边度过。

老头儿的子女千恩万谢，感激涕零。余越责怪他们照管不周，万一老人失足溺水，岂非铸成大错？老头儿的儿子羞愧难当，说都怪自己只顾看人打架，把老父亲给忘了。贾城问谁跟谁打架。老头儿的儿子说就是任泉和王建国嘛，本来是带老父亲出去散步，看到任泉把王建国追得满街窜，好玩得很，就跟着去看热闹，把老父亲撇下了。

余越问：他们究竟为什么打架？

这个真不知道，就看到王建国甩着膀子在街上走路，任泉掂着棍子就打上来了。任泉瘦得像竹竿，本来打不过王建国，但是他说他有艾滋病，王建国就吓窜了。他们两家本来有仇，王建国以前没少欺负任泉家，他们这回打架，肯定有原因，不可能无缘无故打起来。

他们打了多久？

在街上追来撵去很长时间，真正逼到墙角打也没多大一会儿，才抽了几下，你们就到场了。王建国这货，就是个赖种，挨打不亏他。

任泉到底有没有艾滋病？

不好说。他娘有，死了几年了。你去问问他爹，他爹应该知道。不过他爹脾气很怪，提起警察就恼，恐怕不会跟你们搭腔。

他为什么恼警察？

老头儿的儿子搔搔后脑勺，语气变得吞吞吐吐。这个，我也不清楚。

余越还想追问，贾城拽拽他示意离开。余越猜这中间必有什么缘故，而贾城身为老公安，肯定知道来龙去脉。他所料不错，贾城在车上讲述了老任恨警察的原委。事在十几年前，镇上丢了一辆摩托车，当时的片警认定是老任所为，带到所里严刑逼供，打断了一条腿，最终屈打成招。结果两个月后，真犯在外乡落网，才知冤枉了老任。

余越听得闷气不已。他想起任泉面对自己时的疯狂举动，原来也是有缘由的。他问那个片警是谁，贾城说他早已被清退，名字也不用说了。就是这些混蛋败坏了警察名声，余越愤怒地说，一人为恶，群体受累，老百姓都不信任我们了，我们还怎么搞工作？

一切都在好转，贾城淡淡地说，你看咱们现在内部管理这么严，对老百姓也变成服务了。

余越冷哼一声。有时候做事不被理解，我还很愤怒很委屈，但是反过来想想，这怪谁？都怪那些不明真相的老百姓？他闷了一会儿，说：我们是在替以前的错误买单！

说完之后，余越发现自己又使用了“老百姓”这个词。他是警官大学毕业生，受过高等教育，一直认为“老百姓”是个含混的术语，准确的称谓应该是“公民”。他曾试图扭转同事们这个错误的用词习惯，然而结果却是他自己不知不觉地被大家同化了。贾城也对余越的那种努力不以为然，觉得是书呆子的无聊之举。他没有注意到余越此时神情里那一点懊丧，把着方向盘问：去不去任泉家？

去！

任泉家在镇子最偏僻处一条窄细的街道里。这一带没有规划，历史悠久的老平房和老瓦房错落拥挤，把街道逼得曲折如鸡肠。贾城像玩杂技一样，一扭一拐地把车开到了任泉家门口。大门是自己焊制的，粗糙而简陋，红漆已大片起皮剥落。余越拍门叫喊，把邻居都吵醒了，依旧无人回应，不知是家中无人，还是拒绝见面。余越无奈，只好悻然而返。

行至离派出所不远处，他们看到一个小姑娘在前面独自走路，双手分别提着一只小罐子和一个小塑料袋。夜深如此，长长的街道在并不甚亮的路灯下幽静无比，余越望着踽踽行走的小女孩，心被揪了起来。他示意贾城把车停到小女孩身边。

小妹妹，你要去哪里？余越从车窗探出头来。

小姑娘扭头盯着余越和贾城。小姑娘大约八九岁，余越清晰地看到她紧张的神情渐渐舒展开来，知道是他们身上的警服和他们乘坐的警车让小姑娘感到了安全，心头顿时掠过一阵欣慰。在这一瞬间，他强烈地体会到了自己作为警察的价值与意义。

叔叔好！小姑娘说，我去给哥哥送吃的。

你哥哥在哪儿？

在派出所，他和人打架，被抓起来了。

余越和贾城都愣了一下。余越说：你哥哥叫任泉吗？

小姑娘点头：是的。

余越打开车门。上来吧，叔叔带你去。

车子开动之后，车厢内有一段短暂的沉默。余越被这种沉默弄得有点尴尬，真是奇怪，面对着后座这个几乎还不更事的小丫头，他居然有点莫名其妙的心虚。他急于打破尴尬，就找话跟小姑娘说，问她几岁，读几年级，学习怎样。小姑娘全无羞怯，甚至神情里颇为兴奋，想必是在为能坐上警车而开心。她一一回答了余越的问题。余越又问她知不知道哥哥为什么跟王建国打架。

因为我，她说，我在街上玩，撞到了王建国，王建国就踢我一脚，把我踢到地上，腿都磕流血了。她放下装馒头的塑料袋，挽起裤子给余越看，路灯透过车窗照进来，她膝盖上的血痕隐约可见。我哭着回家，哥哥问我怎么了，我就说了，然后哥哥就找王建国打架去了。

余越盯着那片血渍，鼻尖有点发酸。叔叔再问你个问题。他定了定神，对她说：你怕警察吗？

不怕。

这两个字几乎是脱口而出，快得容不下任何心机乖巧，何况她还这么小，懂得什么心机呢？看来老任还没把仇恨的种子传播到她身上。余越感到一丝欣慰，内心亦竟如释重负。

你觉得警察坏吗？他又问。

不坏呀。任泉妹妹似乎为警察叔叔居然问这样的问题而感到一点儿惊讶。警察都是好人，专抓坏蛋的。

余越笑起来。你听谁说的？

电视上都是这样演的，书上也是这样说的。

余越一怔，苦笑摇头。贾城也扑哧笑出了声。他问为何这么晚才给哥哥送饭，爸爸为什么不来。任泉妹妹说：爸爸腰疼，一直在诊所打吊瓶，我在那儿陪他，他疼得轻了，就叫我去给哥哥送吃的。

余越心里有些堵得慌。他脑海里闪过一个念头，想问她可否知道哥哥有没有艾滋病。但是这个念头刚跳出来，就被他匆忙否定了。他担心贾城会问这个问题。还好一路下来，贾城也没有问。

余越还担心任泉依旧在拘押室里哭鼻子，如果被他妹妹听到，恐怕幼小心灵会受影响，从而留下灰暗记忆。而任泉手铐脚捆、嘴勒衣服的模样，毫无疑问也会惊吓到她。他让任泉妹妹在接警大厅等着，自己先去拘押室。任泉并没有哭，但是余越走进拘押室时，他的神情依旧充满敌意。余越蹲到他面前，目不转睛地盯着他的双眼。这是一种心理的较量，警察们习惯用此来摧毁犯罪分子的意志。余越现在已不把任泉视为犯罪嫌疑人，对他的境遇也怀有某种同情，但仍然想要从心理上战胜他。这是场完全不对称的对抗，任泉的凶猛与顽抗依赖于悲愤暴怒的情景支撑，此时面对虽然威严却并无敌意的警官，他的锐气迅速消耗，仅仅与余越对视了不到十秒钟，就把头别开了。

余越知道自己得胜了，内心颇有点小小的得意和满足。你内心其实很害怕。他说，你伪装得再好，也骗不过我的眼睛。

余越的语气不容置疑。任泉冷脸不语。余越相信自己已经绝对控制住了他。

你妹妹来了，给你送吃的。

他察言观色，发现任泉脸上的坚冰开始融化。

你现在这副模样，叫她看到，对她内心会有什么影响，你应该清楚。

任泉的神色开始慌乱。

我知道你不是坏人，相反，你是个大好青年，爱亲人，讲义气。我现在打开你的手铐，把绳子和衣服都解了，让你干干净净地跟妹妹见面。你愿意吗？好，我现在就放开你，你要是敢捣蛋，也不妨试试，别拿你有艾滋病来吓唬我，就算你真有，我已经被你咬了一口，再多咬几口也无所谓，但是你会有什么下场，我想你很清楚。

余越从任泉眼里看到一种强烈的光彩，那是无法形容的感激。这种情感与情绪的急剧逆转，让余越颇感意外。这是出于何等的爱护，才使得一个倔强的哥哥不惜放弃尊严，去求取一点在妹妹面前哪怕是微不足道的体面啊！余越突然开始厌憎自己。他将任泉的妹妹送进拘押室，把门关上，站在门外走廊里默默抽烟，心中荡漾着难以言喻的感伤。

贾城走进一楼大厅，叫了声余越，示意他过去。任泉的父亲在诊所打点滴，本来腰疼已好转，突然又疼痛难忍，据医生说已经快休克了，必须马上转院，但是他的儿女此时都在派出所，医生无计可施，就把电话打到派出所，将难题推给警察，让他们赶快想办法，万一病人死到诊所他可不负责。

马上送他去县医院，余越说，用咱的警车。

要不要让任泉陪同？

当然要。你去开车，我去叫任泉。

是不是给所长说一下？

没必要，余越说，他又不了解现在的情况，人命关天，万一耽误事怎么办？走吧走吧，别动不动就请示领导。

贾城笑了笑。你是副所长，你决定吧。然后欲脱警服还给余越。

余越阻止了他。我不冷，你穿着吧。拍拍他的肩膀，扭头去拘押室带任泉兄妹。等他们跑出大楼，贾城已经发动了警车。

余越知道这件事有些难为贾城。贾城是个谨慎的人，但有丝毫违纪迹象的事，就绝对不会去做。这与他的身份有关。他是部队转业以工代干的无衔警察，虽是财政编制，但没有警号，无权独立出警与办案，所有劳动成果，最终都要署在其他有衔警察的名下。所以，尽管他办案经验丰富，也没有谁比他对全镇社区更熟悉，但是轮到上级嘉奖的时候，他的名字却老是缺席。日久天长，他也渐渐懈怠。何况现在民众日益懂得维权，贾城没有警衔警号，万一被人抓住小辫子，麻烦就大了。更让贾城难过的是，有衔警察的制服是单位发的，而他们这些警察的制服却需自掏腰包去买。每日穿着没有警衔警号的自费制服，跟随余越他们那些虽年轻却是正式的警察去出警办案，贾城总会有点难堪，尤其是当不明真相的人询问他为什么衣服上光秃秃的时候。余越知道，贾城最大的愿望就是穿上一身正式的警服，所以当贾城要把警服还给他时，他以不冷为由阻止了。让他多穿一会儿吧！余越这样想。他将此当作对贾城今晚友好举动的一种回报，虽然这种回报微乎其微甚至还很荒诞。

他们赶到诊所时，医生已急得汗如瓢泼，魂魄出窍。老任果然已经疼得意识模糊。他们将老任抬上车，一路风驰电掣，直奔县人民医院。人民医院急诊科接诊检查后，诊断为输尿管结石，先打了支杜冷丁，老任才渐次稳定下来，昏昏沉沉睡去。余越亦放下心来，将任泉叫到门诊楼外，叮嘱说：你好好守着你父亲。我明天上午来做艾滋病检查，你跟我一起去。

任泉尴尬地勾下头。其实，我没有艾滋病，任泉说，我是吓唬王建国的。我打架打不过他，但是谁都怕艾滋病，所以……

横亘心头的巨石豁然间化为乌有，余越满心满肺重生的喜悦。他压抑狂喜，板着脸说：尽出馊主意！以后有人欺负你，就告诉我，我替你主持公道。去吧，好好照顾你父亲。

贾城已困倦不堪，便在余越的强烈要求下把方向盘让给了他。但是车子一出城区，贾城的困意立刻烟消云散。余越精神亢奋，大踩油门，把年老功高的破警车当赛车开。而且他又成了话痨，各种话说得没完没了。贾城只顾后悔，对他滔滔不绝的高谈阔论充耳不闻，一路上总共只记住了一句。

人一旦面临危险，就好比跌进漆黑之夜，恐惧无助，甚至生不如死。余越唾沫飞溅地说：咱们警察就是守夜的灯火，高举光明之剑，劈开黑暗，驱赶邪恶，还世人以幸福和安宁。

贾城已经习惯这位警官大学高才生随时迸发的诗情，但这次顾不上在心里嘲讽他又发神经，而是专心祈祷能够安全回到所里。次日上午所长上班后，余越将昨晚的事向他做了汇报。所长得知是场虚惊，颇感欣慰，要求他做好打架双方的调解工作，尤其是王建国，他是个很难缠的人，处理时要把握分寸，不能掉以轻心。余越要走时，所长又叫住了他。

别怕花钱，也别怕麻烦，只管去医院做个检测。所长说：求一个心安。

余越深以为然。交接班后余越并未消停，他负责的几个案子当事人相继找来说事，一直折腾到午后才了。等他赶到县人民医院时，已是午后两点多钟。他想了想，觉得有必要去看望一下老任，于是买了一兜水果来到急诊科。不料老任已经出院了，值班大夫说他止住疼后，做了超声波碎石，就坚持要求出院，上午九点左右就走了，大概是怕花钱吧。这也好，任泉既走，就不用担心他看到自己去做检测而难堪了。他请值班大夫帮忙开个单子，检查艾滋病。此语一出，所有眼睛顿时都盯到他身上。余越尴尬不已，急忙解释情况，还掏出警官证以证清白。值班大夫对他的遭遇深表同情，告诉他现在尚在感染后窗口期，而在窗口期是检测不出来的，至少要等两个月以后。

余越闷闷不乐地走出急诊科。虽然他明知没事，但是缺少一张医院证明，总觉有点不安。他决定在最终结果出来之前，先避免跟妻子亲热。此时手机响起，居然是市局督察科打来的，问余越在哪儿，要求他马上去一趟。余越惶惑不已，惴惴不安地赶向市局。途中所长也打来电话，先询问检查情况，然后告诉他王建国把他告了。

余越勃然大怒。他告我什么？

告你徇私枉法，私放凶手。

放狗屁！

注意言辞！你去督察科说明情况，然后赶紧把事情解决了。

余越赶到市局时，只见大门外铺张凉席，一人裹着被子横卧其上，旁边一名妇女则在哭天喊地，痛诉冤屈。余越认出她是王建国老婆，不用说，被子里裹的必是王建国了。余越怒火中烧，恨不能直接开车撞上去。

他绕开王建国夫妻，将车开进公安局院内，去督察科汇报情况。督察科张科长正忙，无暇听余越陈述案情的来龙去脉，摆摆手打断他的话。

我不管案件，只管你，张科长说，人家告你，肯定有你做得不对的地方。你赶紧去大门口把他们劝走，等局长发火了，可没有好处。

可是我并没有做错什么……

你敢保证你没有任何过错？张科长板起脸来。你这种态度就不对！就算你没有错，他们死咬住不放，一个劲儿告，去省里和北京上访，到处给局里抹黑，你让局领导怎么看你？就算领导保护同志，不处分你，但你还要不要前途了？

余越知道张科长用心良苦，纵有一万个不服，也不好再强辩下去。他走到王建国夫妻旁边，装作一副无所谓的神气，意在让他们认为他们的控告并没有对他造成压力。别哭了，歇歇吧。他没好气地对王建国老婆说，然后轻踢一下裹在被子里的王建国。你也别装了，起来吧，地上凉，当心肾虚。

王氏夫妇对余越的到来不理不睬，哭的继续哭，装的仍然装。余越蹲下身子，挽起袖子，将手腕上依旧清晰的齿痕摆到他们面前。你看看王建国，我这伤是怎么来的？余越愤怒地说，我冒着多大的危险救你，你不感激，反而告我，你还是人吗？

王建国呆脸躺着，只做没听到。他媳妇却不再哭叫，看着余越的伤口，流露出一丝羞愧。他把你咬成这样，你还放他？我真是不明白，她说，你得赶紧治治，千万不要也感染上了。

治？怎么治？你知道艾滋病是什么病？咬上一口，绝对感染，没得治！

那怎么办呢？王建国老婆面现关切之色，继而话题一转，赶紧逮住任泉，把他关起来，他看谁不顺眼，就扑上去咬一口，那街里还不都成艾滋病了？

他瞎诈唬，没有艾滋病。

王建国老婆瞪大了眼。真的？

真的，否则我会不着急？

王建国也睁开了眼，阴闷的脸上神情古怪。他徐徐地骂了一句，声音不大，但语气复杂，除了如释重负的庆幸，被人耍弄的懊恼，余越还听出了报复的意图和决心。

还不起来？余越大声吆喝，我为了你，命都差点儿没了，你还在后头补刀子！亏心不亏心？快起来，有事回所里说去！

王建国夫妇告余越，其实是为了自保。任泉上午陪父亲出院回家，在街上与王建国狭路相逢，任泉作势又要厮打，被他父亲拽住。王建国魂飞天外，转身逃窜而去，回家与老婆商议应对之策，决定去告状，先告余越私放凶手，然后是派出所不作为，再然后是市局官官相护，总之一路告上去，直到政府把任泉投入大牢。而在此之前，家里显然是不能再待了。于是两人收拾细软，以破釜沉舟的悲壮踏上了上访之路。现在呢？既然任泉并无艾滋病，区区一根豆芽菜，还怕他个啥！他们收起道具，坐上余越的车回到了应溪派出所。

任泉接到余越电话，让他到派出所参加调解，就爽快地答应了。但当余越告诉他，已告知对方他并没有艾滋病时，任泉却陷入了沉默。余越说这些，是想让任泉知道只要没有艾滋病这个要素，整个事情其实很微小，他完全可以说服王建国达成和解。他解释完后，任泉依旧不说话。

喂，余越说，你有没有在听？

在听，任泉说，王建国想怎样？

想让你赔钱。

如果不赔呢？

那就得拘留你。

拘留几天？

他的伤属于轻微伤，最多可拘留十五天。

这么短？

你说什么？

才十五天，太短了。

你发烧了？余越有点哭笑不得。快点过来，我在所里等你。

我不去，任泉说，你来拘留我吧。

余越愣了一下。你没钱？

不是，我想坐牢。

你有病啊？

你来抓我吧，我在家等着。

任泉说完，就把手机挂断了。他的话平静而坚决，颇有点视死如归的腔调。余越一时陷入茫然，但是很快就明白了任泉如此选择的缘由。在乡村社会，有几种人是人们轻易不去招惹的，其中之一就是吃过牢饭的。这很荒诞，但是余越深知这种荒诞所包含的无奈与悲凉，并为此感到愤懑。他将手机放到桌子上，心头浮动着一丝沮丧。

王建国盯着他问：他怎么说？

他要去拘留所。这人脾性倔强，以后也是个刺儿头。余越扫了一眼王建国，冷冷地说，你满意了？

指导员有事没来，让贾城代班。他帮余越整完相关手续，然后一起送任泉去拘留所。抵达拘留所时，天色已昏暗。拘留所建在田野里，四周麦田包围。进入大门，水泥路通道两侧是大片的绿化带，种有各种花木，红桃白梨艳艳盛开，在薄暮清凉的春风里相互沉醉。余越带着任泉走进收拘室。他看到任泉苍白的脸上隐现紧张，遂拍拍他的背，笑说：这是文明单位，别担心。办完手续后，任泉按指令跨进一道结实的不锈钢门，算是正式收拘。余越对那位引导的警察说：这是个好青年，没办过坏事儿，就因为一点口角跟人打了一架，在里头能照顾的话，多给照顾点儿。任泉回过头望了余越一眼。余越再次从他眼光中看到了那种难以形容的感激，微笑着向他挥了挥手。

离开拘留所时，原野已完全沉入夜色之中。警车平稳地飞驰在安静的乡间柏油路上。余越躺在他的副驾驶座上，隔窗回望了一眼拘留所。拘留所大楼前矗立着一根高大的柱灯，炽亮的光芒仿佛一只盖子，笼罩着高墙内那片神秘的空间。余越想起自己曾经的比喻：警察就好比灯火，驱除黑暗，带来光明。可是灯光虽亮，照耀的范围毕竟有限，纵使一盏盏布满城市与乡村，也无法照亮整个世界。那么，谁来负责灯火之外的茫茫黑暗呢?

阳光！我们需要的是阳光，普照大地，检视万物，让秩序建立在光明之上，让规则运行在光明之中。余越说：包括我们，我们不仅要照亮别人，也需要被阳光照亮。

（原载《小说月报原创版》2015年第9期）

伤停补时

孙　瑜

如果不是昨夜阿根廷队的梅西在伤停补时阶段进了一个球，赢了那场比赛，唐晓米和他绝不会发生那事儿。至少，不会这么快。从暧昧到床的距离，就好比中场抢断离射门的距离，且遥远着呢。

世界杯确实精彩，尤其这场F组的小组赛，夺冠热门阿根廷队遭遇异军突起的伊朗队，定有一场苦战。为了熬夜看现场直播，她们这一小撮业余女球迷提前买了一大堆炸鸡、薯片、花生和瓜子，冰啤酒更是必不可少，早早守候在酒吧包厢的电视机前。遥远的巴西世界杯只是个由头，给了这几位后青春期的女人们一个疯狂的理由。平日里按部就班各站各的岗位，如同工蚁般在单位和家庭日夜劳作，好不容易能借世界杯的东风尝试几日花蝴蝶般的招摇，如何甘心放过？

在这群女球迷之间，掺杂了三位职业男球迷，随机在女球迷之间落座。唐晓米的身边来了窦浩。应该不是他刻意的选择吧。唐晓米想。但她确实感觉到了窦浩在门口看到她时意味深长的眼神，待他真的绕场大半周走过来坐在她旁边，唐晓米的心跳还是暂停了一小下。

天热，人多，短袖，又都在嬉笑着闹酒，偶然的肢体碰触不可避免。唐晓米的胳膊几次与窦浩汗毛浓密的手臂擦过，那种异样的微痒居然令她几次心旌摇曳。足球加啤酒，还有如此近的热气腾腾，从前的那点小暧昧，又从记忆深处荡漾开来。

大叔年纪的窦浩依然是西部愤青的扮相，晚报的才子，分管财经版，却是位狂热的足球爱好者，写了近十年的足球专栏，犀利幽默的文风和专业的足球素养，让他坐拥一大批忠实粉丝。唐晓米倒不是窦浩的粉丝，对足球也不怎么喜爱，他俩真正的缘起却是唐晓米的另一个笔名——逗号。唐晓米一直用“逗号”写诗，用唐晓米生活，连老公都不知道她身为“逗号”的那一面。直至唐晓米去年获得《冰河诗刊》评选的新人奖，这才为众人所知。正是在那次颁奖晚会上，写诗的“逗号”与爱球的窦浩碰在了一起。

唐晓米承认，窦浩纵使大她十多岁，还是颇吸引她的，也爱屋及乌地开始关注足球。这位大叔的祖辈可能混有突厥血统，他不仅个子高大，蓄着络腮胡，细麻质白衬衫的领口处还若隐若现出浓密的胸毛，浑身上下散发出一种异族男人的雄野之气。而“逗号”神秘、空灵的诗歌也颇令窦浩赏识，何况现实中的唐晓米又是这么个赏心悦目的可人儿。有这么点同音的缘分，似乎真的近了不少。虽然谁也没刻意去经营这种缘分，可命运盘中的骰子很有意思，他们居然又很快被偶然选中。

那一日，窦浩参加大学同学聚会，老同学多年未见相遇甚欢，不知不觉便喝了好多酒，所以没敢开车，打算走回家，顺道醒醒酒。他循着酒店旁侧的马路信步向前走，双耳塞着耳机。黑豹乐队的老歌他都喜爱，一首不落地下载在手机里，此刻随机播放的是《靠近我》：

时常感到疲惫
辛酸和劳累
镜中变消瘦的我
忍受不平的折磨
我也不愿去体会
那种苦涩滋味
又有谁能告诉我
该怎样去做……

窦浩边走边跟着年轻的窦唯默喊着，歌曲的情绪似乎带他短暂脱离出肉体凡胎，变成了另一个他。不知过了多久，走了多远，窦唯的节奏忽然被欢快的噪声扰乱，驻足一看，原来他来到了一个大广场边，跳广场舞的大妈们正随着舞曲，在前仰后合地扭动着。窦浩关上手机音乐，绕着广场闲逛。

四下都是音乐声，并不统一，各成一派。有两拨统一服装的大妈们在操练整齐划一的扇子舞，一队舞红扇，一队舞蓝扇，展示着城市大妈们的青春活力。间或有几小撮儿，像是教拉丁舞和探戈的，喊着口号，还有老师现场纠正姿势。最远最大的队伍，则是广场中央巨石旁边的那一堆，密密麻麻的全是人，跳的是男女混搭的交谊舞。密集的人群仿佛迁徙中的鱼群，音乐一响，便涌入了中间位置的所谓舞池。音乐暂停，便游回原位，绕成圈站着。

窦浩的眼神很快被一个身影所吸引，一个系着长长的鹅黄色丝巾的女人，正在舞池内独自跳舞。那姿态，是独舞，又不是独舞，因为她的身姿显示出来的是交谊舞的特征，手的位置也是女舞伴特有的手势，但她显然又是独舞，像被一位隐形人搂着并且操控着。窦浩会下盲棋，而这个女人此刻跳的就像是“盲舞”。盲棋是自己与自己战斗，而这个女人的盲舞则像是灵魂附体，被一位隐形舞者引领着，时而华尔兹，时而探戈，时而伦巴，一曲不落。几曲过后，微醺的窦浩才忽然发现，这女人不就是那个写诗的“逗号”唐晓米吗?

此时，一阵微风袭来，将那条鹅黄色的长丝巾旌旗般吹展，紧紧裹贴在正旋转着的唐晓米身上。亮丽的鹅黄将唐晓米凸凹有致的身型突显在暗夜中，使她如被打了聚光灯一般，从人群中跳脱出来。窦浩喉头一紧，视线黏上了唐晓米。待最后一首曲子《友谊地久天长》响起的时候，他悄悄靠近唐晓米，踩准一个节拍，融进那个隐形舞者内。唐晓米吃了一惊，很快便认出了窦浩，一笑释然。

两个人虽是第一次合舞，却分外默契，每个鼓点都琴瑟相和。舞曲的最后一个音符终于消失干净，两个人才不得不分开。窦浩还处在酒精被动的兴奋中，昏昏沉沉的，看到转身欲离开的唐晓米，冲动之中一把拽住那条鹅黄色的丝巾，低喝道：“跟我走吧！”

一阵掠夺的风带过脸庞，唐晓米双颊滚热。她被这种单刀直入吓了一跳。

而且，他！怎么就敢？

唐晓米羞恼地扯过丝巾，觉得这话太轻易，太突兀，未免太不尊重她了，却又略略隐含一丝窃喜。窦浩还是对她有感觉的，正如她对他有感觉一样。男人和女人之间会不会来电，其实在见面的前三秒就已经决定了。即使不经营，也存在着。好比炉膛底部发红的余烬，吹一吹，就能着火。但这位突厥大叔，也忒胆大了，难道连一点儿前奏的耐心都没有吗？把她想成什么人了？唐晓米心烦意乱地琢磨着。

散场的人群杂乱拥挤，他们被动地随着人流走到广场边缘，走到马路边。

唐晓米双颊的灼热消退不少，也想好了必须拒绝，便转头给了他一个微笑：“不，再见！”然后迅速穿过马路，站在对面，向马路那边的窦浩挥了挥手中的黄丝巾……

“球进了！球进了！梅西！梅西刚刚在禁区前用左脚打出标志性的弧线球，现在场上比分是 1 ∶ 0 ！”

解说员狂喜的声音打断了唐晓米的回忆。满屋的男男女女都沸腾起来，尖叫着，欢跳着，互相拥抱着。待唐晓米回过神来，发现自己正被窦浩紧紧地箍在怀里，脸颊挤贴着他的胸口，能直接感受到那薄棉 T 恤下胸肌的起伏，听到心脏狂跳时热辣辣的震动。一种异样的感觉骤然腾起，笼罩住唐晓米，并迅速辐射开来，使她浑身发软，双颊也变得赤红滚烫。窦浩显然接收到了怀中的电波，低头看了她一眼，并无刻意延长拥抱的时间，但在放开她时，俯在她耳边悄悄说：“这次，跟我走好吗？看完球，我在车上等你。”

此刻，已是下半场的伤停补时阶段，唐晓米和大势已去的伊朗队一样，没有多少反抗的时间了。关键是，这次，她根本不想反抗。

好吧，就任由自己醉上一次。

大家都在为拥戴的阿根廷队和梅西干杯庆祝，唐晓米却与足球再也续不上电。啤酒帮她赤红滚烫的脸颊解了围，她用不胜酒力的借口申请提前走，窦浩也接上话茬说要回报社赶稿，正好开车送她回家。然而，手把方向盘的他，却把车开进了附近的一家宾馆。

天，正在亮。

就这样，他和她在轻薄的晨雾中，开始了，发生了。

唐晓米忽然想起了什么，轻呼一声："不行，危险期呢！"

可是已经开始了，就像刚打开瓶盖的啤酒瓶，泡沫已经溢满瓶体，哪儿是想按就按得住的。但这个问题显然构成了干扰，窦浩还是停了下来："哦？那怎么办？你包里有吗？"

唐晓米身体骤然降温，语气有些愠怒："怎么，你以为我应该随身携带吗？"

窦浩轻咳一声，略显尴尬："你别多想，我的意思是已婚女人在这方面应该懂的。"

"你的意思是已婚女人上了床就应该负全责么？" 唐晓米恼了。

"不，不是，关键这钟点儿上哪去买啊？"

"那，就算了。"唐晓米欲翻过身去。

他却扑上来，直接用武力解决了这场口舌之争。唐晓米来不及挣扎，便迅速忘了危险期的干扰，每一个部位都如多米诺骨牌般次第倾覆。

终于，和喜欢的男人在一起了，难道因为那个小小的橡胶道具就要终止吗？窦浩确实有男人自信的资本，唐晓米只得由他任性下去，不再抵抗。

反正，反正，总还可以找到亡羊补牢的办法。过后，唐晓米怔怔地想着。但很快，又忘了想。他俩特别能聊得来，各种各样的话题，总也聊不完，也不觉得厌倦。大叔确实有大叔的魅力，与她又如此合拍、默契，一触即发……在炽烈的男欢女爱面前，哪儿还有时间琢磨那些怀孕不怀孕的问题，多扫兴。

父母离异时，唐晓米还不到十岁，被法院判给了母亲。一个女孩子没有父亲是很残酷的，不由自主就会喜欢年长成熟的男性，不是一般的“大叔控”。最终却没有如愿嫁给最痴迷的那位已婚大叔，只是被曾经的同桌男生坚持不懈的追求所感动，勉强在三十岁的门槛前结了婚。有句话说，婚后流的泪是婚前脑子进的水，这个婚结得确实勉强了。同龄的老公自顾不暇，忙于工作，忙于挣钱，忙于供房，根本顾不上多关注唐晓米，而且老公性格的软弱令他在很多事情上磨磨叽叽、优柔寡断，包括床上。无人可诉，只得对着电脑日夜倾吐，没承想倒是倾诉出了一大批爱情诗歌，阴差阳错地撞上个诗歌奖，又撞上个喜欢的大叔。唐晓米确实有点晕。

那一整日，窦浩也没回家，在手机上写了篇梅西的稿子传给报社。唐晓米躺在他身边，自下而上地望着他，望着阳光中的他写作时专注的神情，真希望时光在这一刻永久停留住。什么都不去想，就让她这么望着他，从这个角度望着他，望着他狮王般强健的体魄。她愿意什么都不去想，就这么望着，从这个角度望着。

有时，爱情，就在那么一瞬，真的会产生。

就在那么一瞬，真的是真的。

第三日是周一，正常上班。刚到单位，昏头涨脑的唐晓米突然记起了危险期的危险，立即清醒了，趴在办公室的挂历上，用铅笔圈点着仔细算日子。记忆是准确的，昨天果然是危险期，并且是危险高峰。这可怎么办？老公一个多月前就去了外地出差，如果她在这期间怀了孕，如何是好？近期与老公一直在闹别扭，将来何去何从还未成定局，所以她近来并无要孩子的打算。何况，是偷情的副产品。

唐晓米越寻思越坐不住了，她知道有一种药可以用于事后补救，但她也知道那种药有不小的副作用，会引起内分泌失调和月经紊乱，轻易不能吃。但相比怀孕的风险，副作用的风险显然必须要承担了。唐晓米在网页上搜寻着那种紧急避孕药的使用方法，网上的资料显示该药应在 72 小时以内服用，并且越早服用效果越好，她立刻坐不住了，准备下楼找家最近的药店买药。偏偏这时部门主任推门进来，说马上开例会，要她准备新项目的汇报材料。唐晓米忽然一阵气恼，在心里使劲埋怨窦浩，更痛恨自己明知故犯——“许褚赤膊上阵，中了剑是活该”。

唐晓米在会议室心急火燎地给窦浩发短信告知险情，让他赶紧买药送来。窦浩却回复她“在外面采访”。唐晓米望着短信上的这五个字，冷笑了一声。这声冷笑是对自己的嘲讽，她其实清楚，对窦浩的盼望，就像打开大盒套小盒的礼物一样，随着包装一层层撕开，期望值虽越来越高，而结果却早有预料，除了失落还能有什么？所以，这位“突厥大叔”只能是夏季里的雷阵雨，风雨过后，依旧阳光灿烂。

阳光的前提是——绝对绝对绝对不能怀孕！

唐晓米在会议室如坐针毡，好容易挨到会议结束，赶紧冲下办公楼，顾不得脚下穿着五厘米的高跟鞋，飞奔着寻找最近的药店。药刚买到手，唐晓米就争分夺秒地撕开包装，硬吞下去。幸而药片不大，干涩的喉头滚了几滚，勉强放行。这才放松了心情，慢慢踱回办公室。可是，待她仔细阅读完说明书，心又悬了起来。原来这种药只有 85% 的成功率，还有 15% 的失败可能。万一她不幸在那 15% 里面可怎么办？而且，说明书上写着，越早服用越有效，现在已经过去了三十多个小时，那 15% 岂不是又增加了概率？

唐晓米越思忖越绝望。目前，她唯一可商量的人就是窦浩了，那个同谋者。可是打电话不接，发短信不回，真让她火冒三丈。凭什么，这件事情的恶果该她一个人承担？男人事后可以拍拍屁股走人，毫无后顾之忧任意逍遥，女人却需要小心谨慎地处理这么多倒霉事。

还有更倒霉的。由于从早晨到现在一直空腹，那药吃下去一个多小时后，唐晓米只觉胃中恶心难忍，刚冲进卫生间，便呕吐了出来。这下完蛋了！唐晓米顾不上胃内翻搅的难受，赶紧回办公室研究说明书。还真有这条：如果在口服紧急避孕药后 1 小时内呕吐，应该尽快补服 1 次。可她是吃了一个半小时后呕吐的，那么到底该不该补服呢？

恶心，难受，纠结，悔恨，愤怒，真是五味杂陈！在冷气十足的办公室，唐晓米难以自控地流下了冰冷的眼泪。早知今天，何必昨日？与昨日颠鸾倒凤的痛快相比，这反面的代价真的痛苦。

怕被同事看出异常，唐晓米迅速擦干眼泪，强打起精神下楼重新买药补服。去它的副作用吧，哪还顾得着？怀孕这种事，可存不得一丝侥幸。

直至傍晚即将下班的时间，窦浩才回过来短信：“药吃了吗？”

唐晓米一看就气不打一处来，真省字啊，直奔主题，没有任何关怀的温暖和同谋者的愧疚不安。便回了句：“没吃，不想吃。”

这次，他的回复挺长：“一直在忙，报社准备出一期世界杯的专刊，由我主笔，马上要去北京采访，最近应该都会很忙，很难安排见面的时间。吃药这事不能任性，还是按时按量服用，万一捅出什么篓子来，受罪的还是你啊。”

馒头出锅时丝丝缕缕香气四溢，冷了轻轻一碰就满地掉渣。看来，大叔标志性的强壮只表现在床上，遭遇这件小小的麻烦事便轰然坍塌。唐晓米的眼泪又不争气了，按短信的拇指都有些哆嗦：

“没错，受罪的当然是我，该准备工具的当然是我，该吃药的还是我，该承受服药副作用的还是我。那么，大叔你呢？”

“别生气，我不是那个意思。主要是心疼你，怕你的身体受到伤害。两害相权取其轻，与手术的痛苦相比，服药的副作用几乎可以忽略不计。还是尽快把药吃了吧。”

唐晓米冷笑一声。到底是大叔啊，经验丰富，连这方面都很内行。可他语气中那种置身事外的冷静实在让她愤怒。

“老公一个多月前就去外地出差了，这次如果真的擦枪走火，DNA

将证明大叔是唯一的嫌疑人。”

“哦？那更不能冒险了。乖乖买药吃了，没必要把事情闹大。等我把手头的事情处理完毕，就去看你。”

唐晓米满腹的委屈翻搅上来，像一颗巨大的药丸哽塞在嗓子后面，堵得她喘不过气。她把手机狠狠掷在脚边的纸篓内，就像丢掉一个她不愿相信的谎言。谁稀罕他来看！看也于事无补。意外的种子已经埋下，谁又能左右它的隐秘生长？

真是悔不当初啊！这趟“欢乐谷”的冒险之旅，残酷的麻烦大大抵消了脸红耳热的心跳和途中的心醉神迷。为什么这次她没有拒绝？为什么不能如上次那般优雅地与他挥手告别？为什么在踏上车的瞬间，没有跟从犹豫的直觉掉头而去？为什么明知是危险期，却放任自己在危险的道路上越滑越远？为什么故意忘却自己的已婚身份，放纵情欲的触角肆意妄为？

这一连串的问题，答案在何处？唐晓米不知道，也不愿继续深究。幸福和痛苦，就像一枚硬币的正反面，在抛出去的那一瞬间，根本无法预测掉下来的会是哪一面。或者，她根本不愿意去想，她更愿意将昨天的那段时间彻底忘掉，附带那些后遗症一同消失。但现在，她实在不愿意承认自己还是希望窦浩能放下一切马上赶过来。

女人就像个对爱的渴求永远也不会满足的宠物，需要男人的呵护，需要男人的重视，需要和男人的身心达到高度的合二为一，尽管唐晓米很清楚这是多么天真的幻想。但她还是希望他能来，哪怕只是看看她，什么都不做，坐在对面忧伤地望着她，哪怕只是任她把眼泪和鼻涕蹭在他的衬衫上。那么，所有的一切都将是值得的，所有的一切都将由她一人承担。

如果这个他能心疼地问上一句：“还难受吗？吃东西了吗？”或者，帮她倒杯开水，再或者，从口袋里拿出一块藏着的巧克力，被他的体温煨着，煨得有点融化了的巧克力。哪怕融化了，哪怕只是一小块，她就会把爱情献给他，全部献给他！毫不犹豫地，将自己一剖两半，当作神台上的献祭品。

换作是她，一定会那样做。只会做得更好。唐晓米被自己的想象感动了。窦浩刚才说忙完了过来，万一他真的要来，还不一定找得到地方，那么一定会提前打电话的。她止住眼泪，从纸篓中捡起手机，翻来覆去地检查是否摔坏了，唯恐误了打进来的电话。

办公室的同事陆续走了，偌大的空间只剩下她自己在窗前呆坐，望着十六楼外的黄昏，被夜幕一点点地吞噬。她望着楼下马路上熙熙攘攘的人流和拥堵的车辆，望着每个人从人群走进人群，从这个人群走进另一个人群，一个人群慢慢汇成另一个人群，另一个人群又分流成很多个人群，像看蚂蚁搬家一样，打发着时间。

唐晓米其实明白窦浩只是说说，不会真来的。大叔毕竟是千帆过尽的大叔，怎么可能像热恋中的小青年一般。是她在想象中把他描摹得过于完美了，是她希望自己遇上的是那样一个有情有义的沧桑男人，把沧桑留给全世界，把仅剩的爱的火种栽种在她的身上，而不仅仅是天亮作废的一夜情。

手机到底响了，吓了唐晓米一跳，她马上惊喜地蹦了起来！还有点不敢相信，不会吧？他真的来了？他真的在乎她？

待看清来电显示，唐晓米当场石化！竟然是老公的号码！老公怎么会在此刻打来电话？她稳了稳心神，滑开接听键。真的是老公，他告诉她外地的项目提前结束，刚坐上高铁，午夜左右到家。

老公！此刻她才不得不记起自己是有老公有家的女人。在此种状态下，唐晓米真不知道该用怎样的神情迎接老公。她又怎样把自己从大叔的纠结中拉出来呢？不过，今夜，总算还有一个男人陪伴她，好歹算点安慰。

唐晓米拾掇好自己，下楼回家。电梯即将下到一楼的时候，手机又响了，这次是窦浩。虽已错过了盼望，她还是接了。窦浩说，五分钟后到楼下。

五分钟，一首舞曲的长度。最近忙着看世界杯，唐晓米有阵子没去跳舞了，她很喜欢一个人去街头广场跳舞，自己和自己跳。她喜欢在人群中那种特殊的孤独感，被围观的孤独感。就像粉蝶围着藤架上的蔷薇起舞，只为喜欢，而不是像蜜蜂那般为了生计辛苦采蜜。在喜欢面前，所有的理由都不再是理由。就像她此刻站在街头等窦浩，只为——喜欢。

军绿色的切诺基和窦浩粗犷的气质绝搭。一看见他，唐晓米便像被施了魔咒般，微笑不由自主扯动嘴角。没办法，谁让她是“大叔控”呢。

窦浩却是一副来去匆匆的模样：“走吧，去吃饭，吃完买药。”

唐晓米噘起嘴：“大叔匆匆赶来，原来只是监督我吃药啊。”

“这种事可开不得玩笑。你知道我为了赶来推了多少事？世界杯期间，稿约都堆到天上去了，再加上一期专刊，大叔真快忙散架了，从早晨到现在，只吃了一份难吃的盒饭，还有点感冒先兆。看在大叔昨天为女人民精心服务的情面上，考虑下大叔的身体好不好？”

“少贫啦，我可连盒饭都没吃呢，头晕恶心，中午还吐了一次。”

窦浩略显紧张地瞅了她一眼：“不会这么快就生根发芽了吧？廉颇老矣，火力哪会如此强健？”

唐晓米讨厌他那话里有话的语气，似乎中了什么圈套。“我重申最后一遍，近一个多月，他一直在外地出差，今夜才从外地赶回来。而且，在那之前，因为闹别扭，因为写诗，我一直睡在书房。”

“你呀你呀，好好过日子才是正经，别整天胡想八想的。诗歌又不能当饭吃，写诗更需要正常的生活来给养。等你老公回来，好好沟通沟通，力争双边关系正常化。”

“大叔真是语重心长啊！我终于明白了，您老人家是教导我积极在床上与老公改善双边关系吗？”唐晓米揶揄道。

“你明白就好，别总是任着性子来，婚姻更需要经营。知道你家庭和谐正常，我才放心啊。”

“可不是嘛，找块合法的挡箭牌，大叔就可以从主办方变成协办方了，成本骤减，风险共担，就安全了，就没有后顾之忧了，就不会引火烧身了，是吧？”

窦浩略显尴尬：“你这丫头哪儿都好，就是嘴巴太厉害，别总曲解我的话，咱们都心平气和一点儿好不好。你想想，大叔这把年纪怎么可能没有家庭呢？真的无法承诺你什么，不告诉你实情，才是欺骗。”

毕竟此刻的时间距离昨夜那么近，甚至呼吸中都还夹杂着金丝绒般的浑浊，怎么能迅速撇得这么干净？唐晓米越想越不舒服。

“假若如大叔所愿，今夜，我和老公上床，大叔你当真不吃醋？”

窦浩对这个问题没有丝毫准备，他不易察觉地在座位上蠕动了一下，又清了清嗓子，这才字斟句酌地说：“是……这样的，如果你和一个新情人上床，我肯定很不舒服，男人嘛，对自己的女人总有不能排除的占有欲。但你今晚是和老公上床，特批的，大叔会把这理解成第三种忠诚。”

“第三种忠诚？什么意思？”唐晓米冲他翻个白眼。心里勉强滑过一丝小欣慰，他说她是自己的女人。

“也就是如果二者不能居其一，便只能暂居其中了。套用个足球术语解释，有点像是‘造越位’。”

唐晓米被气得笑出了声：“大叔真不愧是个中老手，连足球都能拿来当枪使！”

“你看，笑出了八颗牙吧，目的达到了。瞧瞧大叔我这把年纪容易吗，杀敌八百，自损一千，只为博得美人一笑。”窦浩也笑起来，笑容灿烂，笑声浑厚爽朗。

此刻，如果有人从车窗外拍下来他俩的笑脸，谁又能猜到车内讨论的竟然是那种不堪的话题。

真的很不堪，很难看，很不体面。唐晓米的情绪又跌入冰点，恨自己被愚蠢的冲动逼至这般不堪的境地，眼泪夺眶而出：“昨天，真不该上你的车……”

“好了，好了，你别哭啊，有话好好说，都是成年人，咱别动辄那么琼瑶好不好。饿了吧，想吃什么啊？这附近有几家饭店还不错。”

“不吃了，直接送我回家吧，洗白点，躺床上等老公。”唐晓米恨恨地刮去眼泪。

“你看看你看看，又尥蹶子了不是。我的意思是以后时候长着呢，别把第一步棋走歪了。两情相悦是件单纯而美好的事，如果掺杂太多的附加条件进去，就变味了。”

“我也不想掺啊，谁又料到偏偏撞上危险期呢？”

“难道仅仅因为你是生理危险期，就可以站在道德的制高点上吗？难道我强迫你上车了？难道那天不是两情相悦？难道那天的美好是虚假的吗？好吧，就算这事我有六成的责任，你最起码也得占上四成吧？”

窦浩这一连串理直气壮的问话，将唐晓米的眼泪直接逼退回原点。哪一句，她都无从反驳。确实，窦浩站在男人角度的理解还真不能说有什么错，他确实没有强迫她一丝一毫，从头到尾，她都是清醒的，自愿的，不是主犯，也是从犯，甚至带着预谋的故意。他这般四六开，还真不算冤枉她。可是，他和她之间，男人和女人之间，真的可以如此这般清算吗？

眼眶干干涩涩，再流不出半滴眼泪。唐晓米深吸一口气，拢了拢头发，语音平静：

“大叔高看自己了，五五分，才公平。走吧，去买药。”

“这才乖嘛。女人就该管好自己的麻烦事，你可是第一个这么抱怨的。”

前方是红灯，窦浩踩下一脚刹车，把胳膊伸过来，试图揽一下唐晓米。唐晓米觉得，他这个姿势有点古怪，有点刻意，有点挽回，有点如释重负，还有点说不清道不明的——小得意。她扭过脸，躲开了。原以为将是一段爱情中间的逗号，没想到只是一个爱好后面的句号。唐晓米发现，只有最后没念出声的这句，还有点像诗。

绿灯亮了。窦浩熟练地换挡加油，在拥挤的车流中一步不落地跟随着。唐晓米被车内空调的冷风吹得猛然打了个寒噤。她茫然地在肩头拽了拽，却发现没有一件可拽的东西，丝巾、披肩都没带，只得缩紧肩膀，用力挤靠在车座间。对面的车灯轮流扫过，她怔怔地望着窦浩轮廓分明的侧脸，望着那张侧脸背后黑暗的剪影，真猜不透这位大叔心里到底在想些什么。

意外的收获，却是老公。那个午夜，在唐晓米蓄谋的温柔下，老公迅速进入预设的程序，一鼓作气冲过全关。唐晓米也很诧异，老公怎么像换了个人似的？品尝胜利的果实确实让人心情愉快，唐晓米和老公芥蒂尽释。她已经明白，日子，不是诗歌，还得往正常里过。

科学家用实验数据告诉我们，人体细胞会新陈代谢，每三个月会替换一次，旧的细胞死去，新的细胞诞生。如此轮回，将一身细胞全部换掉，会历时七年。也就是说，在生理上，我们每七年就是另外一个人了。科学家还告诉我们，女人的子宫每个月会更新一次，脱落旧的，接迎新的。也就是说，在生理上，女人每一个月就会被解放一次，变成另外一个崭新的自己。

可是，这个月的旧社会也忒长了点，迟迟得不到解放。

"日思夜盼的亲人啊！你们在哪里？"吃药之后的每一天，每一个小时，每一分钟，唐晓米真正惦记的只有这几句话。

同时，还是会想窦浩。因为，这场他引起的战争。因为，抑制不住。

又是凌晨三点的世界杯时间，对足球毫无兴趣的老公早早睡了，唐晓米一个人在家中的电脑前戴着耳机看网络直播。世界杯仍旧如火如荼，已经踢到冠亚军赛了。曾经点燃火花的梅西，正面临是否能夺冠的煎熬。面对绿茵场，面对足球，面对梅西，唐晓米又想起上次对阵伊朗时梅西在伤停补时阶段的决定性进球，以及那位突厥大叔窦浩看见足球时脸上兴奋的表情，还有弥漫着啤酒花香气的那个凌晨，还有那个庆祝阿根廷胜利的深度拥抱，还有该发生的和不该发生的后来……

"伤停补时"是足球术语，指的是在比赛中，因球员受伤、换人、球员犯规、球被踢出界等造成比赛中止而被耽误的时间，在比赛时间结束后裁判给予的补充时间。这短短的几分钟，有时是天使，有时是魔鬼，尤其在双方势均力敌比分胶着的情况下，这危险的几分钟将决定一切。而偷情之后这尴尬的“伤停补时”时间呢？何时能等到终场哨音的吹响？又由谁来宣布这场比赛的胜者是谁？唐晓米悲从中来，再也无法将视线集中到梅西和足球上。

QQ 上窦浩的图标是暗的。凌晨三点，唐晓米不能打电话，也不能发短信，犹豫再三，还是心情复杂地点开了灰暗的图标，发了一句：“大叔，可好吗？”

顷刻间，那灰暗的头像竟然亮起来，并且回话了：“你是谁？我认识你吗？请不要胡乱发消息，会引起我老婆不必要的误会。”

唐晓米愣住了，知道捅了娄子，只有在 QQ 上拼命地道歉，说自己只是无聊发着玩的。他那边又飞快回了很多诸如“现在的女孩子要自重，更不要给别人惹麻烦”之类的话。

好容易蒙混过去了，唐晓米已全无观看冠亚军赛的情绪，手忙脚乱地关上电脑，对着黑黑的屏幕呆愣住，很久很久。幸好只是 QQ，电脑也插着耳机，老公的鼾声没有变化，也没有人看得见她窘得通红的脸。

第二天一早，窦浩发来短信，说昨晚老婆一直陪着他在网上看冠亚军赛直播，QQ 隐身挂着，在消息框弹开的瞬间老婆看见了内容，他是不得已才回了那些话，希望她不要多想。

唐晓米其实想了一夜。一夜乱梦，梦里樱红满地，像是浅短而间歇奏响的音符，一片，一片，又落下去一片。在窦浩回 QQ 消息的那一刻，他选择了保护他老婆的情绪，向她责难，什么重要，难道还不明白吗？唐晓米知道他有老婆，也能猜到他的反应，毕竟只是一夜情缘，他的反应她当然能理解，但当这种事情真实来临，还是让她很难面对。

唐晓米及时回了短信，有礼貌地道了歉，说只是想问候一下，没想到这样也会给他惹麻烦，以后，再也不会了。

刹那刹那，都是变化。

唐晓米相信，遗忘是人的天性。她相信，总有一天，她会不再想他。她相信，自己的躯体在日复一日地清空着。记忆，同样无法逃过。

那就去跳舞吧！唐晓米真的热爱广场舞，在陌生人群的闪躲中，有一种身在人海深处的安全感。她没有化妆，这里没有人认识她，没有一个人知晓她的故事，没有一个人知道这半个月来她经历了什么，没有人好奇她的独舞，没有人来追问她为什么会一个人跳舞，更没有人再像窦浩那样直接闯入她隐形的另一半。

下一首曲子是汪峰的《飞得更高》。唐晓米喜欢这歌，喜欢这节奏，喜欢那种无拘无束的嘶喊。她将大红色的丝巾披上肩膀，双臂横伸，用指缝夹紧丝巾的双角，甩动长发，如同一只盘旋在人群上空的飞鸟，旋转着，滑翔着，俯冲下来，又拔地而起……她的脚下，是她的城，她的海，她的云，她的虹，她的天空。

跳着，转着，唐晓米感觉双腿之间忽然有一股热热的暖流决堤而出。一阵涌过，还有一阵。她知道，那件事情这下子是彻底过去了，窦浩那篇也一同翻过去了。只有她自己看见，喜极而泣的新崭崭的她，流出的，其实是忧伤。

汪峰的高音正飚至激情处，她不愿停止，她还要飞，继续飞！她紧闭双眼，平伸双臂，大红的长裙盛开在她红色的身影中，越转越快。她在自己旋起的气流中，终于喊出了声："我要飞得更高，飞得更高，狂风一样舞蹈，挣脱怀抱……"

疼痛骤然袭来。倒地的瞬间，唐晓米仍在喃喃着："我要飞得更高，飞得更高……"红裙下，一缕暗红悄然溢出，越来越大，像是一朵玫瑰独绽在初夏的玫瑰丛中。

（原载《时代文学》2015 年第 5 期，《长江文艺好小说》2015 年第 10 期选载）

羊头案始末

孙青瑜

一

程家离马家画廊很远，出了楼道门，程一品低头一看自己还穿着睡衣，兜里一分钱没有。她本想敲门将自己的东西收拾一下，可为给自己挣点自尊，她站在门洞口犹豫半天，决定步行去马家画廊。

当她徒步走到马家画廊时，已经是半下午。那是一个仲秋季节，程一品穿着一身红底白花的家居服，在马家画廊门前足足犹豫了半个小时。

二

马家画廊位处金水路上，离繁华地带不远，门面不大，两间房，内里却别开洞天，也就是说，马家画廊门脸虽小，内里却是相当的辽阔和高档。这家画廊是师父帮马浩开的，虽然师父出资的钱早都还了，可是欠的情，却永远还不上了。前些年，马浩因为缺少朝前“拱”的门道，曾在郊区的艺术村里和几个艺术青年结对子，形成一个互助组，谁卖了钱吃谁的。由于马浩的国画一直无人问津，一来二去，光吃不还，就把另几个艺术青年吃不高兴了。万般无奈，马浩只得去师父家混饭吃。可去一次，师父教训他一次：“这样不着天不着地，不中！得先把生存问题解决了！”马浩以为师父在劝他改行，明里点头，暗地里却一直艺术着，留着长发，男不男女不女，因为不怎么洗头，头发成绺成绺地在师父家的饭厅里闪着油光。有一次，程一品实在忍不住了：“师兄，求求你把头洗洗行不行？”马浩一听，面色一暗，立即笑嘻嘻地给自己打圆场说：“我要当垮掉一代，就得有点垮掉一代的样子不是？”程一品本来还想再说什么，被父亲用眼神拦住了。程父拦了女儿，沉默了一会儿，对马浩说：“孩子，你这样上不着天下不着地，啥时候也成不了艺术家！”

马浩一听师父又老调重弹，没有吭声，开始埋头苦吃，本以为师父会给自己留些面子，不想师父却没有给他留面子的意思：“还是那句话，要想搞好艺术，先解决生存问题，生存问题解决了，才能走得更远。”老爷子说完，像是已经被马浩的“垮掉”状气得不行，将筷子朝碗上一放，扭身上了楼。

马浩那一天将饭苦吃到底，决定以后就算饿死街头，也不会再踩师父家的门了。可让他想不到的是，一个月后师父却暗地出资帮他开了这家画廊。

马家画廊明说是画廊，其实以卖文房四宝和各种书画用料为主，卖画为辅，反正多挣一分是一分吧！马浩觉得只有将自己的日子过瞌腾了，才是对师父最大的回报。因为经营的是文化，马浩前年又整了一次店铺，重新开张那天，将师父一家全请到店里，并送给师父一对价值五千多的核桃，让师父把玩。师父高兴地接过礼盒，掏出来，在手中转了两下，又举目环顾了一圈儿店铺，欣慰地笑笑说：“现在可以了！”话不多，五个字，却让马浩听到很多内容，只可惜，他还没有品完，第三天师父就心衰离世了。

为此，马浩悲痛了很久，无论如何也接受不了师父的突然离世，不想师父的事还没想通，师母也驾鹤走了。他把店内装饰得古色古香，从货架到堂器皆是清一色的老货，为达到更古的氛围，还坚持用算盘盘点。马浩本想用店里的岁月，吸引师父师母常来坐坐，不想……若不是师妹常拿画作来店里销售，两家人可能早就断了来往。不是因为别的，就怕进师父的家，打捞那一屋子的历史镜头。

这一天，天色渐黑，马浩见生意清冷，又开始泼墨。这是马浩近几年养成的习惯，只要生意一清淡，就开始掂笔作画。他觉得师父最后留给他的那五个字，像是藏着一个前呼后应的历史场景。那一天，他正写得入神，听到门口有动静，以为来了顾客，抬头一看是师妹程一品，忙起身相迎。走近了一看，见师妹穿着睡衣，眼睛还通红浮肿，怔了一下，还没来得及问怎么回事，程一品便直奔主题道："师兄，把这几个月的画钱结一下吧，我急着用钱。"

马浩一听师妹急需用钱，不敢怠慢，走到账桌前——可账本一翻，算盘一打，不禁蹙了眉头，像犯了错误一般："师妹，几个月了，咋才卖出去了五幅呢？"

马浩话音未落，就见程一品身子一软，蹲在地上呜呜大哭起来。

自从父亲去世后，为了多挣俩钱，程一品将画放在马家画廊里，卖掉一幅，结一幅的钱。钱不多，一幅一百元，碰到好月份，一个月能卖出十多幅，碰到青黄不接的月份，一幅也卖不出。程一品拿来卖的都是工笔画，而那一张张用西洋之笔画的中国之境，她是死活不肯卖的，常常一幅接一幅地挂号投出去，再一幅接一幅地石沉大海。如果是一般人，早已失去了那份耐性，可面对"笔下明珠无处卖"的尴尬，程一品却有程一品的认识，她说无价的东西就需有一个无价的归宿。既然无价，就不能拿出去卖，所以拿到马家画廊里代卖的不是工笔小鸡就是工笔小狗，画作虽不能让人叫绝，但内功之深，能让人看到一个五六岁的孩子伏案描染的身影。只可惜有这种如镜照影的能者，不止程一品一人。不是独有，自然不金贵了，一幅画一百元，顾客就觉得顶天了，若不是看在程父的恩情上，这一分钱不赚的经纪人，马浩肯定不干。用马浩的话说，师父人好，如今他走了，自己多少要关照一下身体病弱的师妹。

只是这份关照，在没与哥哥闹翻时，程一品并没觉得珍贵，皆是攒够两千块，来拿一次钱，送一批货。眼下无家可归了，卖画的钱，突然重要起来，重到关乎她还能不能继续活下去！可方才听师兄一说几个月才卖出五幅画，别说是租房，连吃饭都不够……程一品的哭声越来越悲，带着走投无路的绝望感，让马浩听出两串泪。

马浩心想，这小妮子是不是和哥嫂吵架了？想到这儿，他大步走过去，将程一品扶起来，又搀到黄花梨的太师椅上问："小妹，说需要多少吧，哥给你！师父不在了，我不能看着你不管。"

程一品一听师兄比亲哥哥还要仁义百倍，哭声更加嘹亮和悲壮，哭了一会儿，小脑瓜里像是有了主意："师兄，我给你当店员吧？"

程一品的提议很突兀，因为生意一直不温不火，马浩并没有想过要雇店员的事情，怕是顾不了人家的工资，所以自己一直在店里冲锋陷阵。好在有几个老客户助阵，要不然，光靠卖点材料和不入流的画作，饿死百回也不止了。如果师妹来店里，给多少工资？少了拿不出手，多了出不起，想到这儿，他略为担心地看了看程一品，问："可以是可以，就你这身体？能保证长期干？"

"能！"程一品斩钉截铁地说。

话音未落手机响了，马浩掏出来一看，如遇救星般瞟了一眼程一品说："你哥！"

"千万别告诉他我找你了！"

马浩瞟了一眼程一品，像是什么都明白了。他沉默片刻，庆幸感没了，只觉得这程锐也太过分了，父母不在了，就剩一个病弱的妹妹，不好好疼着护着让地下的父母安心，还把她逼得有家难归。想到这儿，他冲程一品点了点头，决定要替师父师母难为一下这程锐："老弟咋突然想起给我打电话了？"

"一品去你那儿没有？"程锐着急地问。

"没有呀，怎么了？"

"就和我抬了两句杠，离家出走了，我和小雪找她半下午了，一分钱没带！手机也没带！她要是有个三长两短……”程锐的话音越来越着急。

“那会去哪儿呢？”马浩着急的样子问道。

程锐以为马浩真不知道妹妹的去向，担忧地“唉”了一声，挂了电话。

马浩放下电话，侧脸问程一品：“这下满意了吧？”

不想，就在程一品破涕为笑的一瞬，突然觉得马浩的画廊没法长待了。既然不能长待，落脚的问题等于说又悬了起来，想到这儿，她盯着马浩说：“师兄，无论到什么时候都不能暴露我的行踪！”

马浩没有回答，走到饮水机前倒了一杯水，递过去，待程一品一口气喝了半杯水之后，才坐下来，语重心长地说：“亲兄妹哪来这么大的深仇？打断骨头还连着筋，听我的话，别让你哥担心了！”

不想话音刚落，又惹得程一品一阵泪奔如洪。

想起半下午哥哥将自己拖出家门的场景，程一品决定饿死在大街上，也不会再踩那个家。父母相继去世后，她虽与哥嫂一家同住，但每年都交给嫂嫂一万块钱的生活费，本可相安无事，可问题却出在父亲生前给兄妹俩一人五十万元上。程一品用分得的钱买了一套五十多平方米的一室一厅。哥哥的钱一直未动，直待父亲突然离世后，当着小公务员的哥哥突然危机起来，害怕手中的钱被贬到一钱不值，两口子决定投资房产，像妹妹一样，坐收房租。前一段他们东奔西跑看上一套140平方米的小复式，买了，一百一十二万。因为钱不够，哥哥将父亲单位给母亲生前的生活补贴从妹妹手里挤出来，又用公积金贷了三十多万的款。可还贷的钱一个月需要近两千块，程锐越想越不舍得用那点可怜的公积金填那个无底深洞，便开始打妹妹房租的主意。按照程锐的意思，妹妹住在父亲留下的家里，现在父母不在了，产权归了他，妹妹再住，就要掏房租，而那个小房子的房租刚好他替妹妹收了，岂不刚好？可程一品没有工作，一听哥哥要霸占她那一点可怜的房租，自己需交的生活费又不免，自然不同意。不同意，妹妹就得离开这家……想到这儿，程一品横袖抹了一下眼泪，对马浩说："你若是不答应，我这就走，让你也找不到我！"

马浩见程一品动真格，忙说："好好好，我坚决不出卖你的行踪！"

程一品点了点头，说："所以，我不能在你店里工作了！"

马浩怔怔地看着程一品，愕然了半天，才随着她一秒百变的话转过这个弯弯儿——既然师妹不能待在店里，那又能去哪儿呢？若是独自出去租房单过，她一个几乎没有出过家门的姑娘，自然不让人放心，既然不放心，就不能让她单过，可这又不是一天两天的事情，把她安排哪儿呢？

马浩呷着茶水，正在发愁之际，脑子里突然蹦出一个人——一位常买老宣纸的老顾客，前一段给自己说，若是碰到助手人选，帮他介绍一个。

三

此人姓蒋名章，和程一品一样，也是门里出身，其父生前是省书协主席，因为是省书画界的第一把交椅，名气不知道要比师父大多少倍。马浩见过蒋父一次，老先生长得如同世外仙人，留着一下巴的美髯，从头到脚的穿着能把人带到民国，他除了国画画得好，还有一手八面出锋的好字。在中原地界，你可以不知道他老人家的名字，可他的鸿爪看一眼就能深入你心。正是靠得这一手深入人心的好字，蒋父从普通老师一路走向书协主席的宝座，鸿爪遍布省城各大商场的门脸上，几乎成了省城的文化一景。

自古以来，身份地位与墨宝就暧昧难分，自从老爷子升为书协主席，墨宝便供不应求了。蒋父应付不了，可应付不了，又舍不得看着钱不挣，思来想去，便开始让儿子捉刀。父贵子荣，有父亲在，就算是代笔，多年前每平方尺没有五千的高价也是拿不走的。只是自从蒋父去世后，蒋章的"笔"算是代不动了，价格一落千丈不说，还有一个有价无市的尴尬摆在眼前。

几乎无人问津了。

因为门里出身，蒋章的内功之深自然也是深到不言而喻。但是如今之世道，功是一说，让人认可又是一说。因为蒋父生前一心想让儿子成大器，拒不帮儿子在书画界周旋。逢到儿子抱怨，他总是拍着儿子的肩头语重心长地说："靠自己的真本事拱出来，才是真拱出来了！"实际上，蒋父让儿子代笔就是想"曲线"帮儿子一把，让世人看看儿子临摹百家能以假乱真的功力。只是事态的发展超出了老人家的想象而已，有他罩着时，儿子的仿品，再加上他的落款和印章，身价等父。可待他双眼一闭，儿子的真功夫就不值钱了，价位立即降了许多。

万般无奈之际，蒋章竭力为自己办了几场书画展，可一连几次书展办下来，钱没有少花，只是掏高价请来的那些记者和书论家并没有把自己"吹"出来。

蒋章依然是蒋章。

按说，父亲留下的家产，就算是蒋章嘛事不干，也足以保证他在这座城市里过着贵族般的奢华生活。可蒋章不，因为他志不在享乐，只求混出名堂。名堂是个什么玩意儿？蒋章觉得无非就是功名利禄，后两个字他可以不在乎，可前两个字却是比他的命还要重要。只是在这名堂上，他觉得父亲的那一套老实从艺的理论不实用了，既然那些蹩脚书评家和记者们无力将自己吹出来，思来想去，他想出了一个曲线救己的绝招，听说香港又拍卖宋代老宣纸，他立即飞去，以四十二万的高价买回一张，没有别的意思，就是想证实一下，自己不比那些大师差。

买回天价宣纸，蒋章左思右想，决定临一个纸本的《谿山行旅图》，范宽的原版是绢本的，因为原生态的单丝绢不好找，蒋章就画了一个纸本的。范宽是宋代的大画家，宋纸描宋画，蒋章一开始便先在仿上"真"了一步，下面，就要比仿家的内功了。自古以来，赝品超过真迹者，就屡见不鲜。

蒋章觉得自己也有这等功夫。

因为这范宽喜重墨浓彩，重到何处，浓到哪般，其间的分寸，对蒋章来说，不是难事。可是如果比葫芦画瓢，一毫不差，傻子都知道是假的，仿也得求变，变在哪儿变？蒋章想了想，觉得还是在染色上略略变通，让“土石不分”略有区分。这样一来，以“假”求真“假”便更真了。果然，功夫不负有心人，经过多日描染，蒋章放下笔一看，别说是自己，就算是鉴定神人董其昌在世，这假中求变的、变中求真的高仿之作，也得半天琢磨半天掂量。一般的肉眼凡胎压根儿就看不出来。有了这等自信，蒋章又自己刻了几枚印章，一丝不苟地盖上，为让其更“真”，用电扇对着仿作日夜吹风，让印泥和墨法尽快“沉”进宣纸里。时隔半年，待哈湿手指朝上一抹，不见黑红二色，拿到市场上，竟卖出了千万高价，比帮父亲捉刀还要挣钱。

这一下，蒋章像是找到了属于自己的路。

每仿一幅，蒋章均盖上自己的印记，看似藏家癖好，实则是备有朝一日，以沙积塔，让人反观“真作者”的价值。

按说，此等高仿之作，纸的来源是大问题。蒋章觉得不可能回回四处去找拍卖行，于是，便结识了开画廊的马浩。

蒋章不久前刚刚离婚，这一天马浩打来电话时，他正和保姆面对面在饭厅里吃晚饭。

“老兄，前一段你吩咐我帮你找一个助手，不知道你现在找到了没有？”

“怎么？有人选了？”

“你这一会儿要是有空，咱们见个面？”

蒋章一听满口答应，二人将见面地方定在蒋家画室。

四

因为一个大院里长大，程一品自然认识蒋章，一听师兄让她给一个造假者去当助手，一百个不乐意："我怎么能给一个骗子当助手？"

马浩淡淡地翻了一眼，沉默半晌，道："你要是有别的门路，不去也可以！"

程一品怔了一下，不再吭声。当马浩带她来到蒋家画室时，开门的是骗子蒋章。蒋章还是她记忆中那么高，足有一米八五，一身洁白的休闲服，像是刚从高尔夫球场回来，又高又帅，站在他身边什么都不需要说，安全感就能形成四面合围之势。想到这儿，程一品觉得哥哥肯定不敢来这里找她。

蒋章开了门，见马浩身旁的姑娘有几分眼熟，却又想不起在哪儿见过，表情怔了一下。马浩见状，忙笑道："你们一个院长大的，就不需要我介绍了吧？"

程一品忙冲蒋章亲切地喊了一声："哥哥！"

蒋章这才猛然想起原来是程叔家的一品，不由亲切地打量了一番，感叹说："几年不见，长成大姑娘了！"说话间，蒋章将二人让进厅内，落座后，他本想问程一品怎么穿着睡衣跑出来了，可再一看程一品的双眼红肿，知道泪眼背后定有事情发生，便止了口，起身要给二人沏茶水，不想被马浩拦住了。

马浩拦了蒋章，开门见山道："我一会儿就走，咱们自己人也就不说外话了，如果你看上咱妹了，没有别的要求，只要能包住就行。你要是看不上，我咋把她带来的，咋把她带走，另作安排。"

蒋章没想到马浩找来的助手会是程一品。因为整个省书协，书二代也就他和她，一品的书画底子他是知道的，当助手绝对绰绰有余。只是这程一品自幼体弱多病，夏天还好，一到冬季，必须天天去小诊所里打针，才能将日子打"顺畅"一点。也正是因为有气管炎，程一品的胸腔部位像是比平常人略厚一些，不知道能不能长时间工作？可若为此犹豫，肯定会驳了马浩的面子，想到这儿，他斩钉截铁地说了一声："没问题。"

那一天，马浩将一切安排妥当后，直到九点多才起身回去。

程一品没想到师兄前脚刚走，后脚从一间房门里走出一位大嫂。那大嫂看到她怔了一下，显然是没想到厅内还有一个没走的客人。第一次见面，程一品以为是蒋章的妻子，挤出一脸笑，喊了一声“嫂子”。

大嫂并没有解释，回给程一品一个笑。

蒋章见状，也没有给二人介绍认识，直接安排大嫂去收拾房间。待大嫂转身走进正对着客厅的一间房门后，蒋章才小声提醒程一品说那不是他妻子，是他家的保姆。

程一品吐了一下舌头，暗想，这年头保姆怎么一点儿也不像保姆？从穿着到长相再到气质，俨然就是一个女主人，想到这儿，她又歪着头看了看蒋章，越看越觉得二人有夫妻相，本想顺势开句玩笑，但又怕不妥，只得噤了口。

蒋家画室是顶屋复式，楼下是客厅和三间卧室，楼上，也就是顶层，本来没有那么多的房间，可蒋章将赠送的大露台一整，整成了一个大画室，足有一百平方米。四围的墙面上，三面都是画作。一张金丝楠木的束腰镂花大书案，方方正正地摆在顶层画室的中央，西面是一溜放印章的专柜。蒋章的印章很多，有自己的，也有别人的。程一品天天站在书案的东头研墨，一抬眼就能看到靠西墙的一排一排印章。那些印章本来都不大，却像一块又一块巨大的磁铁吸引着程一品：原来将一纸“自己”变成别人，并不难，只要拿来其间任意一个小小的印章，便能轻轻去杀死自己，复活别人。当然了，一百元也能随之变成六七千块，甚至几百万元、几千万元。

自从入住到这里，转眼间一个月过去了，昨天开工资了。程一品接过钱，进屋一数，心里不由一凉，只觉得这价钱，别说是三天两头的跑腿，连研墨钱都不够……也就是说，在这里工作并不轻松，程一品除了三天两头去马家画廊里拿材料、送作品、结账，还要隔三岔五地研墨。蒋章除去造假，主要的精力当然还是画“自己”，卖“自己”，所以对墨的要求极为严格，除了用上好的老墨锭，一池墨有时候要程一品磨一天。

他说只有把墨磨到极致，墨才会生出五色。程一品从小就怕研墨，每次研墨，总觉得不是她磨墨，而是墨磨她。墨磨到家了，可蒋章一拈笔，不是历史的这个身影，就是那个身影，游走一纸的别人。程一品觉得如此笨蛋的一个人，别说是一个月一千五百块钱的工钱，连她酸疼的手腕都对不起……想到这儿，心思不由再奔涌沸腾开来。她低着头偷斜了一眼不远处的保姆大嫂，如何看她，都觉得她一脸的无怨，好像她来这里工作不是为钱，而是为了某个人。说来这大嫂奇怪得很，长得端庄大气，心眼子却小得细菌难钻，动不动就冲程一品撇嘴。刚到蒋家画室的第二天，她便像女主人一般，指使她拿这干那。程一品一个娇生惯养的姑娘，心情正不好，自然也不依，渐渐二人就心生了芥蒂，一天不正经搭一句话。程一品觉得话都被保姆的嘴巴“撇”完了，自然也就没有了正经话可说。有一天，蒋章主动给她两千块钱，让她有空了买两件替换的衣服，也方便出门办事。程一品接过钱，说了声：“谢谢哥哥，待发了工资还你！”不想话音未落，余光一斜，刚好看到在一旁拖地的保姆在冲她撇嘴。当时不知道什么意思，直到昨天才知道那表情背后原来竟是：隐情重重！

按说，保姆大嫂一不是蒋章的妻子，二不是为儿子挑媳妇的母亲，不知为什么却很戒备她和蒋章单独相处。每天上午她将家务一忙完，嘛事不干，径直跑到画室里，朝放印章的柜沿上一坐就是一下午，手里拿着一个十字绣，看似绣得一丝不苟，想必那心并不在“绣”上，不小心针扎着手的尖叫声，吓得正在作画的蒋章手一抖，又一抖，一幅画，又一幅画，就这样作废了。前天她又“老调”重响，蒋章忍不住大发脾气了，待把她灰溜溜地骂走后，还嘟囔一句：“天天坐在这里监视谁的？”

什么意思？程一品说不来。什么原因？程一品更是说不出来，只觉得这套房子里有一股子说不出的异味。不管保姆大嫂天天坐在画室里是什么意思，也不管她天天冲着自己撇嘴是什么意思，肯定不是什么好意思。据师兄马浩说，头一天她帮蒋章去马家画廊里送货，前脚刚刚离开，哥嫂后脚就赶到了，在店里瞅了一圈儿，没找到妹妹，硬说马浩将妹妹藏了起来，害得马浩好一阵苦口难辩。程一品听了，强硬地说：“不理他们！”心里却在懊悔不该走那么快。

马浩以为程一品还在负气，忍不住劝道：“你哥嫂是真担心你！”

程一品一听，又想起哥哥把她拖出家门的场景，用鼻子很响地哼了一下：“他们巴不得我早点死呢！”

马浩一听，厉害呵斥师妹说：“说的什么话！”

程一品见师兄风向倒到哥嫂一边，半天没吭，不知过了多久，喃喃道：“反正，不许告诉他们我在哪儿。”

本来是一句外强中干的话，可自从那以后，就再不听马浩提及哥嫂找她的事了。按说，蒋家画室离自己的家并不远，她研着墨，扭脸穿过26楼的阳台，就能遥望到自家的小区。家虽近在咫尺，哥嫂如果不来找她，也是回不去的，真是地距好迈，心距难越！

如果哥嫂一直不来找她呢？

这两天，程一品一直担心地思量这个问题，左思右想，觉得只有把租户撵走，自己住进去，来个另立门户。可是没了房租，辞了工作，她靠什么生活？靠什么打针？又靠什么买材料呢？家里还存着她的无数张“得意”之作，先前，程一品一直觉得创造是无价的，就算是烂掉，也不能卖！可不知道为什么，自从昨天接到那一千五百块的工资后，她突然不这样想了。

五

秋冬之交，季节更迭之快，快到程一品置买不起衣服。

前几天刮了几阵酷风，将大路两沿的树叶都刮尽了，程一品觉得胸口有点闷，一千五百块钱的工资，买两身急穿的衣服，腰里就没有打针看病的钱了，只得忍着。

那一天，当程一品抱着一沓子画作走到马家画廊门口时，一阵风顺着街筒子灌进来，让她打了一个寒战。天实在太冷，她顾不得多想，一头扎进店内，进得店内，一股温暖八面合围而来，不由问道："开空调了？"

马浩正在挥笔，怕断了内气，直运到"蛇尾"处，才应了一声。因为师妹这一段三天两头来店里，早没必要回回相迎了，便示意她先坐。

程一品哪里坐得住，她将鱼目混珠的"货"放在柜台上，哈了哈冻僵的手，跑到书案前，眼睛还没落到墨宝上，讨好的话就已经脱口而出了："师兄内力大长呀！"

马浩没有吭声，只觉得今天程一品有些异常，抬头看了她一眼："太阳从西边出来了？"

"什么意思？"

"没什么意思，捞到师妹的夸赞不容易呀！"马浩感叹完，只觉得内气被夸赞冲断了，没法再写了，不得不放下笔，走到柜台前。

马浩打开程一品新送来的货一一看了，不想看着看着，表情渐渐变了："蒋章怎么突然变风格了？"

从师兄店里走出来，程一品知道自己犯了致命的错误，她用西洋的笔画中国意境，想法是好，画得也好，直到师兄狐疑四溢时，她才意识到自己忽略了一个致命的问题：蒋章根本不会西洋画法！所以才让知道根底的人一眼窥穿，好在那人不是外人，并没说什么，不但没有说什么，还把画留下了。如果卖掉，就和师兄来个五五分，报答他的包庇之恩。蒋章的市场价三千一尺，也就是说，只是换了一个落款，偷盖了一下印记，还是她的画，价格却翻了三十倍之多！就算一个月卖掉一幅，也比工资高很多倍嘞。当然，对于程一品来说，挣钱不是目的，如果她真想挣钱，就不会挂蒋章的"羊头"了，也就是说，这次冒险其实就是想看看自己的画是不是真就值一百元，自己的劳动是不是就值一千五。想到这儿，她扭脸看了一眼马家画廊的门脸。门口静悄悄的，门楣上方的招牌还留着父亲的体温，如果父亲还活着，她肯定不会如此着急地"证实"自己，如今父亲不在了，拿着画作出来一卖，才知道自己埋头多年的功夫才值一百块钱，苦读多年的诗书，到头来一个月才挣一千五百块钱的工资。而蒋章，虽说有临摹百家乱真之功，可却没有跳出来独成一家之能，凭什么一平方尺能卖三千块？而自己画的一纸自己，凭什么就如此一文不值？想到这儿，她拐到路边的一个小手机店里，99 块钱买了一部红色的老年手机，像是为了随时接收某种不妙的消息。买了，先给马浩打了一个，告诉他新买了一部手机，让他把号码存起来。马浩像是在忙，只“噢”了一声，便挂断电话。

程一品从师兄忙碌的声音里得知，日子像没风的池水一样平静，并没有她担心的那样。可尽管如此，她还是心有余悸地回忆着今日之险，如果接货的人不是师兄，是别人，她可能现在已经大祸临头了！想到这儿，她决定卖掉那批“嫁接”作品后，和师兄来个五五分成……主意一定，程一品打了一个冷战，只觉得气管像被冻僵了一般，呼吸又困难起来，不由加快了步伐。先前父亲活着时，一到冬季一天不打针就像是过不去，不想现在，没钱打针了，也能凑合了……程一品喘着一路粗气回到蒋家画室，推开门一看，室里很静，好像没人。她若有所思了一会儿，朝自己的卧室走去。不想刚一推门，里面有一身影，吓了她一跳。

定眼一看，原来是蒋章。

蒋章正在静观她那些待“养”的画作，听到响动，扭脸一看，笑笑，说：“一品，定将成大器呀！”

面对蒋章的夸奖，程一品黯然起来：“什么大器？四面八方的投稿，四面八方的石沉大海！”

蒋章显然没有想到程一品会如此自卑，脱口说道：“只要是真金子，早晚都会放光的！”说着，他走到其中一幅面前，用手抚了抚画布，让程一品看，“这一幅的思维，以我看已经远远超过了蒙克！或者干脆说是蒙克《呐喊》的前因，名字起得也好——《吊在半空中的人》。”

蒋章说着，朝后退了两步，又左看右看了一会儿，自顾说道：“近看，面目不清，远看，万人清晰其中——色彩感也好，与主人公的表情一配，简直就是一个‘三才’大世界！”

程一品愕然一下，没想到一手“别人”的蒋章，还有如此高的审美判断，想到这儿，她正要开口说什么，突然听到门口有响动，伸头一看是保姆大嫂掂着一个黑色的塑料袋回来了。程一品戒备地看了一眼蒋章，可蒋章站在画作前一动不动，像是沉迷在画里出不来了，连门口的响动都没听到，更没有在意程一品的目光。

保姆大嫂见蒋章在程一品的卧室里，表情沉了一下，没说什么，换了鞋，撇着嘴巴朝自己卧室走去。手里黑色的袋子像染上了某种情绪似的在她手里荡来摆去，不知道里面装的什么，很轻的样子，跟着保姆大嫂一甩一甩地消失在拐角处。

程一品扭过脸，又要开口，不想保姆大嫂又掂着塑料袋子踅了回来，冲着门口喊了一声：“弄好了！”

蒋章听到喊声，愣怔好半天，才从画里走出来。他扭过身朝外一看，早就不见了人影，又用手抚了抚《吊在半空中的人》，一步一步地退到门口后，竖起拇指对程一品说：“定成大器！”

送走蒋章，程一品轻轻关了房门，回想着刚才蒋章失神观画的场景，鼻子一酸，流出两串子泪。第一次遭到认可，不知道是幸福还是悲哀？看着那些正在精“养”的画作，程一品心里突然排山倒海起来，就像一个为日子继续下去，要将儿女送人的母亲，到底卖，还是不卖？程一品像割心一般犹豫着，因为这批画作是她饱读诗书后，高屋建瓴思考出来的东西，一共十幅。父亲生前常说：“优秀作品比的就是思维，思维到了，比的就是画啥！”父亲的这套理论，程一品先前不懂，直到父亲去世后，她突然从卡尔维诺的小说《分成两半的子爵》里旁通了这句话的真谛。按说这篇小说的意向表达人人心中皆有，因为它出于一句古语：“人一半是天使，一半是魔鬼。”可卡尔维诺却来个直线思维，直接按照古语的字面意思，构置一个被劈成两半的人，一半极好，一半极坏……最终以虚及虚达以大实，又用大实妙至大虚的艺术效果，直接将人的双重性表达用艺术的形式推到制高点，谁再碰这个主题，都莫想超越卡尔维诺了。这大概就是父亲常说的思维决定论和象本论……程一品将卡尔维诺的这篇小说重读了数十遍，思来想去，决定画一幅《吊在半空中的人》。这幅画，她整整构思了两年才动笔。先画的那一幅，因投出去无人问津，早已石沉大海找不到了。除了眼前这一幅，家里还放着一幅，画面上的人物属大写意，没有勾描，直接用无骨法的墨泼成。而天与地却是印象派画法，天涂成白色，地染成黑色，位处中间的“人”吊在树上，近了，那人表情不清，退后半尺，能看到一脸的痛苦、不甘和无奈，神似蒙克的《呐喊》，又不是。因为主人公正伸着手仰天狂吼，像是在够什么东西，又像是喊人解救……不想，看着看着，程一品突然泪流满面，构思这幅作品时，像是与自己没有半点关系，画出来了，才知道原来自己也会遭这样的劫数！难过间，就听到坤包里的新手机突然传来一声“叮咚”，她抹了泪，掏出一看，是师兄发来的短信：“有空了，过来一下。”看了短信，程一品心里咯噔一下，不知道师兄发来的这几个字，于她是凶是吉。顾不得多想，忙出门去找蒋章请假。

听到喊声，蒋章从保姆大嫂屋里出来，手里掂着那个黑色的塑料袋，问她何事。

程一品下意识地瞟了一眼那个黑色的塑料袋，说她要出去一会儿。

蒋章若有所思地点了点头，算是允了假。

出了蒋家画室，程一品一路小跑出了小区大门，因怕坐公交车误事，她伸手拦了一辆绿色的的士，一路风行来到马家画廊，眼睛还没有瞅到马浩，就急急问道：“师兄，啥事？”

马浩没想到程一品如此之快就跑来了，愕然了一会儿：“蒋章那几幅中西合璧的大作，全卖完了，叫你来结一下账。”

程一品也愕然一下，为防师兄看出什么，她淡淡地回了一声：“好！”

头一次试手，程一品万没有想到出手如此之顺，因为没敢贪多，只造了五幅，可就这五幅画，一算账，不得了了，一下子卖了二万多块。程一品听到这个钱数，刚才还在憋气的气管突然顺畅起来，她百感交集地问："国画嘞？"

马浩半晌没吭，将钱交到程一品手里，才说："一共二万八，一分不少，交给蒋章，那些国画——还没有卖掉！"

"没卖完，怎么就结账了？"程一品试探地问。

马浩很"重"地看了一眼师妹，说："一拨一拨地算，省得混！"

程一品不再吭声，接过厚厚的一沓钱，突然又不舍得与师兄平分了。如果分给师兄，明摆着又是一个"此地无银三百两"，常言说"看透不说透，才是好朋友"，师兄不说，她若主动去"点"，不是傻子吗？好在那事只是自己在心里想想而已，分与不分，不说出来，一切都由她来定，若说出来，她就没有那个决定权了……想到这儿，她感激地看了看师兄："好，我这就给他带回去。"说着，将三沓儿钱放进包里，又冲师兄点了点头，这才走出马家画廊。

走出了马家画廊，空气里到处都涌动着安全着陆的庆幸因子，程一品想给租户打个电话，让他赶紧腾房子，别耽误她"回家"。可是因为换了手机，没有租户的号码，她想了想，觉得必须亲自走一趟。可是包里装着一兜子现金，一生没有拿过如此多的钱，走出马家画廊不远，程一品的心怦怦地跳个不停，因为离家时没带身份证，看着一街两行星罗棋布的银行也没法存进去，思来想去，她决定打的回蒋家画室，那里有蒋章，虽然这些钱名誉上属于他，但还是回到那里比较安全。

当时，蒋章正在看电视，见程一品推门进来，像是欢迎贵宾一般热情站起来："一品，来这里一个多月了，辛苦了，今天晚上我请客。"

程一品惊愕地看着蒋章，一身笔挺的西装，再看保姆大嫂，上穿一黑色薄料的毛呢大褂，头上还戴了一圆顶小帽儿，正对着自己撇嘴。这个女人动不动就朝自己撇嘴，像是成了一种条件反射，程一品懒得理她，单看二人的装扮，好像严阵以待等她许久了。

不知道什么意思。

见程一品发愣，蒋章笑笑说："没有别的意思，一是犒劳，二是补作迟来的欢迎宴。"说着抓起茶几上备好的皮包，也不征求程一品的意见，扭头丢给保姆大嫂一个"出发"的动作。二人前脚后脚，相继来到门口。看那不容商量的态势，程一品觉得像是在绑架自己，被迫退到门外。

来到楼下的大奔前，保姆大嫂当仁不让地坐上了副驾驶，程一品只能惴惴地坐在后座上，看着前面两个人的后脑勺，如同隔布袋买猫，猜不出里面装的是什么。本来是盛请，可一路上三人谁也无话，这让程一品更加地忐忑不安，直到下了车，迎来一群迎宾小姐，抬头一看饭店的招牌，才知道到了"皇宫"。

六

"皇宫"是省城最为奢华的一家酒店，据说进得大厅，没有五千元以上，出不了大门。当然，能来这里消费者皆非等闲之辈，个个揣着目的而来，要目的自然就不能怕花钱。可蒋章为什么要在这里宴请她这个一文不名的无名小卒呢？程一品猜不透，左手却下意识地抬了起来，捂了捂右腋下的坤包。

因为一直没有来过这里，进得大厅，程一品觉得有点眼花缭乱，越看越觉得这假皇宫比真皇宫还真，到处都镀了金，墙面、物什，镀出一屋子的高贵，迎门处是一把皇上上朝听政用的龙椅。

正在头前走着的蒋章突然停下脚步，扭过头说："一品，上去坐坐，体会一下当女皇的感觉！"

程一品侧脸看看保姆大嫂，又在朝自己撇嘴，程一品低下了头，摆出一副软抗的姿态。

蒋章见程一品不好意思，也不再勉强，边走边说："今天你可是主角。有啥不好意思的？"

程一品更不好意思了，对蒋章说：“让哥哥破费，我无功心愧也！”

“辛苦一个月了，怎能说无功呢？按说在你来的第二天，我就该摆欢迎宴了，只是这一段心乱，所以才推到今天，不过庆功宴和欢迎宴一块儿办了，也好。”说话间，三人已随服务员来到了电梯口。

一直上到五楼，三人随服务员鱼贯进入一间豪华大包间。包间很大，足有四间房大，这是程一品平生第一次见这么大的包间，只觉得大得有点一望无际。进门处是一个大厅，放着“三二一”组合的紫檀沙发，款式就像她“嫁接”的那些画作，中国地，西洋面，靠北墙而摆。对面是卡拉 OK 的一套家伙，西边是一个能容纳十几人的大圆桌。程一品想不明白，就三人吃饭，为何要包这么大的桌子？

不想，就在嘀咕间，鱼贯来了不少的人，皆是省书画界的，有评论家，有画家，也有书法家，因为都是熟人，程一品忙起身让座。

众人见到一品，关切地寒暄过后，有人说：“今天，一品可是主角呀！我们都是来当陪衬的！你咋能站着？”说着，便欠了欠身子，给程一品腾出一个座位。

程一品见两边都是男士，中间就一个小空空，不好意思坐，笑笑说：“我给你们倒水！”

有人一听不乐意了：“有服务员在，端茶倒水咋能轮得上我们的程大小姐！快坐快坐！”

程一品为难地看了看蒋章，蒋章见状，忙起身说：“大家都到齐了，我看不如入席吧！”

话音落后，大家伙陆续起身，朝西边的饭厅走去。一个画家走到一品面前，拍了一下她的肩头：“今天你可是女皇！”说完便自顾大笑起来。这有什么好笑的？程一品心里再次不安起来，只觉得背后好像有一个大家皆知独有她不知的秘密。是不是他们都知道了“挂羊头卖狗肉”的事了，以杯酒释兵权的方式在行怀柔之策？想到这儿，程一品的心再次悬了起来，她抬眼瞟了一眼已经落座的蒋章。

不想，目光刚刚触碰到蒋章，就听到他招呼道：“一品，今天的主位是你的！快过来！”

程一品乖乖地点点头，背着坤包朝主位走去。因为大部分人都已落座，她也不再相让，一屁股落到主位上，暗想，今儿不管是鸿门宴，还是杯酒释兵权，是死是活，就顺其自然吧！想到这儿，她本想抬头放射一圈子微笑，不想刚一抬眼，看到对面坐的保姆大嫂又冲着她撇嘴。程一品面色不由一沉，将包从肩上取下，放在腿上，朝对面放射一脸的“颜色”，暗想，本姑娘有钱了，从今以后再不愿意看你这张嘴脸了！

就在这时，旁边的蒋章举起杯子，在玻璃桌上很响地磕了三磕，起身道：“来，今天为了给一品庆功，干了这一个，咱们就开始！”

出于礼貌，程一品也起了身，手举酒杯，对着众人照了一圈，很大气的样子，说：“谢谢蒋章仁兄，只是不巧的是，我要辞职了。”

话音未落，场面立即凝固了，众人皆一脸诧异，不知道是什么芥蒂让她在这种场合大提辞职的事。寻思间，就听程一品又急急地补充了一句：“真的，我真的要辞职了！”

蒋章很不自然地笑笑，站起来对程一品说：“今天咱们只讲相聚，不提分离！”说着，又将脸和杯子一齐转向众人，“来，为咱们的一品妹妹再干一杯！”

那一天，两巡过后，酒再没了第三巡，两巡的酒席，从头到尾吃得有点闷闷不乐。

宴散人走后，服务员来结账，蒋章从包里夹出一张卡，冲对面的保姆大嫂说了一声：“你去！”

保姆大嫂显然知道密码，因为她问都没问，接过卡便跟服务员出了门。这是一种什么样的关系？程一品来不及细想，因为蒋章冲她发问了：“一品，哥哥亏待你了？”

程一品忙说：“没有呀，我就是不想干了！”

蒋章很重地“噢”了一声：“就算是不想干，私下和我说不行吗？”

程一品怔了一下，这才意识到自己说错话了，其实话也没说错，主要是说话的场合错了，本来是跟保姆大嫂负气，不想，话一说出来，却像在给蒋章办难看……想到这儿，程一品的脸腾地热了一下，忙说：“对不起呀哥哥，我又说错话了。”

蒋章不满地翻她一眼，不再说话，场面再次凝固成一团，直到保姆大嫂再次推门而入，他才丢出一个询问的眼神，保姆大嫂见状，伸手将卡和发票一同递上来说：“连上酒八千九。”

程一品一听，惊诧地瞪大眼睛，这才知道原来她背的全部家底，还不够吃几顿好饭……

七

很快，程一品回了自己的小房子，因为租房合同不到期，不得不以双倍退赔押金的方式，将租房户撵走。租房户走了，屋里空荡荡的，什么也没有了。一圈家什置买下来，卖画所得，基本上花得差不多了。好在离开蒋家画室的头一天，她灵机一动，又朝马家画廊里送了一批货。

货，正是她在蒋家画室养了许久的拿手好戏，皆是中国心、西洋面的水墨画，当然，还有那一幅被蒋章称为超过蒙克的《吊在半空中的人》。马浩接过货，放在柜台上，一张张展开，又是半晌没吭，随后挤出五个字：“最后一次了。”

马浩知道程一品辞职的事，五字短语一出，就像当年师父的那几个字“现在可以了”，语言一出口，就站在一个复杂的语境上，自然就有了意想不到的多义性。

程一品没有吭声。

马浩继续翻看，不想翻到《吊在半空中的人》时，表情突然变了，整个人像傻了一般，足足盯着那幅画作看了二十分钟之久。

看着师兄失神的表情，程一品仿佛看到了那一天的蒋章，虽然这幅画现在已经不再是她的，可她还是从师兄愕然的表情里，得到了她想要的内容——她多年苦读苦思的回报。

的确，马浩无论如何也没有想到程一品小小年纪竟有如此天才的思维，他仿佛从《吊在半空中的人》里看到了自己，不由隐痛阵阵……按说，如此绝妙的画作，如此绝妙的思考，真乃可遇不可求，可师妹她就怎么舍得？想到这儿，他很想对师妹说："这一幅你拿回去。"可再一想，既然师妹舍得，他又何苦呢？再说师妹一直没有告诉他实话，显然是不想让他知道，他若自作聪明，主动挑破，又是何苦呢？师妹眼下缺钱，如果靠她的名气，靠"卖自己"度日，别说是吃饭，怕是喝水都不一定够……思忖间，马浩将货收起来，怅然若失了好一阵，决定将这幅《吊在半空中的人》开价二百万，卖掉了，好！卖不掉，更好！主意一定，他抬起眼皮瞟了一眼师妹，问："缺钱不？"

程一品笑笑："还能勉强吧！"

马浩一听，明白了，师妹这是决意要从头瞒到尾，想到这儿，他转身走出柜台，来到账桌前，拉开抽屉数出两千元，朝桌上一放，望了望师妹说："这两千，你先拿去用！"

程一品见状，忙说："不用，不用，还有嘞！"

马浩又看了师妹一眼："可别谦虚，谦虚，饿你的肚子。"

程一品意味深长地吐了一下舌头，怕待的时间长了，说漏了什么，便匆匆与师兄告了别。

回到家里，程一品病了。

几经折腾之后，包里所剩，依然没有看病的钱。没有钱看病，只能在床上熬着，她将窗户全打开，依然觉得只有出的气，没有进的气，只得一次又一次伸着脖子，使劲吸气，可一切好像都是白搭，氧气仍像包里的钱一样贫瘠……程一品一边在生存危机的空气里挣扎，一边想要去马家画廊把画要回来，不卖了，可一想，若是不卖，别说看病，吃饭喝水都没有钱了——父母还没有教会她生存的本领，就撒开双翼西去了。

而自己埋头苦读多年的书，到头来，连给自己看病的钱都挣不来，如果父母在天有灵，不知道会心疼她，还是会责备她……想到这儿，她对着房顶，喃喃地喊一声："爸！妈！"泪水一下子汹涌了三天。因为无力做饭，中间她啃了两包方便面，一边啃方便面，一边想，如果那些挂着"羊头"的画再卖不掉，等待她的就是死去半年或几个月后，被人发现尸体的场景了。想到这儿，程一品突然想回家了，她几次拿起手机，想给哥哥打个电话，告诉他，她病得不能活了。

可就在她犹豫不决的时候，手机响了。

接了电话，才知道画又被卖了个精光。程一品不知道买主是谁，只知道这一次再不用给哥哥打求救电话了。因为急需用钱看病，也没有多想，挣扎着赶到马家画廊。

到了店内，马浩看她面色不对，呼吸不对，忙问怎么了，程一品说没事。马浩担心地看了她好一会儿，没有给她现金，而是递给她一张卡，告诉她钱全部都在里面，并将密码写下来，递给她。马浩也没有具体说多少钱，程一品狐疑地看了师兄一眼，说："那我回去了。"

马浩点了点头。

回去的路上，程一品迫不及待地跑到银行，不想查询余额的数目一出来，"3"后面一溜老长老长的"0"，吓得程一品手直哆嗦，细细一数，竟是三百万，程一品有点不敢相信自己的眼睛，又数了一遍，还是三百万！

她傻了！

父亲努力一辈子，也没有积蓄到这个数，不想自己"嫁接"十多幅画，就如此轻易地成了百万富姐，恍惚间，就觉得眼睛有点模糊，一眨眼，竟有两串子泪滴到取款机上。程一品不知是喜是悲，因为等着用钱，她取出五千元，刚一扭脸，又担心钱放卡里不保险，决定以最短的时间，将钱全部取出，然后放在家里，再把门锁换一下，就可以一辈子不愁吃喝、不愁看病打针钱了。想到这儿，她又扭身取了两万，走出银行，伸手拦了一个的士，直接去了医院。

程一品住院了，虽然身边没有人照顾，她雇了一个全天医护，舒舒服服地侍候了自己一个星期。出院那天，天气格外晴朗，她抬头看着像油画一样的冬日，暗想，这一次，她终于可以自立了，终于可以关起门画自己的画了。待哪一天时机成熟了，也搞个画展什么的玩玩，因为她有资本玩艺术了，不但有钱玩艺术，也有钱玩那些评论家了。当然，她也可以一辈子不理哥嫂了，因为她有跟他们负气的资本了！

不想就在程一品暗自得意之时，突然接到省书协的邀请：蒋章要办画展，地点在东开发区的会展中心，时间是后天上午九点。

程一品看着电子邮件里的邀请函，暗想真有钱呐！可叹完之后又觉得不够劲儿，又在心里补了一句："一纸又一纸的别人，再开画展又能展出个啥名堂呢？"此话一出，像是对蒋章有着莫大的仇恨。其实没有，想起那一天蒋章花那么多钱宴请自己，程一品又突然有点内疚了。如果不是那一场宴席的费用刺激一下自己，自己舍得卖掉《吊在半空中的人》吗？当然，就算自己的画再好，如果不是挂了人家的"羊头"，自己的"狗肉"再香，会有人问津吗？不是没有试过，投出去的那幅《吊在半空中的人》，不是早就被人"闲抛闲掷野藤中"找不着了吗？想到这儿，她觉得更加内疚。因为后天就要"走场"，时间紧迫，程一品顾不得多想，关了电脑，决定去街上溜一圈儿，买一身像样的衣服，给自己装装门面，也好用无声的言语告诉蒋章和保姆大嫂，离开蒋家画室，她程一品过得更鲜亮！

时间过得很快！

转眼到了画展这一天，程一品穿着一团火，七点半便开门出发了。因东区离家比较远，坐公交车还需转一趟车，至少也需一个小时。

程一品穿着红色的毛呢大褂，行走在省城冬天的寒风里，一路上惹来不少羡慕的目光。红色本是一个十分挑剔的颜色，因为是搞美术的，她自然深谙其道，稍有不慎，就会穿出俗气一团。程一品与色彩打交道多年，她在一团火上随意甩了一条黑色的围巾，红色毛呢大褂的下摆处，留着一圈若隐若现的黑裙边，上下一照应，就将大俗色照应出大雅来。红色虽是暖色，可是一件薄薄的毛呢大褂却抵不住中原冬季的寒风，有点“美丽冻人”的意思了。当她来到位处东区的会展中心时，脸色冻紫了，胸口又开始闷闷不畅起来，她强打起精神，深吸一口气，朝展厅里横目一扫，发现展厅里只有十来个人，正围着迎门的一幅画作观看，看得像是很认真，一个个一动不动。

整个场面丝毫没有预想的热闹。

程一品很是失望，她四下瞅了瞅，没看到蒋章，回头问了保安，这才知道已是大展的第三天了。

当然也是最后一天。

程一品头一懵，像是被人推进了梦境，恍惚间，她说不上省书协为什么要通知她第三天来，只是为了让她给这已经寂落的画展添添人气？程一品想着前天的场景，行走在今天的寥落里，心里荡开一股浓浓的失意，说白了，就是自己没名气，在人家眼里只是一个可有可无的小角色，用时唤来，不用时甩也不甩。可既然来了，还是认真看看这场羞辱自己的画展吧，也好再次证实一下到底差到何种地步！当然，刚好也能趁机暖暖冻僵的肺部。

程一品想着，又瞟了一眼背对着门口的那群人，他们仍在围观那幅画，有什么好看的？可再看他们一动不动的后背，一个个像灵魂出了窍。程一品不想去凑那个热闹，也没有觉得蒋章有哪幅画有此等魅力，能让人看傻。想到这儿，她不屑地对着那群人的后背冷笑一下，自顾走到顶东头的一幅画前。

不想，人还没有走到跟前，眼睛里却飘来一团熟悉，仔细一看，程一品惊得险些窒息。

惊愕间，她又跑去看第二幅，第三幅，第四幅……

程一品像疯了一般，喃喃地喊着：“我的画！我的画！”

程一品的喊声越来越大，凄凉无助地打在一幅又一幅展画上，像是在努力将它们震下来，可惜，只是无力的回声在虚弱地飘荡。

观画者一个个仍一动不动，像是都没有听到。

恍惚间，程一品仿佛看到头一天的画展场景——无数的人簇拥在那幅《吊在半空中的人》跟前，集体泪奔、呐喊……她扑向它，像是要用生命与它合二为一，一次又一次地努力……围观者恍惚看到有人从树上掉下，瘫倒在他们脚下……可惜，那时候他们一个个因“进入”过深，一时间像是从画里出不来了，只顾自哀自怜地流泪，已经无有伸手去救别人的力气了……

第二天的报纸上发了整整五版的画展消息和画评，总标题“水墨画的革新者”，并且将《吊在半空中的人》印得老大老大，整整占了一版——所有的评论文章，都在围绕《吊在半空中的人》论说乾坤，说来论去，《吊在半空中的人》就成了中国当代画坛上难得一见的精品，蒋章的价位，也在短短几天时间里翻了十倍!

尾声

程一品昏倒在画展上，被抢救过来之后，有人用她的手机给她哥嫂打了电话。哥哥接到电话，险些吓傻，一路飞奔到医院，推开急救室的门，找到昏迷不醒的妹妹，扑上去放声痛哭。哭声震荡着急救室的四壁，好像妹妹已经不在人世了一般，听得嫂嫂也禁不住潸然泪下。

还好，到了晚上，程一品醒了过来，她在病床上连连想了两天，决定要把“自己”追回来，她告诉哥哥把家里的那幅《吊在半空中的人》找到，拿到师兄的画廊里，能卖很多钱。

哥哥说都病成这样了，还讲什么钱!

程一品不依，哥哥见别不过妹妹，万般无奈，只得照办。

可画还没卖掉，官司来了。

开庭那天，哥嫂也去了。刚刚出院的程一品站在被告席上，凄苦地咧咧嘴，扭脸朝旁听席里扫了一圈，没瞅见师兄，却瞅见一个女人。那女人就坐在嫂嫂的后面，手上已经没有了什么黑色的塑料袋，因为袋子的秘密已经搬上了法庭。

很快，法院以“抄袭罪”宣读了审判结果：程一品赔偿蒋章损失费三百零二万。

听到这个数字，程一品冷笑了一下，斜了一眼不远处的蒋章，仿佛看到了一口深不见底的深井……师兄为什么没来，她不知道，反正退赔了钱款，她不得不再次将小房子出租出去。

因此，程一品整天不下楼，天天呆呆地坐在画板前，一动不动，像一具被人掏走了灵魂的躯体，一天复一天……

（原载《长城》2015 年第 1 期）

泗　渡

田　君

一

王大志在街上溜达的时候遇到了一个陈姓同事，他本想避开，但已经来不及了，同样一脸沮丧的同事，衣着随意，头发蓬松，一看就是一副落魄相。

陈姓同事自然也早看到了王大志，老远就跟他打招呼：“老王，这两天没见你呀，你怎么没去？”

王大志有些尴尬，努力挤出一脸的笑容，他不喜欢别人叫他老王。王大志刚刚四十出头，这个年龄的男人，特别是像他这样一事无成的男人，已经开始警觉岁月的无情，比较忌讳年龄上的称呼，对于别人随口喊他个“老”字，多少感觉有些莫名的尖锐和刺耳。

王大志支吾着说：“家里有点事，没去成。”

陈姓同事有些狐疑地看着他，自嘲地说：“也是啊，嫂子是开大公司的女强人，不需要你去丢人现眼。”王大志只能干笑两声，赶紧借口有事，丢下唉声叹气的陈姓同事跑掉了。

王大志走出很远，才轻轻叹了口气，他和他是一个厂的，厂子正在走破产程序，也就是说，王大志他们下岗了，大家都觉得遣散费太少，这几天，有人正组织他们去堵政府的大门，但王大志没去。

他是个爱面子的人，以他的个性，断然是不会为了几个臭钱而去出卖尊严的。他身材高大，相貌堂堂，既不谢顶，也没有啤酒肚，他曾经是这个近千人的厂里唯一的研究生，他还经常在本地的报纸上发些豆腐块儿文字。按照一般的规律和理论，像他这个年龄，正是男人最有魅力的时候，可对于王大志来说，所有这些似乎都和他不沾边，他一直生活在妻子杜梅的“阴影”之下。王大志像一棵小草，在杜梅这棵遮天蔽日的大树之下，他显得毫不起眼，黯然无光。

他下岗的事，他也没告诉她，他不知道该从何处开口。他甚至能想象得到杜梅知道他下岗后的表情，被修饰得细长的眉毛会向上一挑，然后会漫不经心地说，早就说过你们那个破厂撑不了多久，让你去公司帮我你还不肯，这下不正好吗?

王大志当然知道，一个男人如果在事业上不敌自己的女人，是一件很窝囊的事情，但连他自己都心里清楚，这样一个事实似乎这辈子都无法改变了。所以，王大志从来不主动在外面显摆自己的家庭，他甚至觉得说出去颜面无光，特别是他这次的下岗，对他更是一次沉重的打击，他不想被人看成是靠老婆吃饭的人。

杜梅的强大有时会让他自惭形秽，他一个堂堂的七尺大男人，既不能去做临时工，又不能做保险公司的业务员，更不愿意去妻子的公司，王大志觉得那简直就是一种折磨。毕竟自己是个男人，怎么能去受老婆的管呢？还有一点，他发现杜梅似乎有出轨的迹象。

当然，王大志也只是怀疑，他有一天替她收拾车子时，在后座的垫子下发现了一个未开封的安全套。他不想深究，也没有底气去追问。王大志时常觉得自己是可悲的，他不敢想象一旦自己揭穿杜梅，该如何收场。毕竟这么多年她也不容易，他能够理解她渴望激情的心情，却不能接受这样的现实。

王大志也遭遇过婚外的感情，那是两年前，一位在厂里实习的女大学生叫丁曼丽，她对他表明过爱意，并且多次说过婚姻和爱情不是一码事。这种表白，即使王大志是个傻子也明白她的意思，也就是说，丁曼丽愿意做他的地下情人，而且绝不会影响他的婚姻和家庭。王大志不是没有动心过，但却始终没有跨越雷池一步，两个人的交往仅限于一起吃吃饭散散步，或看看电影什么的。

在情感责任上，王大志始终保持好男人、好丈夫、好父亲的形象，可是，在现实生活中，光有好形象是远远不够的，男人的能力更多的是靠地位、事业和收入来证明的。如今他的下岗，让他惶惶然不知所措。

如果去了杜梅的公司，他也不知道自己将用何种态度与妻子一起工作，他感觉自己克服不了心中巨大的失衡。

家里本来有个保姆，干了一年多，后来被王大志辞了。两个人都经常不在家，他觉得根本不需要专职的保姆，后来就请了钟点工，每周来打扫一次卫生。十二岁的儿子上的是寄宿学校，一个月才回家一次，每次都是王大志照料他的饮食起居，他有时更像是儿子的保姆。杜梅所有的时间似乎都花在工作上，王大志相对就显得比较清闲，之前带儿子的任务也就理所当然地落在了他的身上。儿子的性格很活泼，和他也亲，总喜欢让他带着去公园旁边一个学校的篮球场里踢足球。有时候看着儿子灿烂的笑脸，王大志忽然就会感觉所有的付出都是值得的。那些忍耐和委屈，会在儿子冲他做鬼脸或搂着他的脖子喊他老爸的时候顷刻间化为乌有。

偶尔周末杜梅有空闲的时候，他们一家三口会去逛街，买东西，吃饭，夫妻两个把儿子牵在中间。每当这个时候，他就会在心里对自己说：满足吧，至少还有个贴心的儿子，还有个看起来还算美满的家庭。

在下岗的头一个星期，他每天早上都按时起床，然后去大街上溜达，杜梅居然一点儿都没发现有什么异常。杜梅的工作很忙，除夜间很晚才回来睡觉外，两个人白天基本上不见面，一天下来也说不上几句话。当然，这也没什么特别之处，只不过是和千千万万的普通夫妇一样罢了。是时间改变了我们的婚姻。从一日不见如隔三秋的激情开始，历经一个又一个四季，激情在一日三餐、月月钱荒、争执磨合中逐渐平复、退去。能够在十年间没有再次光顾民政局或法院已属不易，幸免下来的代价自然就是爱情被亲情取代。

自从发现杜梅出轨的蛛丝马迹后，王大志忽然开始感觉婚姻真的很无聊，甚至经常会产生想失踪的念头，但考虑到孩子和远在另一个城市的父母，他不得不把自己这个近乎荒唐的想法不动声色地给按捺在了心底。

更多的时候，他都是一个人坐在客厅里看电视，他把整个人都陷在沙发里，电视里播的是什么其实对他来说并不重要，他根本没什么心思看电视，他的思绪早就飞到了其他的地方，比如杜梅的外遇，等等。

他说不清楚，杜梅到底还爱不爱自己？

二

杜梅曾经是个很专情的女人。她和王大志是大学同学，在学校里被公认为是郎才女貌、金童玉女。杜梅堪称校花，是很多男生朦胧暗恋的对象。王大志是班长，是常常考试第一名的那个，他是真正的那种两耳不闻窗外事，一心只读圣贤书的学生尖子。他的父母是郊区的菜农，家庭条件一般，他的性格也很自卑和内向。

有一次上课，他们坐前后位，一个男生故意使坏，以王大志的名义写了一封情书夹在书里，并让王大志递给杜梅。王大志不知道里面夹的是情书，头也没抬就递给了杜梅。在那些坏小子等着看王大志笑话的时候，杜梅却主动开始和他约会。

后来杜梅说，打动她的是王大志的那份勇敢，和他交往后，她爱上的是他的善良。是的，王大志一直是个安于现状、沉稳踏实的人。毕业后，王大志进了一家工厂，而杜梅进了家医院做了助产士，住进了单位集资的房子，工资不多却很稳定。儿子出生后，和中国所有小康家庭一样，很长一段时间，他们过着小富即安的日子，那段日子是一直被王大志怀念的日子。

两人相敬如宾，日子和风细雨。杜梅休了三个月产假，孩子奶奶过来帮衬着看孩子，每天下班看着儿子胖乎乎的小脸，家里热气腾腾的饭菜，听着老母亲嘘寒问暖的关怀，甚至杜梅情绪欠佳时的斥责声，在他的眼睛里、耳朵里，都有着温暖的气息。

儿子三岁的时候，送入了全托幼儿园，老母亲回了老家照顾卧病的老父亲。王大志所在厂子的效益开始逐年下滑，而杜梅所在的医院却频频在提高工资和奖金。王大志是个自尊心很强的人，每当杜梅拿着奖金为他买价值不菲的衣物时，他都会觉得心里很不自在，表情也冷冷的，显得漠不关心。时间长了，杜梅对此有所察觉，这让她有种钱花了还不讨好的委屈，她有次挑衅似的说：王大志，我是希望你出门的时候光鲜点，你要是不喜欢可以自己买。一句话把王大志噎了个半死，他只好立马噤声，脸上摆出淡然的表情，这是他能够保持自己尊严的最后方式了。

王大志是典型的传统中国男人，他一直觉得男人养家养老婆是天经地义的事情，他也喜欢摆出大男人的面孔，可现实生活却和他开了个大大的玩笑，在杜梅医院进行改革的时候，她忽然决定提前退休，并拿到遣散费，准备自己做生意。这个决定一经提出就遭到所有亲朋好友的反对，其中，王大志是最激烈的。他说，一个女人，你瞎折腾什么？难道你还想翻天不成？

杜梅也曾经有过犹豫，但那种迫切想要创业和独立的个性还是让她最终选择了遵从内心的选择。她先是租了间门面卖起了刚刚流行起来的电脑，找各种关系在银行跑了一些贷款，招的业务员不行，她就自己认真学习，亲自去代理商那里考察进货。电脑卖了一年多后，积蓄了一笔资金。

她又开了一家网吧，而后又适时地调整配置，经过几番折腾，网吧赚了不少钱，中间也被查过几次，都是因为未成年人上网打游戏被人举报。

后来，杜梅又转让了网吧，开了一家药店，药店后来加入了一些别人的股份，开了五个连锁分店。个中的艰难自然是有的，有很多次，杜梅半夜回到家里，第一时间冲到卫生间哇哇狂吐，吐完对王大志说：这日子不是人过的。但是第二天太阳升起的时候，她照样化好精致的妆容，自信满满地走出家门。

儿子小学的家长会她从来没有参加过，因为她没空，节假日也都是由王大志领着出去玩，儿子和她的感情自然也就渐渐疏远。有一天，当她难得抽空想和儿子谈谈心的时候，儿子却低着头不看她的眼睛，对她的问话也只是答以“嗯嗯啊啊”，很明显是在敷衍她。她忽然觉得自己虽然拥有了很多女人梦寐以求的事业，却失去了一些宝贵的东西。儿子逃也似的跟着爸爸出门去了，她却一个人坐在沙发上愣了半天，眼泪什么时候慢慢流了下来都不知道。

除事业无成之外，从很多方面来讲，王大志都算得上是个很好的丈夫。他性格温和，懂得心疼人。她冷的时候，为她盖被子，绕很远的路去肯德基为她买她爱吃的牛肉卷。她每个月那几天的时候，他都不让她碰一点凉水，每次杜梅钻被窝的时候，都是把冰凉的脚丫子放到王大志的腿上或肚子上，而他对此从无怨言。

杜梅甚至从来都不下厨房，衣服都是换下就丢在一边，王大志会分季节与材质，要么自己手洗，要么送出去干洗。甚至每次当王大志做好饭叫杜梅吃饭时，她都懒得动。她的确很忙，每天回到家里都感觉精疲力竭，王大志一直尽心尽力伺候着她，经常给她洗脚、按摩。

有时候按着按着，杜梅就睡着了，夫妻生活更是少之又少。

尤其是这两年，他和杜梅的夫妻生活有时一个月一次都没有。厂里效益不好的时候，他的时间很闲散，有时下午被喊去打牌，而后吃饭，饭后去娱乐中心消遣，大家都习惯性地要几个“公主”陪唱，有些人会趁着酒意在对方身上揩油。这种场合，王大志向来都很守规矩，唱歌就是唱歌，喝酒就是喝酒，完了直接回家。有一次，陪厂里的领导接待重要客户，饭局后去洗浴中心安排了保健，每个人都叫了小姐，大家各自搂着小姐进了包间。碍不过这种大局面，他也只得进去，小姐脱了衣服催促他也脱衣服，他想了想，对小姐说，我不做了，一会儿钱照付，你别说出去就行。小姐像看外星人一样看着他。

其实，王大志不是不想，他是想为杜梅守住这道德的最后底线。

三

四十多岁的男人，如果说不需要性，那肯定是假的。

曾经在很多个夜晚，他无比思念丁曼丽年轻曼妙的身体，她的影子似真似幻，让他无数次在睡梦迷离之间释放了自己的欲望。

和大学实习生丁曼丽的那点纠葛也很偶然。

厂子没倒闭前，王大志一直是厂里的技术骨干，有些技术上的问题是离不了他的，他为人忠厚平和，上到领导下至职工对他都很客气。办公室有个管后勤的姚姐，是老厂长的亲戚，总是一副趾高气扬的气势，特别喜欢打压年轻人。丁曼丽来实习的第一天，姚姐就把大办公室靠门的那个位置指给她。

桌子上有台老旧的台式电脑，大家都心知肚明，她又在滥施淫威。对此，大家谁都不吱声，没人愿意和她过不去。结果不到中午，那台电脑就死机重启数次，导致一份发言稿一直写不完。丁曼丽急得满头大汗，不停地搓手，王大志从自己办公室出来无意看到了，就随手把自己的笔记本借给她用了。第二天又让人从别的办公室调了一台闲置的新电脑换给了丁曼丽，当时姚姐很不满，不过看到是王大志安排的，也不得不板着脸默认了。

丁曼丽很感激他为自己解围，私下专程要请他吃饭，王大志笑着说：你刚毕业，实习工资又少，请我吃饭就免了，心意我领了。从此以后，丁曼丽总是有事没事就跑到王大志的办公室串门，给他端杯咖啡，倒杯绿茶，甚至去打个招呼都笑容满面。

有次厂里在邻近县里参加一个活动，王大志和丁曼丽被指派参加，有半下午的自由时间，她便邀请他去会场附近的西餐厅喝咖啡，因为确实无事可干，他也就同意了。

两人从天气聊到爱好，从学校生活聊到社会时尚，从但丁、莎士比亚、歌德、普希金、托尔斯泰聊到卡夫卡、普鲁斯特、莫里哀、佩索阿、马尔克斯，他的博学和对文学的领悟令她非常钦佩。后来，她问他："你这样博学的人，是不是有很多女孩子崇拜你？"他淡淡笑笑，回答说："大学时候是有很多，但是我几乎都不和她们说话。难得和你聊得这样投机，可能是因为心里把你当作一个邻家妹妹吧。"

丁曼丽听后有些黯然，但是很快又恢复常态，和王大志的关系越聊越近，她发现他不仅在文学上很有造诣，对历史和音乐也非常有研究。听他侃侃而谈，她说：跟你在一起聊天，一会儿觉得自己面前是学识渊博的大学教授，一会儿又觉得你像是不谙世事的大男孩，那种感觉真是有趣极了。

没有男人不喜欢这样的赞美，更何况说这番话的人是一个年轻貌美的女孩儿。他也知道自己对这样的女孩儿比生涩的男孩儿更有吸引力。

那天晚上，他们聊到很晚，以致错过了会议安排的晚餐，后来还是王大志请丁曼丽吃了一顿西餐，她还非要喝一杯，最后两人点了一瓶红酒，他只喝了一杯，而她把剩下的都喝完了，她说自己很高兴。

酒后的丁曼丽脸颊绯红，王大志把她送到酒店的房间，她忽然紧紧拉住了他的手，小声地说：今晚这个房间只有我自己，你留下来陪我说话吧，然后她一头扎到他怀里。

王大志拥着她，心里矛盾极了，他内心有一个天使和一个魔鬼不停地在打架，后来，他咬咬牙说：对不起。然后他轻轻推开她，拉开门走了。当然，出门之后的很长时间，他的心都沉甸甸的，充满了愧疚。

他回到自己的房间，很快收到了丁曼丽的短信。她说：我知道你顾虑什么，你是个好男人，我爱你，只要你愿意，我不会打扰到你的家庭。

他把短信看了三遍，他明白她的意思。这种事对于男人来说，真可谓是极度诱惑，他确实非常动心，对于在婚姻里久旱的男人而言，谁没有一颗渴望出轨的心，何况面对的还是这样一个年轻漂亮的女孩。他在内心斗争了许久，最终，妻子杜梅和儿子的笑脸还是占据了上风。他不想整天良心上遭受这种煎熬，他怕自己有一天会承受不起。

他什么都没回。

后来，丁曼丽在人前见到他，照样亲热礼貌地跟他打招呼，只有他们两个人的时候，她就用幽怨的眼神看他，什么也不说，每次都看得他心里发虚，好像是自己辜负了她，亏欠了她似的。

又过了段时间，丁曼丽实习结束就离开了。有将近一年的时间，他们都没有再联系。

两个月前，丁曼丽忽然给他发了个短信，他当时非常激动，立刻给她打了电话。她说自己回到了家乡，那是附近的一个县城，找了一份保险公司的工作，不过境况并不好，让他有空去看看她。

恰好他有两天的空闲时间，便开车去了丁曼丽所在的县城。她自己租住的小房子不好找，他找了半天才找到，她站在门口等他，穿着睡衣，裹着风衣外套，不停地咳嗽。

他跟着她进屋，发现她的情况确实不好，房间里陈设非常简陋。她请了病假，高烧刚退。他问她怎么生病了，她也没有隐瞒，说工作压力大，做保险销售连着两个月没业绩，谈了大半年的男友跟她的闺蜜搞上了，就因为闺蜜家里有钱。

他替她难过，企图安慰她，但是她却淡淡摇头说：我一点儿都不难过，生活就是这样现实，他并不是一个好男人，我们在一起早晚会分开。

他伸手轻轻拍拍她的肩膀，她就势握住他的手说：我一直记得你的好，像你这样的男人现在太少见了，谁跟你在一起真是幸福！

他自嘲地说：我比你大了十多岁，哪有你说的那样好。

她很真诚地看着他的眼睛说：我说的是真心话，哪怕是当你的情人，都会是一种幸福。

他怕再说下去，自己把持不住，就找了个借口匆匆离开。临走前，他把自己身上所有的现金都留给了她，她趴在床上，哭得一塌糊涂。

回去后，他们再次开始了电话和短信的联系。每天都要说几句，有时丁曼丽手机停机了，没有回应，他就觉得好像少了点什么，好像有烟瘾的人，一旦烟盒空了，半夜也要出门买烟一样。每次丁曼丽一停机，他就会第一时间出去为她充话费。

有段时间，他也想过，跟杜梅离婚，去跟丁曼丽结婚，也许是人生的另一种尝试，只是这种念头每次都只是一闪而过。

四

杜梅到底还是知道了王大志下岗的事情。那天晚上她破例早早地回了家，进门后她什么也没说，主动到厨房做饭，不过久不操练，厨艺显然生疏了许多，所有的菜不是咸了就是淡了。

王大志不想搅了她的兴致，勉强吃完一碗饭，杜梅貌似漫不经心地说：今天我在新区遇到你们厂的刘厂长了……她顿了下，看王大志脸色不好，又换了种小心翼翼的语气说：不如，你先在家休息一段时间，然后去我公司帮我？

王大志忽然就没好气地指着盘子说：太咸了，我去拿可乐，你要不要也倒一杯？

杜梅有些气愤，她一直在妥协迁就着他，他却好像根本没听到一样，这让她很不高兴。她说：碳酸饮料对身体不好，你不知道吗？

王大志没有搭理她，径直从冰箱拿出了可乐，打开便喝了起来。杜梅冷冷地看着他。他把一瓶饮料一口气喝完，起身去了卧室。杜梅终于沉不住气，随手把手里的碗给扔到地上。

王大志从卧室拿出自己的枕头睡到客房，杜梅站在房间门口冷冷地说：男人的大男人主义有时候不过是一种装腔作势的自卑而已，你现在缺失的不是工作和尊严，而是正确的人生观和正确的价值观，你需要摆正自己的心态。

在杜梅强大的气势和那些上纲上线的理念面前，王大志永远不是对手。那一刻，他忽然想冲上去抽她几个嘴巴，让她的嘴肿得再也说不出话来才好。

最终，他还是忍住了，以沉默强撑着自己最后的尊严。他在客房住了一个星期，自己也不知道这样没有意义的日子还要持续多久，那段时间，他们相互都变得刻薄而敏感。

他跟丁曼丽之间的短信多了起来，白天发，夜晚也发，他没有告诉她自己下岗的事，只是言语中多了一些感慨和对她的思念。心情沮丧的时候，爱慕自己的女孩儿是值得信赖的。

一天晚上，他在离家不远的商场门口看到了杜梅的车，之后，看到杜梅跟一个年轻的男孩在拉拉扯扯。男孩他认识，是上半年杜梅刚招聘的销售经理，据说能力挺强。两个人低头凑在一起亲密交谈，男孩要亲杜梅，被她娇笑着躲开了，然后她拉开车门，巧笑嫣然地跟他道别。傻子也看得出，他们之间的关系不那么简单。

回到家，他终于没能忍住，他先质问她，然后跟她大吵了一架。她非常生气，但拒绝承认自己有外遇，她说自己从来没有嫌弃过他，也不打算离婚。

然后她理直气壮地拉开门径直走了，把王大志独自留在家里。

那一刻，他忽然非常冲动地想到要去找丁曼丽，把自己想要做而一直没有做的事情做了。他忽然想换一种活法，他想来一次尝试，为了男人的尊严，也为了爱情。

婚姻有时是一条行驶的船，驶向彼岸的时候，离自己的码头就会越走越远。在结婚的最初，所有的人都真心希望能够白头偕老，可是最终的结果却往往不尽如人意。“至近至远东西，至深至浅清溪。至高至明日月，至亲至疏夫妻”，说的就是夫妻间微妙的关系。

他想抛却一切，和丁曼丽谈一场恋爱，真真切切地重新爱一场。

他驱车赶到她的小屋的时候已是晚上，她正在木盆里洗衣服，看到他后一下子跳了起来，顾不上擦掉手上的泡沫，一把抱住了他。她脸上洋溢着惊喜：我还以为是房东来催租呢！

他看着她闪耀着年轻光彩的面颊，忍不住伸出手去抚摸。她得到了鼓励，开始亲吻他的脸，他的嘴唇。

情欲的气息在狭小的空间里荡漾开来，他把她拖到了床上。

欢愉过后，他跟她探讨以后的方向和出路。他说：县城就业的机会很有限，不知道我这个年龄出去应聘还有没有地方要？她本来昏昏欲睡的眼睛忽然睁开了，有些吃惊地说：为什么要找工作，你不是挺有钱的吗？

他紧紧搂住她说：我想离婚娶你，给你一个婚姻。

他感觉她的身体猛然颤抖了一下，他以为那是激动，半晌，她说：离婚了，你能分到多少钱？

他满不在乎地说：我没有私房钱，她的资产我不会干涉，如果我提出离婚，可能要净身出户。

她沉默了许久，然后从他怀里挣脱出来，应该说是把他从自己身上推开。她说：你不该离婚，这种选择是非常不明智的。

他有些疑惑：你不是爱我吗？你不是说我是天下最好的男人吗？你不是说能和我在一起，是最幸福的事情吗？

她笑了，他看到她的笑里有一丝尴尬和勉强，使她显得很疲惫。后来，他再次摸索着想爬上她身体的时候，她忽然就没有了兴致，把脸扭到一边说：累了，睡吧。

他不知道怎么睡着的，反正就是累，还有无可名状的失落，他沉沉睡了过去。

早上，两人在“咚咚咚”的敲门声中醒过来，一个年老女人喊她的名字。她穿上衣服去开门，女人的声调很高，清晰地听到是在催她交房租，她低声下气地说好话，他有些看不下去，起身去拿钱包。

等他穿好衣服的时候，她已经进来了，表情是淡淡的，对他说：这里住不下去了，我要搬到集体宿舍去，你快回家吧。

他吃惊地说：为什么？你不是爱我吗？怎么能赶我走？

她冷冷地摇摇头，然后面无表情地说：我们可以装模作样地谈爱情，却不能拿来当饭吃。离了你的婚姻，你什么都不是，你这样大的年纪，难道我要跟你结婚伺候你？

她看他的眼神，好像他是那种把女人骗到手后却又让女人看不到未来的荒唐男子。

他忽然就明白了，也醒悟了，原来金钱才是令女人失态的东西，有很多钱和没有钱都会导致许多令人难以想象的事情发生。

他的心在那一刻开始疼，像一根根的丝在从心脏往外抽。他使劲晃了晃头，房间里的空气实在是太憋闷了，他终于拉开门，逃也似的离开。

在回去的路上，他忽然有些庆幸，自己只是离家一天，还没有来得及跟杜梅提出离婚的要求。

他打开收音机，他有在车上听交通广播台的习惯。交通台正在播一档子情感类互动节目，主持人正在回答一个问题，有句话他听得很真切：世界上有两件事让人无法容忍，一是老女人装嫩，再就是老男人太过天真。

王大志有些自嘲地笑笑，心里却不得不认同。每个老男人心里都住着一个“彼得潘”，不过，有的住在内心最深处，只会在喝醉酒的时候才会跑出来；有的却终日离家站在马路边上，东张西望，企图勾搭年轻女性，成为令人生厌的“怪蜀黍”。

当婚姻从热烈回归平淡，有些男人会渴望逃离，而另一些男人则会历练成熟，虽然他内心曾经渴望出走，但他慢慢学会管束好心里那个好奇而贪心的小男孩儿，学会妥协。在理想和现实之间，在精神和物质之间，在艳遇和婚姻之间，在爱与被爱之间，在善良和功利之间，在得与失之间，他知道如何获得最大收益，决不至于犯人财两失的低级错误。

晚上，王大志回家精心做了晚餐。吃饭的时候，他先是心平气和地向杜梅道歉，然后又拿餐巾纸轻轻抹掉杜梅嘴角的汤渍。吃罢饭，两人难得一起坐在沙发上看电视。他看着杜梅，说：我想先去你公司下属的县区做个区域经理，等熟悉一段时间后，再回来帮你。他的脸在灯光映衬下有了一些光环，那是一种在生活中试图牢牢扎根以图将来枝繁叶茂的朴素的欲望。

杜梅很意外，她睁大眼睛，嘴巴张了张，最后什么都没说，只是轻轻“嗯”了一声，她忽然有一种踏实感。其实王大志比她更明白，一个男人想要的，往往不是他最想得到的，而是他认为最安全和能够掌握的那个。

他觉得对于丁曼丽，就当是自己沉寂寡淡生活的一剂调味品吧。她爱的是在拥有某些功利光环下的他，她想要的是做他的情人，拥有获取安逸生活的捷径。而他想通过她的身体，领略逝去青春的美好与幻想，以此泅渡自己精神的不惑。

（原载《湖南文学》2015 年第 6 期）

婚　宴

丁　晨

白秋芳要去参加儿子的婚宴，出门前，做了一番梳洗打扮。洗脸，搽爽肤水，打粉底，涂眼影，画眼线，最后往唇上抹一层淡淡的口红。整个过程看上去繁复，花费了一些时间。最让她用心的，是颧骨下面一小个痘坑，必须用遮瑕膏仔细抹平，再用少量蜜粉扑牢。其实这个痘坑极其微小，即使卸了妆也不易察觉得到。白秋芳又将栗色短发稍加梳理，撩起一些弧度，使发型看上去自然顺畅。参加婚宴的服装也早早备好，玫红色短袖上衣配黑色套裙，脚底一双橘色带有水晶装饰的高跟鞋。

衣着打扮对女人来说尤为重要。三分长相，七分打扮，这话说得有道理。看上去，白秋芳比实际年龄要小一些，除去打扮，天生也有几分姿色。她属于那种结实饱满却不失妩媚的女人，举手投足轻柔忸怩。上学时，她在同龄女孩中发育较早，曾一度成为白庙后街女孩儿们的骄傲。如今，岁月留下痕迹，身体发胖，整个人散发着慵懒的气味，总是不经意间流露出疲惫的感觉。对，是疲惫，她觉得，化妆最重要的作用是掩盖疲惫。

从家里出来，薛晶已经在路口等她。薛晶是她的闺中密友，答应陪她参加婚宴。离老远，就听见薛晶在埋怨，你这新郎官的妈妈真够磨蹭的，客人都要到了，你还没出家门。薛晶一边埋怨，一边发动车子。白秋芳忽然想起什么，说，糟糕，包忘记带了，都是你给催的。薛晶说，不是我催的，是你太激动。

车子拐上大道，往酒店开去。薛晶在路上又提醒白秋芳，真佩服你，硬要去，不去不行吗？你考虑清楚，现在后悔还来得及。

白秋芳说，不后悔。

按理说，白秋芳不该去，十年前离婚，她就不再是李家的人。儿子的婚宴是分开来办的，李家办一场，第二天再去白家办一场，两边的亲友不见面，避免尴尬。白秋芳答应参加李家的婚宴，这是应了儿子的要求。她理解儿子的心情，儿子希望在结婚仪式上家庭大团圆，对于父母离异的孩子来说，这是一个难得的补偿。

前不久，儿子向她提出这个要求，当时她还在犹豫。她对儿子说，涛涛，妈不是不愿去，而是不能去，这不合适。我跟你爸分开这么多年，如果我去了，他会怎么想？你爷爷、你奶奶，那些亲戚朋友，会怎么想？

儿子说，这是你的老思想，你是我妈，有什么不能去的？

白秋芳说，你不懂的，这是人情世故，不能坏规矩。

儿子闷闷不乐地走了。白秋芳觉得对不起儿子，自己没有尽到一个好母亲的职责。当初离婚，是白秋芳主动提出的，离婚后儿子判给了李家。儿子倒不曾跟母亲生疏，经常来看望母亲和姥姥，他从小在姥姥家长大，那是根深蒂固的亲情。有时候，她会带儿子吃麦当劳，吃烤肉串；有时候，她买了衣服、鞋子给儿子送去。儿子渐渐长高了，他们走在一起，甚至像是一对姐弟。她十九岁那年生的儿子，现在儿子已经要结婚了。在她心里，儿子永远是长不大的，可是有一天，儿子突然对她说，妈，同学们都说你年轻。

她对儿子说，傻孩子，当妈的总是会老的。

儿子说，你老了我养你。

就是这句话，让白秋芳鼻子一酸，禁不住掉泪。她觉得，儿子长大了。她发现，自己最大的愿望就是盼着儿子结婚，娶一个贤惠的媳妇，有一个温暖、幸福的家。

她见过几次儿媳妇，从内心讲，她是略带些嫉妒，然而更多的是喜欢。那是一个性格开朗、直来直去的女孩，喜欢梳一条马尾辫子，看上去朴实，充满阳光。从儿媳妇身上，她常常看到自己流逝的青春，她们有着几分相像。她不得不承认，自己年轻时任性、倔强，从性格上来比较，远没有眼前这个姑娘令人放心。

后来，李云峰来找她，同样是为了婚宴的事。李云峰说，你过得怎样？还好吧？

她当然过得很好，起码比过去要好。她挺直身子，露出细长的脖颈，虽有些发胖，那脖颈看上去还算年轻。她说，李云峰，你觉得我是过得好还是不好？

李云峰嘿嘿一笑说，肯定比跟着我要过得好，我知道的，其实吧，这些年，没少听涛涛说起你的情况。

白秋芳已经三年多没见过李云峰，刚离婚那段，倒还经常保持联系，后来儿子有了手机，她就不再与李云峰有直接的联系。他们同在一座小城生活，偶尔会在某个场合碰面，每次李云峰都非常热情，她却总是一脸冰冷。他们最后一次相见是在车站接儿子，在出站口，他突然表白，说自己一直单身，为了涛涛，回来好吗？

白秋芳相信这是真的，她心里一阵难受，不敢去看面前这个熟悉又陌生的男人，她把目光停留在车站上方一座钟表上面。她从来没有想过复婚，一直没有，离婚后她一直在寻找新的生活，她已经抓到了新的希望。现在李云峰居然还在想着复婚，让她觉得好笑。这是一个没有出息的男人，她觉得跟他离婚是对的。

她对李云峰说，我马上要结婚了。

那是两人最近一次见面，已经时隔三年。后来她结婚，嫁给了现在的老公，李云峰发来祝福短信，她回复了两个字：谢谢！

为了儿子，李云峰又出现了，他找到白秋芳的服装店里，请求为儿子考虑一下。他表明自己没有别的想法，纯粹是为了儿子，让儿子在朋友面前多些颜面，让儿子一生中最重要的时刻能有一份温情和感动。

白秋芳说，让我考虑一下。

白秋芳认真考虑了，想来想去，觉得还是不能去。可是有一天吃饭的时候，她却对老甘提出了去参加李家婚宴的想法。她观察着老甘的反应，小心翼翼地问，可以吗？老甘听了，表示坚决反对。老甘说，你是谁家的女人，姓李还是姓甘？

白秋芳说，我姓白。

老甘是个脾气很好的人，他耐着性子说，秋芳，我知道你是为儿子好，可是你也要为我想一想，你这样做，别人会怎么看？会怎么说？我知道你跟姓李的没有牵连，可是咱不能不避嫌，不能不守规矩。

听他这么说，白秋芳有些生气。白秋芳说，老甘，你这是话里有话，我跟姓李的清清白白，避什么嫌？你说的规矩是啥规矩？老天爷定的还是你自己定的？

老甘说，我不和你争吵，我坚决不同意你这么去做。

白秋芳说，我已经决定了，你理解也好，不理解也好，随便你了。

因为这事，夫妻俩几天没有说话，晚上睡觉背对着背。白秋芳在黑夜里睁着眼，睡不着。她觉得自己过分，但她并不想妥协。她不知道自己究竟怎么回事，每件事情都处理不好，本来不该去的，莫名其妙决定要去，甚至不惜伤害自己的老公。她觉得自己一直都是这样，自己都不清楚自己是什么样的女人。

其实，老甘对她一直不错，处处让着、疼着，遇上老甘，应该说是她的幸运。那一年，离婚后，她的日子并不顺畅。朋友介绍了几个，选来选去，选上一个小自己三岁的男人，经过短暂的同居，很快就分手了。她觉得自己命不好，自己条件不差，却总是与幸福无缘。那时候李云峰还来找她，在她最失意的时候提出和她复婚。李云峰嘿嘿笑着说，这世上最爱你的人是谁？怎么样？还是被甩了吧。回家吧，别再幼稚，真正爱你的，还是我李云峰。

他们在饭馆里喝酒，那时她已经学会了喝酒。她觉得反胃，差点儿没吐出来。她站起身就走。她指着李云峰说，你不是男人，你不是人。

她经历了生活的艰难，一直没有放弃，她知道自己会遇到一个命中的男人。三年前，她认识了老甘。老甘脾气好，有几分绅士，经济条件也不错。在老甘的帮助下，她开了服装店，有了安定的生活。她心存感激，决心跟老甘好好过日子，可是她弄不清自己是否爱着老甘，她不知道爱究竟是什么东西。有时候她耍点性子，老甘从不跟她计较，她反倒觉得这是一种缺憾。她不知道自己究竟想要什么。

抛开老甘，不去管他，这是一场考验，无论自己还是老甘，只要有一个经受不住，也就没有继续走下去的必要了。她决定去参加李家的婚宴。

当地风俗，结婚是在早晨。天刚亮的时候，用轿车把新娘接回来，在自家门前完成仪式。整个过程简简单单、热热闹闹，进行到上午八九点钟，也就结束了。前些年，出现了婚庆公司，专业为新人操办婚礼，显得隆重而庄严，但是整个过程也不需要繁复，大约八九点钟也就结束了。真正热闹的，是中午的婚宴。

李家的婚宴设在天一阁大酒店，虽不是高档星级酒店，却有着不错的口碑，这符合李家的身份，既不显摆也不寒酸。李家没有出过达官显贵或成功商人，能邀请到的都是熟识的亲友，即便这样，算下来也有近三十桌。婚宴前，有一个精心安排的喜庆仪式，李家人贿赂婚庆公司的司仪，给人家包了一个红包，希望能把仪式办得热闹一些。司仪拒绝收取红包，他说，这是我们的职业操守。司仪颇为骄傲地说，你们放心，不但要热闹，而且还要能感动人，否则就是我的失职。

十一点半，宾客陆续赶来赴宴。新郎、新娘在酒店门外迎宾，新郎的父母在酒店大厅内迎宾，门外显示屏上滚动播出新郎、新娘喜结连理的内容，大厅内也有一副易拉宝，上面印着新人的结婚照。白秋芳和李云峰并排站着，胸前佩戴着漂亮的纽孔花，身后是儿子、儿媳的结婚照。

宾客来了，他们热情招呼，寒暄着，问候着，引导客人登上旋梯至二楼和三楼赴宴。这期间偶尔有空闲，白秋芳想在楼梯扶手上靠一靠。她往楼梯那边走了两步，又打消了念头，她提醒自己不能放任，始终要保持一个亲和、优雅、高贵的母亲形象。离开李家十年，她要让李家人和李家的亲友们看到，如今她过得很好，她仍是一朵盛开的鲜花。

她没有在意身边的李云峰，站在前夫面前，她的心情一直都很平静。她和薛晶来的时候，和儿子、儿媳打了招呼，也和李云峰打了招呼，然后她就开始应付来宾，进入到新郎母亲的角色。她和李云峰没有说过多的话，他们似乎无话可说。他们是新郎的父亲和母亲，彼此不是夫妻，也不是朋友，他们是两个不相干却又被联系在一起的人。

在宾客当中，有她熟悉的，也有她陌生的。那些熟悉的面孔，能叫上名字的又不多。离开十年，她的认识程度已锁定在十年之前。一个家庭的社会关系发生了变化，新陈代谢一样，沉淀了一些，淘汰了一些，又吸纳了一些。她把这些宾客迎来送往，扭动丰满的腰身在大厅里前后张罗，笑容满面，嘴里重复着温馨的祝福。她觉得自己是在做给别人看。她忽然觉得，自己这么忙来忙去，其实有些多余，自己确实不该出现在这样一个场合。这么一想，在她心中又生起一种孤独感，她希望好友薛晶能在身边，给自己一些慰藉。

她觉得透不过气来，借故去洗手间，从那种孤独感中抽身出来。在洗手间门口，她碰见了薛晶，她对薛晶说，太难受了，没想到会这么难受。薛晶说，早提醒过你，现在后悔了？她说，想走，待在这儿难受。薛晶说，为什么难受？白秋芳说，说不上来，就是觉得挺无聊。薛晶说，你这人，小孩子脾气，想起什么就是什么，不该来的你偏来，来了你又想走。

正说着，薛晶的手机响了，看号码是老甘的。白秋芳接过手机，听到老甘在埋怨，怎么不接电话？白秋芳说，包忘带了，手机在包里。老甘语气缓和了一些说，回来吧，不要因为这事影响咱们的感情。白秋芳说，我会回去，但不是现在。老甘说，你不回来，我心里难受。

老甘几乎是带着哭腔说，你快回来吧。

白秋芳说，你是不是怀疑我？你怀疑吧，我无所谓。

就这样吧。白秋芳挂断电话。

白秋芳重新回到新郎妈妈的位置上，迎接来宾。这时候大厅里进来一拨人，他们是李云峰的大哥、三弟，以及他们的妻子和儿女。隔十几步远，白秋芳就呼喊着迎上去，先是向大哥问好，接着跟妯娌们叽叽喳喳地聊天。老大媳妇感慨地说，秋芳还是这么年轻，这皮肤，保养得多好，你是怎么保养的？老三媳妇夸赞她会打扮，这身普通的套装，穿在她身上就显得光芒四射，进而得出结论，气质好的女人怎么穿都好看。在这些恭维话中，白秋芳也不示弱，凡能想到的好听话都倒出去。大家有说有笑来到了楼梯口，白秋芳就让他们上去入席。白秋芳说，等下我要好好敬你们两杯。

接下来，她又看到一些老面孔，她尽量使自己表现得自然，好像过去发生的不快（比如离婚啊，争吵啊，背叛啊）都是不曾发生过的，大家眼里都只有喜庆和欢乐，只有层层剥离所剩无几而又无限放大的幸福。

背过身子，白秋芳想，他们一定在背后议论。在他们的眼里，她是什么样的女人？他们会不会认为她对李家情有不舍，对李云峰还旧情未断？他们会惋惜一个家庭的破裂，会指责她的背叛，会认为她不知羞耻居然还有胆量出席李家的婚宴吗？从他们的行为细节中，她还是发现了一些不易察觉的尴尬，她读出了这些内容。她觉得这些人全错了，他们永远活在自以为是的臆想之中。他们装作若无其事，同她握手、寒暄，把内心的鄙视掩藏在深处。她有些得意，她用微笑对付他们，让他们充满疑惑，给他们心中埋下一个打破常规的疑团。你以为世界是这个样子吗？挺好笑的，对吗？其实，不是。

她适应了这种客套和虚假。

在一些熟识的人中，有一些年轻人，倒是让白秋芳感受到真诚。他们大多是儿子的朋友，他们毫不掩饰自己的意外和惊慌，显然，他们并没有放在心上，有礼貌地、诚恳地叫一声阿姨。在他们眼里，她是一位母亲，这让她又生出一些愧疚。

把年轻人送上去，刚转过身，她便看到了李云峰的妹妹李四妮。这是她几天来最为担心的时刻，她突然紧张起来。她认识四妮三十多年，比认识李云峰还要早，她们之间有着难以释怀的情谊和怨恨。在大厅里，她们四目相对，互相打量对方。非常巧合，她们的装束几乎雷同，同样的发型，同样的套裙和鞋子，甚至套裙的颜色也极为相近。她镇定地看着她，没有急着迎接，而是站在原处不动。她走过来，站在她跟前。旁边一位朋友说，哈，瞧你们，像一对孪生姐妹。

还是四妮先开口。四妮说，听说你开了一家服装店？

白秋芳说，两三年了。

四妮说，在步行街？

白秋芳说，是的，步行街。

四妮说，生意好吗？

白秋芳说，还行。你呢，还在夏商？

四妮说，一直在夏商，觉得挺累，去年转到零售了。

白秋芳说，那会轻松一些。

四妮说，大哥他们来了吧？

白秋芳说，上去了。

四妮说，爸妈还没来？

白秋芳说，是啊，怎么还没来呢？

两人停下来，都往门口张望。四妮拿出手机看了看时间，又把手机放回包里。她们似乎找不到进一步的话题，沉默着。四妮忽然笑了一声，笑得有些轻描淡写，笑得有些莫名其妙。四妮说，你招呼客人，我先上去。

白秋芳把四妮送到楼梯口，看着她上了台阶。她忽然叫住四妮，对四妮说，有空到我店里来。四妮说，有空就去。

她知道四妮不会去，时光不会倒退，谁都无法回到从前。她脑子有点乱，斜靠在楼梯扶手上。她呆愣着，想起一些往事，那是一些顽固的、琐碎的片段。她想起很久以前……那时候，她和四妮是最好的朋友，她们穿同样的衣服，骑同一牌子的自行车，梳同一个样式的马尾辫儿，连说话也带着同样的语气和腔调。有好多人，误以为她们是一母同胞的孪生姐妹。她们喜欢的男生也是同一种类型，她们打赌，看谁能在那些男生的攻势下坚持到最后。后来，她投降了，她对四妮说，我爱上你哥了，我要做你的嫂子。

她和李云峰好，两边家长都反对。有天晚上，她去跟李云峰约会，悄悄从家里逃出去。四妮扮作她的样子打掩护，在她的闺房里故意闹出一些响声迷惑家人。第二天早上，白妈妈发觉中计，把四妮从被窝里揪出来。四妮谁都不怕，跳起来跟白妈妈吵，骂她是暴君，是王母娘娘，是女儿国国王……

后来，双方的家长同意她跟李云峰的婚事，这是他们努力争取的结果，这里面有四妮很大功劳。她又想起来，在他们离婚那段，四妮总是极力劝阻。离婚这事，她实在不愿多提，大家眼里看到的是她主动离婚，她承担着背叛婚姻的罪名，其实很多人不知道，她之所以离婚，是李云峰背叛在先。她发现李云峰在外面搞女人，一气之下就要跟他离婚。四妮来劝，她跟四妮争吵起来。她对四妮决然地说，没有用的，再劝也没有用。

她执意要离婚，她觉得自己没有错。有时候她也动摇，为了孩子，想忍一忍。她想到男人的背叛，想到男人背着她和另一个女人幽会。一想起这些，她心里就一阵阵绞痛。她尤其不能忍受那种屈辱的感觉，她只有狠下心来，让自己变得坚硬。

她一直躲避四妮，她害怕四妮给她讲道理，害怕四妮用孩子、用亲情等砝码让她投降。她害怕四妮的一张利嘴，有一次四妮居然用激将法，对她说，你是在找借口，你早就想离开这个家，你过腻了这样的日子，你有野心，也有狠心，你想飞就飞吧，我不劝你了，就当我没认识过你这个人。

这话更是把她给刺痛了，她觉得四妮很过分。她不愿再见到四妮，一直躲着。离婚以后，她和四妮见了一面。四妮没再劝说什么，她们在一起喝酒，推心置腹地说了好多话。

十年后，她们再次见面了，竟是如此轻描淡写，跳脱了预先设想的种种结局。没有争执，没有碰撞，没有谅解和安慰，没有温情，也没有怨恨。唯一有的，是压在心头那块石头愈加沉重，让她忍不住一阵难过。

宾客又上来了，一拨又一拨……

秋芳，你看谁来了？李云峰在边上提醒她。

她整理一下情绪，用手拢一拢头发，挺直腰，竖起脖颈，下巴稍稍仰起一个角度。她看到，从大门外进来了新郎的爷爷和奶奶——她曾经的公公和婆婆。他们已是老态龙钟，相互搀扶着，出现在酒店大厅里。他们一出现，便有年轻的晚辈上前围拢，给老人请安。他们却不理不睬，蹒跚着往白秋芳这边走来。白秋芳迎上去，开玩笑说，两位老寿星亲自来了，早说一声，我好去接你们啊。

婆婆耷拉着脸说，你这丫头，长着一张巧嘴。

白秋芳的手被婆婆紧紧攥着。婆婆仰起头，眯缝着眼打量白秋芳。白秋芳俏皮地说，不认识了？老了记性也不好了？

婆婆说，烧成灰也认得你这白秋芳。

白秋芳搀扶着老人上楼梯，走到半中腰，老人停下了。白秋芳觉得手里被硬塞进一个东西，低头一看，是一只玉镯。她认出来，是当年结婚时婆婆送的礼物，离婚后，她把它还给了李云峰。这只玉镯，她在腕子上戴了十多年，算是一个久违的老朋友了。她不知道婆婆是何用意。她听见婆婆悄声说，快收起来，别让人看到。

白秋芳把玉镯推出去说，我不能要。

婆婆说，本来就是你的东西，快收起来。

白秋芳说，我不能要，我没资格要。

婆婆说，当初，我知道你们过不好，不赞同你们的婚事……既然你们过上了，你就是李家的人。虽然你跟云峰分开了，你还是涛涛的妈，还算是李家的人。收着吧，我看这个东西和你缘分未尽呢。

白秋芳想，难道老人盼着她跟儿子复婚？也许不是，老人只是把她当作女儿，念着一份未了的旧情。不管怎么说，她不能看着老人失望，不能当面拒绝。她把玉镯悄悄地收起来。

中午十二点整，婚宴隆重启幕。鞭炮声中，伴随着一首《好日子》，主持人登台甩出一套开场白，下面观众一片掌声。

婚礼进行曲响起，金牌司仪热情洋溢的祝福声中，一对新人手捧鲜花，越过花门，步入红毯。新人出场引来阵阵掌声，年轻人打着口哨，人们的情绪被调动起来，彼此感染着，欢腾起来。

白秋芳眼里闪着泪花，她控制着情绪，不让自己过于激动。她坐在离舞台最近的位置，望着台上的一对新人。新人在司仪的指示下，互相表白，大声说着“我爱你”，然后交换戒指，立下白头偕老的誓言。

她的眼睛有些模糊了。她想起自己的婚礼，那时，她的婚礼非常简单，她被李云峰用一辆面包车娶回了李家。参加他们婚礼的，是十几个要好的朋友。没有婚纱，没有婚礼录像，也没有金牌司仪。在朋友们的簇拥下，他们完成了拜天地、拜高堂、夫妻对拜的简单仪式，从此结为夫妻。他们还被朋友们变着法子戏耍了一番。那时候，幸福就是这么简单，却足以让人永生难忘。

她悄悄看着身边的李云峰，他斜坐在她前面，能看到他背后的一个侧面。她曾经爱过这个男人，为了他不惜跟亲人争吵而让自己的父母伤心，为他生儿育女，为他付出了一个女人一生中最宝贵的青春。在他身上，她曾经得到过幸福，她想不明白是什么夺走了他们的爱情和婚姻，历经坎坷、辛辛苦苦建立起来的幸福就这么被轻易瓦解。

她坐在那里，想起了许多往事，想到了曾经有过的浪漫，又想起曾经逝去的青春，想起人生的种种曲折和坎坷。她忽然觉得委屈，有两滴泪水掉了下来。她克制着，不敢再掉泪，她害怕脸上的妆容被弄花，那些悲伤将会暴露无遗。

砰！砰！下面的年轻人往舞台上打礼花筒，新人被笼罩在一派五彩缤纷当中。白秋芳尽量不去想那些往事，尽量让自己摆脱那种伤感。她坐直身子，又把自己变得坚硬起来。

司仪不愧有一副好嗓子，他的声音具有某种穿透力：天上四时春作首，人间百行孝为先，在这幸福神圣而又激动人心的时刻，新郎新娘不会忘记含辛茹苦养育自己的父母。下面，有请新郎的爸爸妈妈。

在司仪的安排下，白秋芳和李云峰登上舞台，坐在孩子们面前。司仪让新郎的父母对新人做一番嘱咐。李云峰接过话筒，对儿子说，从今天起，你有了责任，你要好好地爱护自己的妻子，不要让她受任何委屈，将来你们有了孩子，要好好教育孩子，努力让全家人过好。

对儿子这番话，他说得语重心长，儿子深受感动，噙着泪说，爸，你放心，我能做到。

司仪又让新郎的妈妈对儿媳说一些嘱咐的话。白秋芳接过话筒，却不知说些什么。大家都等她开口，场面十分安静。过了一会儿，她终于对儿媳说，既然在一起了，就好好过。她只说了一句，就再也说不下去。她觉得还应该再说些什么，可是她什么也说不出了，她觉得喉咙哽咽，有种想哭的感觉。

白秋芳控制不住情绪，从椅子里站起来，跟儿媳来了个拥抱，紧紧的拥抱。台上的两个女人，赢得了台下热烈的掌声。司仪抓住这个煽情的机会，满含深情地说，多么感人的一幕，这就是我们的妈妈，这就是人类最伟大的母爱……

如果白秋芳的拥抱就此结束，倒不失为出人意料又在情理之中的精彩一幕，然而，白秋芳似乎忘了这是一个喜庆的场合，忘了身处众目睽睽之下，她在儿媳的拥抱中竟无法抽身，伏在儿媳肩头，轻轻地抽泣。她哭了很久，轻声的，柔柔的，却是旁若无人般，久久不能平息。白秋芳和儿媳拥抱着，站在舞台中央，仪式进程被卡在那里，秩序被打乱，人们不知所措，默不作声。除了白秋芳的哭声，别的声音都渐渐退去，整个大厅极为安静，人们都在静静地听。

良久，白秋芳的哭声渐渐弱下来。她直起身子，用手背擦脸上的泪，儿媳也十分懂事，帮她一起擦泪。白秋芳向大家道歉说，对不起。这时候人们才缓过神来，纷纷鼓掌。司仪展开喉咙，很快把大家又带进了喜庆欢乐的氛围。

在洗手间，白秋芳用清水洗了洗脸。她在镜子中看到自己脸上的痘坑显露出来，她想起这个痘坑跟随她已经二十多年了，那原是一粒小小的粉刺，李云峰帮她挤，挤啊挤，粉刺挤出来了，却留下一块小小的疤。

白秋芳觉得舒服多了，哭了一场，心中的压抑得以释放。她觉得自己心里很平静。她接过薛晶递过来的化妆品，熟练地补好了妆。

这时候，李云峰从大厅里跑出来，问她有事没事。白秋芳抱歉地说，我失态了，对不起。李云峰说，没事就好，宴席马上开始了，进去吧。白秋芳说，不了，我该回去了。

白秋芳取出玉镯，喃喃自语地说，这个镯子，我已经戴不上了。她把玉镯还给李云峰，转身离开了酒店。

（原载《红岩》2015 年第 2 期）

聋婶

柳　岸

那一年的大年三十，我回老家给父亲上坟。

凛冽的寒风卷走了灰烬，空寂的旷野一片苍茫，混沌的天空飘起了细碎的雪花。突然，一个佝偻的身影闯入我的视野。在父亲坟地不远处，一个挓着篮子的身影，茕茕地在麦地里晃悠。走近一看，是聋婶。我附在她耳边大声说：婶子，大过年的你咋不回家啊？她拉着我的手，眼里泪光盈盈地说：回家干啥啊？一个人。我在这里跟他们说说话。她指了指我父亲的坟，还有她家的老坟院，那里有她的公婆、丈夫、大儿子等很多人。

她望着远处，眯起眼睛喃喃地说：自己跌倒自己爬，一个人清静啊。

我心里陡然一震，在她清静的世界里，竟然有这么多已经作古的人。

聋婶早些时候并不聋，据说她从瓦匠家回来就聋了。她的故事，多年来一直是我们村茶余饭后的谈资。

她是我家的邻居，她女儿梅是我小时候的玩伴。记得有一天早晨，我被母亲从睡梦里唤醒，说饭在锅里，吃了饭就去上学。我不知道发生了什么事情，就问，你干啥去？她说：梅她妈跟瓦匠跑了，俺去追她。

我吃完饭上学还没走，母亲就回来了。她说，梅的三个哥哥都追回来了，拉的东西也都要回来了，瓦匠被打得浑身血污。梅她妈认死不回，带着梅，跟瓦匠走了。母亲唏嘘不已，接着说：多亏“老败子”发现得早，不然，他们都走了，可怜三个没娘的孩子。

“老败子”是梅的大伯，说话时总把“把”字说成“败”（音），比如“把碗摔了”，他会说“败碗摔了”。所以，村里人都叫他“老败子”。

梅走了，我没有了玩伴，老是问母亲，梅啥时回来？母亲总念叨，谁知道呢？也不知道梅和她妈在那边过得咋样。我问母亲，聋婶为啥不带走梅的哥哥？因为我顶烦梅的哥哥们，一个个像野牲口，好像全世界都欠他们的，从来不说一句好听的话。更主要的是，他们好像不太高兴我和梅一起玩。所以，我希望他们都走，而梅留下。

我母亲叹道：不是她不想带，是“老败子”不让带。

“老败子”是个古怪的鳏夫，和梅他们一个院住着。那天早上，天还没亮，他扤着箩头出去拾粪，路过梅家，看到他们屋里亮着灯。通常情况下，“老败子”拾粪回来，梅家黑灯瞎火，还都在香甜的梦乡里。“老败子”总是把动静弄得很大，把他们惊醒，敲打他们一窝子懒猪。

那天的异常让他有了警觉，他悄悄地来到窗外，一个男人的声音飘进他的耳朵，他顿时惊住了。他屏声静气地把耳朵贴在窗户上，那声音便清晰了，很熟悉。他一时想不起是谁，只听那人说：都收拾好了，叫他们几个起床吧。他终于听清是谁了，“老败子”疯狂地举起铁锹，朝窗户砸去。可是铁锹并没有落在窗户上，而是无声地落在地上。他没有让铁锹落在窗户上，是突然明白这对于他们老柳家来说是一场大的变故，单靠他一人的力量不行，不能打草惊蛇。于是，“老败子”拿着铁锹敲开了我家的门。他敲我家的门是让我母亲先看着聋婶和瓦匠，别让他们跑了。

我母亲听他说完，惊诧不已。我家和他们虽然一墙之隔，却不是一姓。我母亲倒是经常帮他们的忙，可是，这种事儿，对于外姓人家，实在是“狗拿耗子”。再说，天这么黑，我母亲一人怎么能看住他们？我母亲说，你赶紧去找队长，我一个人拉也拉不住。我先在家里候着你们，惊动了他们，跑得更快。我母亲探出门口，往梅家院里望了望，又回屋吹灯和衣躺下。

“老败子”磕磕绊绊地去了队长家，因为天黑，加上气急攻心，不停地摔跤，到了队长家已经摔得不成样子了。他叫醒了队长，队长嘟嘟囔囔穿好衣服，又叫了梅家近门的几个人。因为是冬天，天还没亮，大家都想在热腾腾的被窝里多眯一会儿，听到喊声，磨磨蹭蹭、骂骂咧咧地半天才穿好衣服。

“老败子”在外边等得七窍生烟，队长也心急火燎。终于把那些懒懒散散的家伙集中在一起，那时天已经蒙蒙亮了。

集中在一起的人，听了队长的话，一扫起床时的慵懒，士气渐高，义愤填膺。他们急急忙忙地朝梅家奔去，路上，“老败子”又被一块小砖头绊倒了，磕破了嘴唇。若是在平常，这些人一定会取笑他。可是，那时的他们，如衔枚疾走的士兵，神秘而肃穆，没有一个出声的。“老败子”迅速爬起，跑步跟上。

当“老败子”领着队长和那一帮人赶到梅家时，院子里已经人去屋空，整个院里收拾得干干净净，连一丝活口都没有留下。看来，这绝不是一次仓促的行动，而是早有计划有预谋的。“老败子”对着梅家的压水井，狠狠地踢了一脚，气急败坏地骂了一声娘，转脸问队长：咋办啊？

队长说：咋办？你早干啥去了？撵去啊！

队长让“老败子”叫上我母亲，快马加鞭地追了过去。

那时候，交通工具就是架子车。聋婶他们的衣服、被褥、粮食、瓶瓶罐罐、一只羊、三只鸡、四个孩子都在架子车上。车子的前后用木棍摽着，比原来车身长了一倍，明显超载，所以走得很慢。队长领着一班子人火速赶上时，他们才走了两里多路。

这时候，天已经大亮了。“老败子”见了瓦匠就打，而我母亲则苦苦地劝聋婶留下。队长明着劝架，实际是帮着“老败子”打瓦匠。虽然队长跟瓦匠关系不错，虽然队长也不太喜欢“老败子”，但是，瓦匠毕竟是外人，把本村的妇女拐走了，队长还是立场坚定地站在“老败子”

一边。其他的人也都帮着“老败子”打瓦匠。眼看要出人命，聋婶便扑在瓦匠身上，替瓦匠遮挡拳脚。孩子们看着打成一团的大人，傻愣着站在一旁，见母亲挨打，才都扑上去哭作一团。孩子们一哭，大人们便住了手。

接下来就是谈判，最后的结果是家当和男孩子留下，聋婶和瓦匠带着梅走。“老败子”不愿留梅，因为梅是个小女孩，更主要她是瓦匠的女儿。

那会儿，这种事儿在我们村里算是件大事儿。我模模糊糊地记得，全村人都在说他们家的事儿，说那女人（聋婶）又怀孕了，瓦匠才把他们接走的。还有的说，瓦匠想接他们回去分地。多数人说，这女人真不要脸，孩子都恁大了，还走那一步。走那一步就走吧，还把孩子都带走，想让姓柳的根儿改姓瓦啊？

梅和她母亲走了，相当一段时间，我一个人百无聊赖地在自家门口玩儿。梅的三个哥哥过着没爹没娘的日子，他们整天不着家，不知道疯到哪儿去了。只是到饭点儿时有人回来把饭做熟，大部分时间他们院里空落沉寂。偶尔我母亲做些好吃的，会送他们一些或者喊他们一起来吃。村里人对他们母亲的谴责和对他们的同情并没有改变他们的生活，他们依旧麻木地生活着。“老败子”费了九牛二虎之力，把他们夺回来，却对他们不管不问。我想，他一定是自顾不暇。

梅和她妈离开的那段时间里，他们家的很多事儿都是我母亲帮他们料理，比如相媳妇、定媒、娶亲之类的。我懵懵懂懂，自顾自地疯玩，觉得一切都是生活本来的样子。只是不明白，村里人为什么那么喜欢翻来倒去地说他们家的事儿？

毕竟梅的哥哥们还在，这是聋婶和我们村永远无法割断的联系。因为对孩子的牵挂，聋婶带着梅偶尔会回来住上一阵子。梅的哥哥们对母亲和妹妹并没有什么期盼，来与去都随她们，只是她们回来，有人做饭洗衣而已，并没有改变他们对家的感觉。

可是，她们每次回来，就像一颗石子投进水里，在村里激起层层的涟漪。像村里人一样，梅一回来，我也很兴奋，主要是有了玩伴。因为梅的关系，我渐渐地对村里那些议论多少有些关注，似乎能拼凑起关于聋婶的一个故事轮廓。

聋婶早年丧夫，一个人带着三个孩子住在我家隔壁的院子里，和他们一起住的还有她的瞎婆婆、一个大伯子哥（也就是“老败子”）及其唯一的女儿。她婆婆、大伯子哥及其女儿住在西边的两间屋子里，一个锅吃饭；聋婶和三个儿子住在东边的两间屋子里，一个锅吃饭。这样，等于一个院里住着他们两家人。我家住在他们大院的西边，小时候，我常觉得隔壁的院子很大很神秘。

很大，是因为住着两家人，整天吵吵嚷嚷；很神秘，是因为那个瞎老太太整日坐在院子里，拿着一根拐杖，不停地敲地、打嗝、骂街。特别是打嗝的声音，尖利而悠长，高亢而张扬，基本没有长时间的间歇，就像有神灵附体的巫师，让人恐怖不已。因为眼睛不好，她基本没有出过门，直挺挺地坐在一把罗圈椅里。她的脸像一颗桃核仁，布满了细小的皱褶，面色潮湿而苍白，像要长出苔藓般。她的耳朵特别灵敏，一听到声音立马打嗝。我确实不知道她有多大，反正自打我记事儿起，她就一直是那样。她像不食人间烟火的鬼魅，具有魔幻的法力，我从不敢走近她。现在想来，那老太太可能患的是阿尔兹海默症，或许她并不痴呆，只是清醒地活在自己的世界里，通过打嗝和骂街与外界交流，宣泄自己的情绪而已。

“老败子”更是阴阳怪气，他只要在家，多半是指桑骂槐，大发脾气。他家的那个女孩子似乎不太精细（聪明），整天东跑西窜地不进家。一个缺乏主妇的家，似乎不是一个完整、和谐、温暖的家。所以，那女孩儿也就爱串门儿。女孩儿不做家务，引起了父亲的不满。“老败子”常常在院子里喊他女儿，声音愤怒而悠长，喊不应时就开始大骂。他骂女儿时，总是骂他家的那条黑狗，带有骂狗比人的意味。不多时，聋婶悠扬的骂声也夹杂其中，她骂她家的母鸡，大概也有叫阵的意思。因此，那院子好像永远充斥着谩骂和争吵、敲打和打嗝，阴森而诡异。

我不知道“老败子”的女人是死了还是走了，关于他的女人似乎没人提起。那个女孩儿是他亲生的还是抱养的，也没人说起。有一次，我去他们院里找梅玩，被“老败子”骂了一通。当然，他没有直接骂我，而是打着他的黑狗和梅家的母鸡骂的。但我感觉他就是骂我的，因为那院子里除了他的瞎娘，并没有别人，狗和鸡肯定听不懂他的叫骂，他也不会骂他老娘，所以，我认定他是骂我的。因此，我对他极其痛恨，时常诅咒他。后来，我知道他其实是骂梅的，因为梅是他们家永远的耻辱。对于“老败子”，我的记忆就是他那张阴沉苍白的脸，冷漠的目光，背着的双手，噘起的嘴唇，以及他对女儿愤怒而悠长的喊叫。那个院子里矛盾升级，始于瓦匠的出现。

那时候乡亲们盖房修房，生产队里修修补补，都需要砖瓦，全大队就一座窑场，供不应求，所以大伙就建议在自己村里立一座砖瓦窑。立窑容易，地都是集体的，搁哪儿都成，可是窑立好了，没人会烧。队长通过一个远房亲戚，从山东请了一名瓦匠。瓦匠来了之后，住在生产队一间库房里，可吃成了问题。一个人不值当开伙，也不能挨家吃，因为瓦匠要长期住下，挨家吃不太方便。于是，生产队长便把瓦匠安排在梅家吃饭，一是瓦匠住的地方离梅家很近，二是聋婶饭菜做得好。还有私下里传说，队长是为了照顾聋婶，才让瓦匠在她家吃饭，因为聋婶和队长有瓜葛。传说不知真假，大概是寡妇门前是非多。那时候，还没有梅。

其实，聋婶和瓦匠那点事儿，并不新鲜。一个外乡的单身男人，一个寡妇，有点故事太正常了。也许，这些故事放小说里好看，可是放在生活里就不那么好看了，特别是乡下的生活。人就是这样，看着别人的伤痛可以笑谈，自己忍着伤痛就笑谈不出来了。

瓦匠因为成分不好，没有娶上老婆，才正值壮年时身无挂碍地出来混活计。能出来混活计的一般都是通透的人，瓦匠自然也是。他一日三餐在梅家吃饭，不可避免和聋婶家长里短地交谈。聋婶正值壮年，生活寡淡孤寂，瓦匠的闯入，激活了她的日子。这孤男寡女如干柴烈火，擦出火花再正常不过。遇上这种情况，不让自己燃烧的人绝非是常人。聋婶和瓦匠大概也不是什么圣贤之人，不可控制地引爆自燃，而且一把大火冲天而起，聋婶怀了瓦匠的孩子，就是后来的梅。大概是瞎婆婆闻到了生人的味道，或者嗅到了男女交媾的气息，于是她就开始敲地、打嗝、骂街。“老败子”本来脾气古怪，看不惯聋婶的为人，出了这等事儿，更加乖戾无常。

乖戾无常并不能解决问题，咒骂和敲打也不能阻止聋婶和瓦匠的感情。于是，“老败子”便找到了队长。但是，这种事儿却不好开口。他只说瓦匠不能再在那院子里吃饭了，他不是个好人。队长问：他咋你了？碍你腿肚子筋疼了？“老败子”啰啰唆唆了半天，也没有说出个所以然来，气哼哼地走了。

聋婶不管那院子里怎么热闹，毅然把梅生下。村里人自然不能容忍一个外来人把本村寡妇搞了，还生了孩子，就把瓦匠撵走了。

瓦匠离开几年后，大概对聋婶和梅十分牵挂，又悄悄地回到了村里。于是，他们策划了“深夜举家迁徙”行动。不料这行动被“老败子”察觉，遭到了围追堵截。那时，瞎老太太已经过世，“老败子”的女儿也已经出嫁，“老败子”就全心全意地盯住了聋婶。

关于聋婶和瓦匠在那边的生活，大家不得而知。只知道，几年之后梅和她妈又回到了村里，村里人谑称梅为“瓦妮”。

据传，聋婶和瓦匠一起离开后，又生了一个儿子，留在瓦匠老家。关于这个孩子，只是一个传说，他一次也没有来过我们村。对于聋婶为什么回来，众说纷纭，一说她和瓦匠的母亲不和，二说她挂念家里的三个儿子，三说她水土不服，在那边总闹肚子。总之都是猜测。村里没人知道她为什么又回来。她回来后，似乎并没有什么改变，仍旧像以前一样，自顾自地过着不咸不淡的日子，并不与外人交流。回到村里的聋婶，总是来无影去无踪地消失一阵子，过些时候又回来，大概去了瓦匠家。因为大集体解散了，她的行踪不再为更多的人关注，或者习以为常了。村里人偶尔和她说话，她也不理，据说是耳朵聋了。耳聋后的聋婶，远离了尘世的烦扰，裹在孤独空寂里过着自己的日子。

岁月像一只温暖的手，抚平了这个破碎的家庭。三个儿子渐渐长大，各有归宿。大儿子外出打工，定居外地，再也没有回来过。二儿子当兵去了，复员后娶妻生子。小儿子在家也娶了媳妇。

关于梅和她母亲的故事我并不在意，至于她姓什么，她妈是否耳聋，一点也不影响我和梅疯玩，更不影响我把她妈当作长辈，喊她婶子。不过是和外人说起她时，称她聋婶。后来，我离开村子读高中，而后又上了大学，对家里的一些事儿就渐渐地淡忘了。

我对家乡的印象，大概是由梅家的故事撑着。每次回老家，母亲总是和我唠叨梅家的事儿。

那次母亲说，梅的大哥死了，是掉河里淹死的。梅的大哥早先出去时是盲流，后来在当地的煤矿当了矿工。矿工也是工人，在那个时代，矿工也是姑娘们竞优择偶的目标，所以其貌不扬的梅的大哥，就“嫁”在当地，做了上门女婿。梅的大嫂五大三粗，梅的大哥瘦弱猥琐，地位自然低下，更没有话语权。所以，梅的大哥从来没有提过老家，或者是羞于提起，梅的大嫂也从未和丈夫一起回过老家，她对于我们村来说也是个传说。不过，在梅的大哥死后，梅的大嫂倒是回来过一次，是送梅的大哥骨灰的。梅的大哥自从出走后，就没有回过老家，直到他被放进了骨灰盒，由他媳妇和儿子抱着回来。

梅的大哥煤气中毒，在医院住了二十多天，一直昏迷，醒来之后就傻了。聋婶接到儿子住院的电话急忙赶去，可她见到儿子时，儿子已经不认识她了。这是她自从跟瓦匠私奔后唯一一次见到大儿子，却一句话也没说。

梅的三哥接到大哥的死信儿，就去告诉聋婶，聋婶一句话都没说。

梅的三哥对着聋婶的耳朵说，咋弄？去不去？聋婶仍旧不说话，梅的三哥就走了。梅的三哥离开后，聋婶在院子里坐了一天一夜，一动不动。

梅家里没去人，梅的大哥的尸体也没有运回，就地火化了。那时候，我们这里还没有实行火葬，讲究入土为安。如果梅家里去人，或许能拉回大哥的尸体，全身下葬。梅的大嫂和侄子抱着骨灰盒回来，放下骨灰盒就走了。这是梅的大嫂唯一一次回老家，从此再也没有和我们村联系过，估计柳姓的根儿也随了外姓。后来我才明白，“老败子”竭力阻止聋婶再嫁，主要还是为了保住柳姓这一脉，因为他已经绝后。可他拼命保住的柳姓一支，并没有逃过改姓的宿命。

关于“老败子”，我后来也零碎地知道一些。早些时候，他家也有几亩薄地，老父亲给他弟兄二人各娶了妻室。由于并不富裕，他们兄弟便挤在一个院子里住。老父亲去世后，家由“老败子”当着。“老败子”脾气暴躁，打跑了自己的媳妇，撇下一个闺女。老二生性懦弱，得肺痨病死了，撇下三个男孩儿。聋婶是老二媳妇，丈夫死后，她决定带着三个儿子分家另过。因为，她不想面对那个脾气古怪、动不动就甩脸子骂人的鳏居大伯子哥，面对那个整天坐在院子里用拐杖敲地的瞎婆婆，还有一个缺心眼儿的闺女。分家，也许是她和“老败子”矛盾的根源。

让人奇怪的是，面对儿子的骨灰，聋婶竟然没有掉一滴眼泪，也没有挽留儿媳和孙子。更奇怪的是，梅的两个哥哥商量大哥安葬事宜时，聋婶抱着大儿子的骨灰盒，不让下葬。任两个儿子怎么劝说，就是一声不吭。

聋婶出门的时候更少了，总是独自一人在空荡荡的院子里自言自语。我想，她肯定不是自言自语，一定是在和大儿子说话。她有多少话要说啊，过去没有机会，现在好了，儿子可以整天陪她说话了。可是，村里人并不理解，包括她那两个儿子，都说她少一叶子（不正常）。

梅出嫁了，聋婶独自种着她和梅的责任田，儿子们早已另立门户搬出了老院。“老败子”死后，整个院子便归了聋婶，“老败子”的两间房子早已坍塌，成了她家的茅厕。老屋年久失修，已经破落得没法住人，聋婶让儿子们修修，他们一直拖着，无奈她只好去找老队长。老队长把她两个儿子叫在一起，让他们兑钱给聋婶修房子。儿子们也都到了娶儿媳妇的年纪，老队长出面说这事时，觉得脸上挂不住，嗫嚅了半天才说，不是不给她修，是老太太古怪，一个骨灰盒放在床头，说了多少次就是不让埋，弄得谁也不敢进她的院子。他们表示，修房子也不是个难事儿，有一条，得把老大埋了。聋婶没法儿，只好由两个儿子把他们大哥的骨灰埋了。

大儿子骨灰搬走的那天，聋婶一个人坐在空荡荡的院子里，不管不顾地号丧似的哭了一整天。她家的院子外边，站了很多看热闹的人，却没有一个人进院劝她。都知道，任谁也劝不住。

天落黑时，她的哭声戛然而止。第二天像什么事儿没发生过，她扤着篮子下地薅草去了。

从此，聋婶孤独的身影，便时常在那块坟地晃悠。

（原载 2015 年 6 月 5 日《文艺报》）

修身格言

陈宏伟

一

夏天的时候，我一直想认识一个女孩，一个年轻漂亮，而且没有男朋友的女孩。

我可以带她出去玩，去鸡公山看枫叶，看云彩。去南湾湖看芦苇，看白鹭。或者去灵山寺进香，抽签，玩遍我们信阳周边的山山水水。这些地方，我已经去过多次，像一部电影，在电脑上看过许多回，对它的剧情很熟悉。但是，我相信如果和一个漂亮女孩同去，就像换到电影院里看一遍，台词还是一样，效果却是不同的，感受也是不一样的。就算请假，甚至旷工，我也毫不犹豫。

这样说，我并不是要占女孩的便宜，只想与她一起玩，感受女孩的性情，哪怕是顽劣的、刁蛮的，体味女孩的气息，无论是热情的还是刻薄的。我结婚十年了，夫妻生活如一潭死水，波澜不惊，像过期的橡皮糖，咬不动，掐无痕，让人厌倦。我像一尾鱼，越来越沉入水底，乏味而无趣，变老的速度都在加快。认识一个女孩，相当于我浮游到水面，呼吸一下新鲜的空气。

逛街的时候，马路上到处都是年轻的女孩，很多看上去都风姿绰约，柔美动人。然而，要认识其中一个，却不容易。冷不丁地搭讪，只能被看作神经病，脑子进水了。相逢抵达相识，需要一个机缘。况且，就算认识又能如何，工作和生活中总能认识一些女孩，也仅仅局限于认识而已，缺乏深入联系的通道。前途无路，还不如扮作清高状。有人说，冷酷是另外一种风格的魅力，也会给异性留下深刻的印象。

我在腾讯 QQ 上搜寻，查找条件设置为本市，18—28 岁，女性。网页上唰地闪出一排排长长的网名，都是奇形怪状的字，甚至不是字，而是一些偏旁部首和符号的生硬组合，只能根据主要部首模糊地猜测它的读音。这真令人兴奋，我还没有底气念出她们搞怪的名字，仿佛已感受到一个个古怪精灵的女孩在眼前熠熠闪耀。

打开一个，先查看她的空间，我最感兴趣的是相册里的照片。但总是三种情况，有的没有上传照片，有的上传照片却设有密码或口令，有的可以看见照片，无奈又长得让人泄气。好不容易找到个貌似甜美可人的，对方却冷艳清高，拒绝添加好友。

我折腾了整整一个下午，终于搜索到了三个女孩，与她们一聊天，竟然均不在信阳——一个在珠海，一个在惠州，还有一个在宁波，都是信阳人，在外地打工。我没好气地说，不在信阳，你干吗设置为信阳呢？答曰，无论走到哪里，信阳都是我的故乡。我一下被噎住了，恨不得伸手将她们从液晶屏里揪出来，列队指着鼻子教训一番。

就要放弃时，我看到了她。她的网名叫“繁华落”，像是“繁华落尽”省略了一个“尽”字，没有奇特的偏旁，看上去挺文艺的一个名字。她相册里的照片，我看出是在信阳郊区的黑龙潭照的。她故意噘着嘴巴，却并不能掩盖原本的俊俏脸庞。照片旁边还题着四个干脆利落的大字：这斗是我。“斗”是信阳的方言发音，“就”的意思。我忍不住笑了，毋庸置疑，加她为好友，不出所料，很快被拒绝。但我不死心，记下她的 QQ 号码，然后更改个网名，继续加。如是者三，晚上的时候，我终于成为她的好友。

我：你好啊！［笑脸表情］

她：[问号表情]

我：在干什么呢？[笑脸表情]

她：[疑问表情]

我：天很热，不知干什么好。

她：你是谁？

我：不认识的朋友，在网上随便搜到了你。

她：哦！

她：不认识，怎么算朋友？

我：朋友都是由不认识到认识的，说不定我们还见过呢！[捂嘴笑表情]

她：是吗？[揶揄表情]

我：是啊，比如说，我也在黑龙潭拍过照片，说不定当时就在你旁边。

她：你怎么知道我去了黑龙潭？

我：在你空间看到的呀，一个很漂亮很漂亮的女孩。

她：谢谢！[脸红表情]

我：黑龙潭虽然好玩，但其实白龙潭、龙袍山、何家寨比它更好玩。

她：看来你真喜欢玩。

……

二

每年夏天，我都会解放一段时间。

我妻子周丽是个小学教师，一放暑假，她就急不可耐地带着儿子回乡下娘家避暑。甚至放假前的十几天，她就开始派日子，哪天出发，要带什么东西，要新买哪些东西，取舍之间郑重其事的神情，好像她将要周游世界。她把衣柜的衣服，全拿出来堆在床上，一件件地翻看，时不时地举一件在胸前，对着穿衣镜比画一下。她回头问，这件绿裙子好看吗？

好看。我在看一本杂志，抬头瞟了一眼。

她蹙着眉头，真的吗？

我说，嗯，是的。

她眉梢一挑，跟那件粉色的比，哪个更好看？

这是个要慎重回答的问题，因为依据以往的经验，无论我说哪一件好看，她都会确信无疑，立刻把另一件打入冷宫，然后去网上重拍一件回来。很多衣服，我并未见她真正穿过，买回来似乎是为了填补衣柜空出来的狭窄缝隙。衣柜像她的藏品陈列室，只能淘汰，不能空缺。但她用的是我的银行卡，噼里啪啦地敲击键盘，仿佛输入的只是一串数字，跟钱没有关系。周丽在其他方面执拗得近乎不通情理，唯有对衣服的评判方面对我的话无比相信，简直是盲从，与平时判若两人。亏吃多了，我明白无论说哪件漂亮，都是不讨好的答案。

我不动声色地说，两件跟你都很搭，各是各的味儿。

她眨了几下眼睛，表情灿烂起来，真的吗？

我郑重地点点头，是的。

就没有难看的衣服吗？过一会儿，她回过味儿，哪件最难看呢？

我指着一件领口开得较低的裙子——那是她最喜欢的一件，绝对听不进去我的诋毁——打击她道，它比较一般化。

她把眼一瞪，哼，我穿着人家都说好看。

别人穿衣服，我一般都会说漂亮，免得人家不爱听。

嘁，像你这样心理阴暗、变态的人，可真是少！

我闭口不言，对她的尖酸刻薄充耳不闻。我常常忧虑，不知道她在课堂上对下面天真烂漫的学生是不是也这样。生活中我早已习惯了她的指责与嘲讽，和她交谈，我甚至懒得分出话语上的胜负。因为一切对错都在她的掌握之中，翻手为正，覆手为错，我说什么都显得渺小和无知。

你希望我回去住多长时间?

又来了，这个问题仍然充满悖论色彩，无论我怎么回答，都可能掉入陷阱。说住短点，她会说我虚伪，口是心非。说住长点，她会说我忘恩负义，巴不得她不再回来。

唔……看你喜欢吧!

我就知道你无所谓！她冷笑道。

我说什么都是错的，都不知道怎么说……

她皱眉摇摇头，一副厌恶、鄙视的神情。这回，轮到她不想说话了。

晚上，想到是离别前夜，我有心想温存一下，但周丽一直板着脸，神色沉郁，似乎仍然记着白天的不快，我也没了情趣。儿子早就睡着了，在我也要迷迷糊糊入睡的时候，她仍然在收拾两个大皮包。汽车后备箱白天已经塞满了，这些明天要堆放在副驾驶座上了。我猜测，回到乡下往下搬东西的时候，那种盛况，不知内情的，还以为我们夫妻离婚，她被扫地出门了。我开始是故装冷酷地睡，潇洒地睡，终于郁闷地睡着了。

周丽娘家在下面县城的一个偏远乡村，离信阳市区二百公里。我们结婚快十年了，但仿佛乡下才是她真正的家。她像一只候鸟，一到夏天，就准时向老家的方向飞去。其实我何尝不是，把她们娘俩送到乡下，我开车返回信阳的时候，一路上心情轻快得感觉都要飞起来。

我暗自发誓，一定要在这个假期里认识一个女孩。

三

连续两个夜晚，我一直和“繁华落”在QQ上聊天。我尽可能地装着胸襟坦荡，对她有问必答，把自己的信息和盘托出：朱涛，35岁，已婚，公司职员……

大叔了！后接一个鬼脸搞怪的表情。知道我的年龄后，她干脆地说。

美女妹妹什么话，35岁跟你正相配。

她发来一个呕吐的表情。

真的，35岁的男人，才真正懂得爱，可会爱人了！接一个龇牙笑的表情。

我既光明磊落，又说话很没正经，甚至很好色。我觉得这像给她打一剂预防针，消除她的过敏反应。没有过敏反应，也就慢慢放松了戒备。

就是大叔！她顽皮地说。

我发去笑脸，心里却暗自感喟，35岁，真的已是一个了无生趣的年龄吗？时代变化真快，一过30，似乎就像没了闸的滑车，一下就冲到谷底了。我感觉自己还没年轻几年呢，就被踢入大叔的队伍了。

但我不死心，把信阳周边的地方吹得天花乱坠，山水会唱歌，草木会跳舞，处处皆风景。然后邀请她，一块儿出去玩呗，去香如故植物园摘瓜果，自摘自吃。她语焉不详，不置可否。我继续滔滔不绝，每次经过香如故植物园，看到很多人在里面摘，都心里发痒，一直没有机会。咱们去看看呗？她一会儿发来一个捂嘴笑，一会儿发来一个龇牙笑，再一会儿又发来一个脸红笑。她死守一个笑脸表情，像个勇士守卫着一夫当关万夫莫开的隘口，反衬得我心急吃一口热豆腐，抓耳挠腮，原形毕露。

你到底去不去啊？

我相信一个少女修身格言，四个地方不能去。

我犹疑一会儿，问，哪四个地方？

男人的家、他的办公室、他开的房间和他的车。后面跟一个坏笑表情。

跟你去，就得坐你的车，然后就违反了这条修身格言，这是不行的。她像画了一道防身警戒线。

晕，你这是修女的格言还差不多。

她发来一个撇嘴表情，头像一颤一颤地微微跳动，气得人牙疼。

崩盘了，我决意撤退。亏得刚才还恬不知耻地把名字告诉她，甚至还包括手机号。她心眼儿透亮，将我看得清清楚楚的，我却不知深浅地袒露自己的信息。像一个垂钓者，投下了所有的鱼饵，还是一无所获。

不，是收获了鱼儿的嘲讽与讥笑。

我故作镇静地说，我瞌了，准备眠了。

她说，我还好，再等一会儿。

我说，愈早睡愈美丽，拜拜。

我离开电脑，躺到床上看电视。网络少女都这样自负吗？就算真的才貌双全，也不至于摆这么大的谱。都是些什么样的闲人，总结什么修身格言，一套一套的，像一面面破旧的盾牌，明知有烂洞，却又无从攻击，无从辩驳，让人堵心。世事纷繁，有些事还是看透别说透的好。如果时刻都保持清醒警惕，什么都看明白了，看透彻了，人生的过程还能有什么新发现呢？还有乐趣可言吗？何况很多事情根本看不透，比如爱，爱是什么东西？爱是什么样的？很多人哪怕结婚多年，其实仍然一片懵懂，模糊不清。

我去冰箱里拿一罐冰镇王老吉，一口气灌下半罐，心里泛起一股凉意，稍稍气平一些。电视屏幕闪烁，我什么也看不进去，忽然感觉到一种辽阔无边的荒凉袭来，一下子孤单起来。妻儿回乡下之前，我雄心勃勃要过一段无人干预的快活日子，但现在像有一个魔咒，一下子把我锁住了，禁锢住了，空有雄心而无计可施。夜晚的城市喧腾热闹，然而我又是个极其懒惰的人，看一眼窗外的车流与灯火，都心生倦意。

我点燃一支烟，缓缓吸了起来。虽然认识一个女孩的计划受阻，我并不想把自己搞得紧绷绷的，与其烦躁和不安，还不如享受安稳与宁静。每个人的夫妻生活都会有一些无法捋清的抽象烦恼，但大都会淹没于枯燥平淡的现实生活中，来于生活，归于生活，很难找到一个释放的秘密通道。生活像绵密无边的网，并不容易撕开一个缺口，逸出网眼的，往往只是我们心里的诡秘念头。我们的身体在网内，却无力挣脱。换句话说，或许生活原本就是简单点好，才有原始的乐趣。

找本书读吧，一本好书，说不定可以解救我，可我家里却没有那样一本关于修身格言的书，否则真想看看他们都是什么样的逻辑。

嘀嘀嘀，手机响了，在深夜里吓人一惊，我看了看来电显示，一个陌生的号码。

哥哥，我是栗洛洛，嘿嘿！我接通电话，一个清脆的小姑娘的声音闯入耳膜。

谁？我不明所以，不由得坐起身来。

栗洛洛呀，繁花落，知道了吧？她仍然嘿嘿笑。

哦哦，美女妹妹，你好啊，栗——洛——洛，名字真好听，等你的电话好久了。我像被针刺了一下，陡然兴奋起来。

去！你也太大言不惭啦，怎么会知道我给你打电话？她笑嘻嘻地说。

我的第六感告诉我的，我说，而且我的第六感一向很准的。

哥哥，我有件事儿，想跟你说一说。她的声音由清脆变得沉静。她在网上叫我大叔，打电话来，却叫我哥哥，让我有点意外。

你说，哥哥给你撑腰。

是这样的，我同学给我介绍一个男朋友，是个老头子，年龄太大了，我很讨厌。但那老家伙又偏偏非常喜欢我，只一块儿吃过几次饭而已，就发疯似的咬着不丢，怎么办啊？

老家伙？他多大啊？我狐疑地问。

她突如其来的电话，给我一种错觉，这种错觉对我的意念似乎有一种催化作用，让我一下子飘飘然起来，兴奋起来，但她几句话就让这种错觉消退了。

58 岁，比我大 35 岁。我说他老头子了，可他说老头子好啊，世界都掌握在老头子手里。她说。

你同学怎么那么坏啊，拿你开涮吧？

也不是啦，她男朋友也五十多岁了，是个建筑老板，跟这老头子是好朋友。

晕，你们怎么这样啊？

嗯，是这样的。这老家伙是咱市的一个局长，处级，据说存款达八位数呢！关键是他那副死样子我受不了，秃着头不说，还龅牙！我们在一块儿吃饭，让我点自己喜欢的，他只喝燕窝汤，自己提供原材料，酒店的厨师为他定做，慢腾腾一勺一勺地喝，手都有点抖抖索索的了，我一看他的样子，就一点胃口也没了……

听着手机里栗洛洛的声音，呼呼的，似有风飘过，遥远而又清晰，我感觉像是从另外一个星球打来的超时空电话，冲入我的大脑，把我带进一个奇幻的盗梦空间，眼前光怪陆离。我飘浮在空气中，处于一种失重的状态，有点喘不过气来。我迷茫了。

这个局长，正管着我同学男朋友的工程项目，所以我同学让我千万别得罪他，他再有两年，说不定一年，就退休了，到时她男朋友的工程也做完了，我再甩他不迟。所以又无法拒绝，真是难受极了……

无法拒绝？这不是同学在利用你吗？我气愤道。

利用？没你说的那么恐怖好不，最多算帮个忙。再说同学也是为我好，在我那帮同学的男朋友中间，这个老家伙是个实权人物，也不丢人！况且对我很好，第一次见面就送个名牌手包给我。他说如果我答应跟着他，就送我一辆宝马。哥哥，那车子是我的梦想，我喜欢死它啦！

我无语了，这大约是另外一个世界的游戏与规则，是与非都很难判断，我甚至有点儿糊涂，不知道这一切是真的，还是没有一样是真的。

你听着吗？她轻声说。

嗯，在听，我好难受，我也很喜欢你……

死样子！她在电话那边咯咯地笑了起来。人家是信赖你嘛，才跟你讲的，给我出出主意嘛。这一个多星期，那老家伙没联系我，我以为他死心了，松了口气，谁知刚才老家伙又打电话来，约我明天一块儿吃晚饭。中午吃饭还可以将就一下，真害怕晚上，你知道吗？市里几个高档酒店，他都有常开房，总是喊我去房间玩，说是送礼物给我。哼，还不是想哄我！唉，怎么办啊，真是烦死了！

跟这样的老头子缠，你不害怕吗？

害怕？她的声音变得尖锐起来，害怕什么呢？如果有人爱，就让他爱。如果有人送花来，就谢谢。如果有人约你，就答应。在这个世界上，别人对你好，都不太会伤害你。只有你对别人好，才会一再被反噬，令你痛苦。所以，要小心谨慎地去爱别人，而放心大胆地让人爱，享受别人愿意付出的物质，就像分享别人的快乐……

物质上的东西，真的对你很重要吗？我忍不住嘲讽道。

哼，你是理想主义者吗？莫非能活在空气中？嘭，她挂断了电话。

四

我在傍晚出去跑步。家门外有一条河，叫浉河。我沿着浉河边的林荫大道向着上游的南湾湖跑去，跑着跑着，跑进了一片废墟，脚下幽草丛生，四处断壁残垣。我看到一个肤色洁白的美少女，赤裸着身体躺在一片草地上。她长发遮住半边脸，隐约像是栗洛洛，在冲着我微笑，如一朵废墟上盛开的花，妖娆而带着毒性。我不顾一切地扑了上去。突然，栗洛洛脸色陡变，猛地踹我一脚，我觉得小腹闷疼一下……醒了，我趴在床上，肚子下面竟然压着昨晚翻看的一本书——《归于沉寂的孤独》。这是个精装本，书壳太硬，像一块砖头，把我肚皮硌出一条印迹。

我一直有三个庸俗的愿望：减肥，戒烟，赚钱。它们似乎就在眼前，却又遥不可及。臃肿的小腹，成为我最大的累赘，而胃口总是好得出奇，使我成为一个吃货。烟戒不掉，我总是归罪于烟盒设计得太漂亮。在家里憋几天，一外出吃饭，看到餐桌上那些闪耀着高雅气质的烟盒，就立刻崩溃了。我是一名公司小职员，几乎在元旦那一天，就知道全年大约可以赚多少钱。我的愿望，像三只受重伤的飞鸟，纷纷从天空中跌落，狼狈不堪。

睡梦中都没忘记跑步，让我警醒。天气太热，没有勇气玩跑步机，我决定去阳台上练会儿哑铃。那一对积满尘埃的哑铃，扔在阳台的角落里，像两块废铁。

我左右平举了三十下，就脖颈发热，细汗渗出。身体的机能退化严重，我简直比在地上蹒跚的鸟儿还要绝望。以前我曾想在阳台吊装一个沙袋，没事儿演练一番。但周丽反对，沙袋？嘁，你以为你还是十几岁的年轻孩子？我顿时无言了。她不依不饶，阳台是应该装个东西，不过不是沙袋，应该装个吊床，我和毛毛可以坐上去摇一摇。

我听到手机在卧室响，扔下哑铃，从床上边摸出手机，扫了一眼，是周丽。

玩得痛快吗？她的声音仍然冷冷的。

哦，什么？我一听她的语气，就忍不住想冒火。

你不要装傻充愣！

不知道你在说什么！我仍然克制住自己。

哼，你那点偷鸡摸狗的勾当，我不在信阳别以为就不知道了！

不要没根据地瞎猜，我本分得快傻了。我忽然明白，和她争执没什么好处，只会促使她下决心早点回来，于是语气缓和下来。

我瞎猜，我们回来两天了，你一个电话也不打，不是玩野了是什么！她埋怨道。

昨天我打过电话了，是毛毛接的。当时他正在看院里树上的斑鸠窝，没说几句话，就把电话扔掉了。

噢……那边一阵沉默。

反正你当心点儿，别玩火自焚，我回去要查看你的通话记录。

好，好，盼你们早点儿回来。

没说几句话，我觉得快比练哑铃冒的汗还多。对我来说，隐忍是夫妻生活最重要的关键词。我们俩像两只外观不同的瓷器，一只青花，一只五彩，虽然纹饰不同，但胎质是一样的，一碰就碎。依照我的性子，不知碎了多少回了。隐忍就是克制的逃避，不给她这样碰撞的机会，我才能独善其身。可是隐忍带来的怨气，一点点地积淀，像沉积岩一层层地压在心里，快把我压扁了。

五

我在迪欧西餐厅一个靠玻璃窗的位置坐下，巨大的落地玻璃非常干净，如果不是我的影子在上面闪动，它几乎融入了外面的黑夜。

服务员微笑着向我走来，我看了她一眼，她把菜品册抱在胸前，并不递给我，微笑着轻声问道，一份红烧牛腩饭，一杯西瓜汁吗？

我轻轻点了点头。

先生请稍等。她转身离去，高跟鞋在地板上发出橐橐的声响。

我忽然发觉，只是经常来这儿吃饭而已。与她，不认识的服务员，竟然会有这样的默契。可见，默契并不由距离的远近来决定。默契像两个人之间与生俱来的微妙联系，默契的达成不像两只瓷器的相遇，而像花瓶里插上一枝花。它不会有瓷器间凛冽袭人的碰撞，而是含苞一年的蜡梅凌寒开放，清香袅袅，动人心魄。

西餐厅里回旋着悠扬的轻音乐，已过了吃晚餐的时间，零星的几个客人在悄声低语。我点燃一支烟，深深吸了一口，徐徐吐在玻璃上，我的影子模糊了起来。

噗噗噗，手机在桌上震动，我习惯进餐厅的时候将它调成震动模式。它一边震动，提示灯一边闪烁。我看一眼，屏幕上显示栗洛洛的名字，就故意不接听，让它震一会儿。手机很执拗，一闪一闪的指示灯，像是栗洛洛眨动的眼睛，充满无限的磁力。

喂。我按下接听键。

哥哥，你在哪儿？怎么这么长时间不接电话？！她的声音依然清脆，仿佛忘记了昨夜对我的鄙视与愤恨。

我在外面吃饭，你说。我语调沉稳，装着收放自如。

郭局晕过去了！快过来一下。她近乎尖叫起来。

谁？我心里一惊。

听筒里传来嘭嘭的声音，似乎她在换一个地方说话。

就是那老家伙！她的声音低了下来，刚才吃过晚饭，他非要拉着我来洗脚。洗了一会儿，他就趴在沙发上不能动了，快要晕过去了。怎么办啊？你快来！

洗脚城离迪欧西餐厅不远，世界多么小啊！我说，好的，马上到。我掏出钱包，把餐费放在桌子上，起身离开。

我在洗脚城大厅扫了一眼，只有几个扎领结的服务生侍立着，我直冲二楼。一个穿白色短裙的女孩正站在走廊上，手里握着一只红色的手机，正低头翻看。只一眼，我就认出了她，不错，是栗洛洛，“这斗是我”的那个女孩，只是比照片上瘦一些，但更漂亮了。

朱哥！她紧走几步，冲过来一把抓住我的手，声音脆弱得快要哭了。我感觉到她的手很凉，把我抓得很紧，并且微微颤抖。

现在怎么样？要打120吗？我问。

她摇摇头，不用，我刚才要打，他不让。你快看看！

我推开门，里面有三张沙发，一个老头儿趴在中间的一张上，看不清面目。他的裤腿已经放了下来，但还光着脚。旁边放着两只木桶，热气氤氲，大约已经洗过脚。

郭局，这是我哥哥，让他来帮忙带你到医院看看吧！栗洛洛已不似刚才那般惊慌。

老头儿没有反应，像死了一般。

郭局，郭局！栗洛洛弯腰推了推他。

老头儿慢慢抬起手冲背后挥了挥，过一会儿，他挣扎着侧过脸，轻声说，不用……我躺一会儿。他一直双目紧闭，眉头微微皱着。

我说，还是去医院看看吧，如果是心肌缺血之类的，要及时用药。

老头儿又冲背后挥了挥手，有气无力地说，不是……只是头晕……

我看了看栗洛洛，她冲我使个眼色，示意我出去说话。

有烟吗？一到走廊上，栗洛洛说。

哦，有。我掏出一支，并给她点上。

她深深吸了一口，还未及吐出，却呛住了，弯下腰咳嗽。我轻轻拍了拍她，感觉她裸露的肩膀一片滑凉，我心里一动，这就是冰肌玉骨吗？

她直起腰，眼里几乎闪着泪花。我说，别吸了吧，又不会。

她眉梢一挑，我愿意。

我讪笑，你狠。

知道吗？他不是心肌缺血，刚才吃饭的时候告诉我，他是亚硝酸盐中毒，现在肝肿大，需要解毒！

亚硝酸盐？怎么回事？她的话总是让人吃惊。

上个星期他去北京了，检测家里的血燕。这么多年下面的人知道他有喝燕窝汤的癖好，一个个都送血燕，家里几乎堆积如山。最近有报道说，燕窝里根本不存在血燕之说，都是商家熏制的，含有亚硝酸盐。他一直头晕，原以为是身体太虚，需要喝更多的燕窝。这次检测结果显示，他家的血燕亚硝酸盐含量超标一千多倍，能不中毒吗？

怎么会这样？我觉得简直像在听一个荒诞故事。

吓人吧？栗洛洛做了个鬼脸，顽皮地撇了撇嘴，刚才吃饭的时候，他还讲正在找解毒的法子，没想到现在就晕倒了。

得跟他家人联系一下，这样躺着出问题可麻烦了。我忽然回过味儿来，跺着脚道。

他家没人！老婆早就离了，女儿在美国。他是孤家寡人，裸官，不然怎会这样缠着我。栗洛洛白着眼睛说。

还是不行，他这样趴着容易出问题。我说着，转身走进洗脚房。

空调吹着白雾状的冷气，房间里比走廊上凉许多，甚至有一股寒意。

郭局，郭局，我轻声叫道。

老头儿哼了一声，过一会儿，慢慢从沙发上拱了起来。他长长地出了一口气，翻身坐在沙发上，也慢慢睁开了眼睛。

郭局，我是栗洛洛哥哥，你现在好些了吧？我低声问道。栗洛洛站在身后，不知所措的样子。

哦，你来了好，我没四（事）。他有浓重的方言腔，像是下面某个县的口音。他的脑袋谢顶了，周边的几绺比较长，大约平时盘旋着用来遮盖一下中间的秃顶，现在散乱了下来，像个老疯子。

我没四（事），他又挥了一下手，你们先走吧，我打个电话，让司机来接我。说着低头找鞋子。

我愣了一下，有点犹疑，转脸看了看栗洛洛。

她浅笑着说，哥，要不你先走，我再等会儿。

也好。我挥挥手转身离开。栗洛洛微笑的表情，和我昨夜梦到的一样。

六

周丽在乡下住了一个星期，就打电话说要回来。毛毛到那儿的第二天就开始拉肚子，吃什么拉什么，顺屁股淌。我们这儿的地下水可能有毒！她说，周边村子的大人小孩都腹泻，怀疑是镇子上的化工厂把地下水污染了。

我去网上搜索了一下，周丽讲的还真不是危言耸听。有几百条关于那个镇子农民上访的消息，他们镇农民食道癌和胃癌的患病比例比全市平均发病率高出70%。连续三年新兵应征入伍，那个镇的青年无一人体检合格。网上配有很多照片，农民举着病历涕泪横流，化工厂排污口流着绿水，河里鱼虾漂浮，令人触目惊心。还有一张照片，上访的农民堵在县委门口，由于腹泻来不及如厕，就地拉在门口……

我明天去接你。我说。

不用，明天刚好有熟人的车回信阳，我搭顺风车回去。

噢，我说，那你家里人吃水怎么办？也还是问题啊！

几个邻居正在焊制铁桶车，准备去其他乡拉水吃。

……

只剩最后一个夜晚了，只剩最后一个可以放肆的无所顾忌的夜晚了。暑假，像生活被拆掉一截的铁轨，我的欲念是要脱轨而出的。但现在，这截铁轨即将被铆接起来，我的生活也将进入正常的轨道。枯燥，乏味，克制，隐忍，我像一列全封闭的闷罐车，没有车窗，再也看不到沿途的风景。

我想起栗洛洛，那天晚上我原以为她会跟我一块儿离开的，谁知她要留下再等一会儿。我无法判定是她善良的天性使然，还是因为迷恋梦想中的宝马，或者二者兼而有之。我们再没联系过。

她像一只狡猾的寄居蟹，虽然弱小，却有一副坚硬的铠甲，我看不透她。而我，像一根残藕，千疮百孔，可如果折开，仍然有藕断丝连的内心。相比较之，我感到羞愧，栗洛洛早已把包括老家伙和我在内的男人看得通透，而我却在为是否给她打一个电话而心神不安。或许我想得太复杂，栗洛洛根本没有想那么多。爱与被爱，只是两个人的事情，由很多偶然决定。我们常常会犯傻，只是某一次偶然被放大，改变了我们的生活轨迹。

喂。我拨通她的电话。

她接听了，却又立刻挂断。手机显示本次通话时间 0.2 秒。

过了一会儿，我的手机响了起来。

哥哥！她的声音热情而压低着嗓门，压抑中有一股兴奋。

在干什么呢？这两天 QQ 上都见不到你……

嘿嘿，我正在跟老家伙一块儿吃饭，跑到卫生间给你回电话。

怎么，不担心他再晕倒吗？我戏谑道。

不会了，燕窝汤停下来之后，他说他好多了，栗洛洛说，知道吗？他已经找到了解毒的办法，冬虫夏草蒸鸭！

什么意思？他净折腾一些稀奇玩意儿。

把冬虫夏草塞进鸭肚子里，上锅蒸熟，让冬虫夏草的药效渗透到鸭身上，然后吃鸭脯肉。他说是从灵山寺的和尚那里得到的秘方。

哈哈，我笑了起来，他个笨蛋，和尚怎会有关于蒸鸭的秘方？再说冬虫夏草是真的吗？我看保准跟燕窝一样也是假的，不就毒上加毒吗？

嘿嘿，那他就成了欧阳锋，一个老毒物啦！栗洛洛没心没肺地哧哧笑了起来。

看她情绪挺高，我说，等会儿一块儿唱歌如何？或者一块儿看电影，吃点宵夜，想跟你一块儿玩啊！

今天肯定不行，老家伙找到这个秘方，似乎心情大好，把我缠得紧。你知道，我现在不敢得罪他。她的语气透出一股可怜来。

我陷入沉默，没有吭声。

对不起呀哥哥，改日吧！

我躺在床上，吊灯、壁灯和台灯都开着，电视机在闪烁，笔记本电脑循环播放一首歌，我却在玩着手机。卧室在几种光线的映衬下，闪耀着波光粼粼的碎片，我有一种身处湖中央的某个无名岛屿的孤寂感。

七

栗洛洛再打电话来，已是一个月后。

事实上，那天晚上她拒绝我的邀请之后，我在手机上删除了她的号码。周丽一回来，我可以想象，我的生活像被注入了502胶水，瞬间就凝固住了。就算我走火入魔，也将被钉在墙上，变成一具化石。任何一个女孩，不管认识或不认识，将成为我生活中的一条平行线，不会再有交叉点。

哥哥！手机里一个女孩带着哭腔喊道。

怎么了？我愣怔了片刻，想起来是她，栗洛洛。

我真后悔……认识那个老家伙，真不值得……她抽泣道。

发生了什么事儿？别急，慢慢说。

也没什么……我今天跟他说，先不要宝马了，给我买一辆大众甲壳虫就可以，只要二十万……可他竟然说，等他解毒完成以后再说，解完毒还给我买宝马……

我有点儿哭笑不得，那很好，人家的承诺还在嘛，换我连个宝驴也买不起。

哥哥！你总是这样子，嘲笑人家吗？她又抽抽搭搭起来。

哪有，你有了宝马，说不定我也可以沾沾光嘛，我们一块儿去兜风……

她破涕为笑，你说，我是不是特傻？

没有，我觉得你特聪明。他现在状况如何？

老家伙吗？非常执着！一天吃三次冬虫夏草蒸鸭，厨师专门为他做，绝不吃剩下的，我听着都想吐。不过，他的精神却似乎越来越差了，只是掐起人来比较狠……

掐你？我吃惊道。

哦，没有。她愣了一下，继而笑道，你说，毒真能化解掉吗？

这得问灵山寺的和尚。我调侃道。

噢……有机会去问问，我怎么觉得是骗人的。

和尚会说，阿弥陀佛，毒即是空，空即是毒，说有就有，说无有就无，善哉善哉！

死样子，又来了！她娇嗔道。

人生来是清净的，杀盗淫妄酒，才是中毒的最大苦因。我说。

什么？哪里说的？她似乎听得有点含混。

我镇静地说，我的修身格言说的。

哈哈，你真坏，算记住我说的话啦！她笑道。

对于解毒，他真的那么执着吗？我问。

她肯定地说，是的，非常执着！

（原载《创作与评论》2015 年第 5 期）

糖

墨　柳

麦冬进来的时候，天刚蒙蒙亮，老莫痛苦地捂着肚子。二孬夹着尾巴在地上趴下来，哼哼唧唧的声音，有些像痛苦的呻吟。

麦冬的胳膊、腿、身子都是细细的，她提着红色塑料尿桶，揉着凌乱的头发，打着哈欠。她往前倾了倾身子，纤细的小手在老莫一片荒凉的脑壳上抚了两下，脆脆地笑了两声，然后提着尿桶把尿倒进老莫家的厕所里。

老莫家厕所的外围由几块歪歪扭扭的砖头构成，人站起来连屁股都遮不住，里面还有很多“生物”，上层是嗡嗡鸣唱的苍蝇，下面是蠕动着的蛆虫。麦冬对着厕所干呕了几声，飞快地跑出来，重新站到老莫的面前，她鹅黄色的小背心在晨风中鼓起一个细微的弧度。

“你可以倒你家厕所里的。”老莫低着头。

“我讨厌卢花，你知道的。”麦冬说着揉了揉鼻子。

老莫重重地叹了口气，结结巴巴地说：“哎，小——麦——啊，你以后——别再来了。”

麦冬仰起脸皱着鼻子，大声叫起来：“我偏不！”

麦冬的声音像一把尖细的小刀，在空中划开一道口子。

老莫猛地摆着手站起来，由于站得过急，他眼前出现了短暂的黑暗，好在他身体即将失去平衡的时候，又恢复了正常的视力。

“小祖宗，你就不能听话点儿。”老莫无可奈何地说。

“那你保证，你昨天说过的那些话不作数，你保证用橡皮把脑子里的那些话擦得干干净净。”麦冬噘着红润的小嘴，眯着细长的眼睛。

“好好好，你快回去吧。”老莫哭笑不得。

麦冬抿起嘴，往前跳了一步，在老莫旁边蹲下，冲他摆摆手。

老莫看了看麦冬，身体的疼痛又在慢慢漾开。他蹲下来，颤颤巍巍的，并在心里骂着二孬。二孬不知道什么时候已经溜了，它看见麦冬就溜，常常是麦冬一努嘴，一眨眼二孬就夹着尾巴跑了。

麦冬蹲在刚刚二孬的位置上，二孬身上残留下来的骚臭味和麦冬身上清新的气息混在一起。老莫低着头，他知道就算二孬不走，麦冬也照样会蹲下来，只是蹲在自己的另一侧罢了。

他们就那么蹲着，谁也不说话，好像两个人在一起是为了等天亮。麦冬嘟着嘴，随手拾起一根小树枝在地上画着，一道一道，歪歪扭扭的。老莫知道这女娃的脑子又在转圈了，她的脑子里沟沟壑壑的，让老莫既痛惜又害怕。

“你不上学？”许久老莫冒出一句话。

“周末，今天。”麦冬说着站起来提起尿桶。她往前走了几步，又回过头来看到，老莫刚张开嘴，一口浑浊的气体还没吐出来，就定格在那儿了。

麦冬回去不久，卢花打着哈欠伸着懒腰冲蹲坐在地上的老莫喊：“卡西莫多，你一大早坐在地上，练什么功呢？”

“没，没，没什么。”老莫连忙拍拍屁股站起来，他低着头看着自己的脚尖，像做错事情的孩子。

卢花眼角往上一挑，扑哧一声笑了。看来她心情不错，老莫想着抬了抬眼皮又迅速耷拉下去了。

“我给你说的那个事你想得怎么样了？你说这邻里邻居的，遇到啥事不得帮帮忙？”卢花扭着肥大的臀部笑嘻嘻地走过来，老莫搓着手往后退了一点。

“我知道，我现在还没……”老莫怯怯地说。

卢花走过来亲昵地拉着老莫的手说：“他大爷，你要是同意，以后我伺候你，你就是麦冬的亲爷爷。”

听到麦冬两个字，老莫打了个激灵。他抬眼就看见麦冬站在屋门口，盯着他和卢花，整张小脸像是雕刻出来的，毫无表情。

“我没睡好，头疼。”老莫抽回手，趺趺撞撞地朝屋里走去。

很快屋子里传来了哭声。老莫的，断断续续，声音不大，但听得出来很伤心。

麦冬在卢花回屋的时候把她堵在了门口问：“你欺负卡西莫多了？”

“我欺负他？我懒得跟你说话，你该干吗干吗去。”卢花推开麦冬径直进屋了。

“卢花，你听着，你再敢欺负他，我不会放过你的。”麦冬的声音冷冷地飞旋在屋子上空，落在卢花身上却变成一粒粒灰尘，卢花轻轻一弹就掉了，没有一丝痕迹。

丁大壮就是这个时候来的。麦冬狠狠地剜了他一眼，转身出门了。

“卡西莫多”这个名字，就是丁大壮给老莫起的，但村子里大多数人对“卡西莫多”这个人物都毫无概念。丁大壮说，卡西莫多是《巴黎圣母院》里面的敲钟人，长得奇丑，但心地善良。他这么一说，村里人就恍然大悟了。老莫那张脸干巴巴的，满是褶皱，黑褐色，带着大块的斑点，牙齿参差不齐，附着厚厚的牙垢，一笑嘴里就喷出一股浑浊的臭气。“卡西莫多”可是巴黎的，那是外国，可以算是“名人”了，村里出个“名人”，大家还是很乐意接受的。

但村子里五岁以下的孩子不喜欢他，见他就哭。他又极其热心，谁家的孩子一哭，他就一路小跑地去买糖。等糖买回去，人家本来已经不哭的孩子，一见他又回来了，就哭得更厉害了。时间久了，老莫就明白了，他暗暗给自己定了一条规矩，自己要与五岁以下的孩子保持距离，最少五米。但那些稍大点的孩子是不怕老莫的，他们成群地跟在老莫后面，装出呜呜呜的哭声，讨糖吃。

麦冬从来不会加入他们的队伍，麦冬从家里出来以后，无聊地在街上晃荡。

同学小峰光着上半身一个箭步冲过来："今天怎么不见卡西莫多？是不是你把他兜里的糖抢完了，他不敢出来？"小峰朝麦冬挤挤眼。

麦冬绕开他继续往前走。

"还是你聪明，直接去卡西莫多屋子里要糖吃，他是不是也给你零花钱？"

麦冬瞪了他一眼，继续朝前走。

"有什么了不起，你妈还不是天天打你。"小峰扮了个鬼脸跑开了。

麦冬咬着嘴唇，揉了揉鼻子，鼻子酸酸的。

卢花的脾气也是从三年前开始变坏的，也就是麦冬爸爸失踪的那一年。村里人说老麦肯定是跑了，说不定在城里傍了富婆；也有人说肯定是他嫌弃卢花长得粗壮，找林妹妹型的去了；也有人说肯定是因为卢花不会生儿子，可他不回来，卢花想生儿子也没人配合啊；还有人说老麦好像被人骗了，卖了一个肾，身体不行了，没脸回来见老婆……村里人说这话时张着嘴，笑声响亮，他们拿这当乐子，毫无恶意。但麦冬每次都觉得是莫大的羞辱，有时候她会恨恨地想，我没有爸爸，从来就没有。

她握着拳头回家，咚咚咚地捶门。她听见丁大壮的声音从里面传出来："你怎么不把这丫头支远点，你看，又回来了。"

"不用管她，一会儿没劲了，就不捶了。"这是卢花的声音。

麦冬沮丧地在门口蹲下，开始吧嗒吧嗒地掉眼泪。

屋门是一个小时后打开的，先出来的是丁大壮，卢花跟在后面，铁着一张脸，没了以前的那种笑容。

但丁大壮临走的时候还是在卢花屁股上摸了一把说："那事，你尽快办。"

卢花黑着脸应了一声，转身进屋。没有人理睬麦冬，麦冬觉得自己像一只可怜巴巴的小狗。这让她心里又燃起了愤怒的火焰。

她冲进屋子里，抱着卢花的腿又哭又咬。卢花一把推开她，顺手拿起扫把，在她背上结结实实地打了两下："你是疯狗啊！老娘这辈子真是欠你们爷俩的，那个不要脸的老麦，还有你这个疯子一样的麦冬，我真是倒霉，倒了八辈子血霉。"

麦冬依旧乱蹦乱叫，卢花把她按在椅子上，捆好，然后用布勒着她的嘴。豆大的泪珠从麦冬眼睛里涌出来，无声地掉落。

"你什么时候不闹了，我再放你。"卢花说着关上门打牌去了。

老莫躺在床上，感觉黑乎乎的屋顶摇摇欲坠，还时不时地来个三四十度的旋转。他打着哈欠，揉着眼眶里浑浊的液体，支棱着耳朵听外面的动静。麦冬刚才的尖叫声和哭喊声戛然而止，像被一个黑洞吞噬了，转换成了一种异样的宁静。

老莫舒了口气，他一直在挣扎，他想把麦冬拉过来，她跟卢花作对肯定会吃亏的，麦冬毕竟还小，还是个孩子。他想到"孩子"这两个字的时候，打了个激灵，心里的那个口子又裂开了，老莫似乎看到那个裂口里，黑色的污血和一些脏兮兮的东西涌出来，源源不断。他用手捂着胸口，剧烈地咳嗽，额头上渗出一层细密的汗珠。他用手撑着身子坐起来，拿起布满锈迹的搪瓷缸，从抽屉里抓了一把药片扔进嘴里，咕咚咕咚把一杯水都喝进去。

喝完，老莫斜倚在床上发呆。阳光透过狭小的窗子，把树的影子连同阳光细碎的光点映在床前。知了扯着嗓子鸣叫，毫无韵律。

二孬趴在老莫那双散发着酸臭味的布鞋旁，吐着舌头，呼哧呼哧地喘气。

“大孬，你什么时候回来呀？要是再不回来，就见不着我这把老骨头了。”老莫自言自语地说着就抹起泪来。

大孬是老莫的独子，大学毕业后一直在城里打工。前两年春节大孬还带着大包小包的东西回来，后来两年回来一次，再后来就是春节的时候打个电话，寄点儿钱。他在一家很大的公司跑业务，在老莫的印象中儿子已经成了不同的地名，几十里地、几百里地、几千里地对老莫来说都是一样，遥不可及。

老莫也给儿子打电话，但打的次数很少，他害怕耽误儿子工作，儿子会不高兴。但这次他觉得有必要给儿子打个电话了。他决定去派出所，但去之前，他得听听儿子的声音，他得和儿子断绝关系，不能让儿子丢脸。

电话是昨天打的，在村子里的小卖部。中午太阳最亮的时候他就去了，但因为害怕打扰儿子上班，就一直蹲在小卖部门口，等到天色暗下去，才小心翼翼地拨通了儿子的电话。

“喂，喂……”老莫抓着电话的手有些颤抖，他依旧用力把话筒贴在自己的脸上。

“喂，爸，你咋这时候打电话？什么事？”儿子的语速很快，老莫也有点发懵。电话里很热闹，男男女女的说笑声、嘈杂的音乐声从里面传来。老莫有些自责，听儿子的声音，自己打电话肯定又选错时候了。

“喂，爸，你怎么不说话？有什么事你说，我这儿还有一帮朋友呢。”老莫感觉到了儿子走了出来，电话里安静多了。

“没，没事，我……”老莫突然改变主意了，他想见儿子最后一面，“你什么时候回来一趟吧。”

“出什么事了？”儿子紧张起来。

“没，没事，就是想你了。”

“爸，没事我回去干吗？我这几天还得出差呢。再说了，回去一趟路费就得好几百，你知道现在赚钱不容易，你缺啥我给你寄。”儿子说着又恍然大悟般换上一副调皮的语气，“噢，我知道了，给你寄的糖你吃完了是不是？你说想吃什么糖，硬的，软的，水果味儿的，椰子味儿的，还是奶味儿的？”

老莫拿着电话，嗓子眼儿有点儿堵，他张着嘴，半天挤出几个字：“是，我……啥味儿的都行。”

老莫又想说什么，电话已经断了，嘟嘟嘟的声音，像是从一个深不见底的山谷里传来的。

老莫拿着电话正发愣，自己的手却被一只温热的小手抓住了。他低头一看是麦冬，她看着自己，眼睛亮亮的，带着疑问、心疼和责备。

老莫掏了电话费，又给麦冬买了个可以用来吹口哨的棒棒糖。他们手拉着手往回走，一老一小，借着月光。

麦冬咬着棒棒糖问：“你又打电话问你儿子要糖吃了？你又不吃糖，干吗老要？”

老莫低着头不说话，他记得大孬小时候特别爱吃糖，逢年过节老莫才舍得给他买两颗糖，大孬拿着糖，拉着他的手又蹦又跳的，高兴得不得了。有一次大孬抱着糖睡觉，结果糖化在了被窝里，他起来后哭得可伤心了。

老莫想着这些，脸上露出了笑容，但眼角却挤出了眼泪。他常常梦见大孬拉着衣角问他要糖吃。

他想听听大孬的声音，但每次大孬都会问，有什么事？

他没事，能有什么事呢？总不能问儿子要钱吧，儿子挣钱不容易，城市里花销大，还是让他留着吧。

后来他突然想起了糖，他就打电话问大孬要糖吃，再把儿子寄来的糖存起来。

这样，儿子再在梦里问他要糖吃的时候，他就可以把那个漆着红褐色漆的木盒子搬出来，儿子想吃哪个糖就给他哪个。

老莫回过神来就又开始吧嗒吧嗒地掉眼泪，二孬仰着头对着老莫轻叫了两声，用嘴蹭着老莫的腿，像是在安慰老莫。

老莫弯下腰把二孬揽在怀里。二孬是老莫最后一次见儿子的时候，儿子带回来的。儿子说现在城里人都流行这个，孩子上大学后，害怕父母寂寞，就养条狗。老莫就把它当大孬的弟弟养着。二孬来的时候一身黑色的皮毛，油光发亮的。现在二孬瘦瘦的，身上终日覆着一层土和一股骚臭的气味。

老莫抬头见时钟已经过了十点一刻，麦冬还没来。他暗自庆幸的同时隐隐有些担心，他支起耳朵听，听不到麦冬的声音。他拉开了屋门，阳光涌进来，白白的一片，老莫连忙用手挡住了眼睛。

麦冬家的门虚掩着，老莫趴在门口听了听，里面没有一点儿动静。他的手在接触屋门的那一刻又缩了回来，触电似的。他突然想起了麦冬那双眼睛，弯弯细细，柳叶似的，但散发出的光芒却是凌厉的，让他不得不一次次妥协。

老莫想推开门，却又不敢。他气馁地在门口蹲下，在白花花的阳光下缩成灰突突的一团。亮亮的阳光刺在他的皮肤上，似乎要从他干巴巴的皮肉里挤出来一些水分。老莫低着头耷拉着眼皮，脑子陷入了一片混沌状态，上下眼皮也一点点地拉近距离，最终闭合在一起。

他是被麦冬的声音惊醒的，他睁开眼睛的时候，发现麦冬弯着腰笑嘻嘻地趴在他眼前，她的睫毛长长的，几乎要扎进他的眼睛里。

老莫干瘪的嘴唇动了动，没发出任何声音。麦冬往后靠了靠，他才发现，他在自己那间黑乎乎的小屋里，二孬不在，门从里面插着。

他躺在床上，看着黑乎乎的木头房梁，咽着自己嘴里少得可怜的唾液，但却咽得极其响亮，有点虚张声势的感觉。

麦冬笑了笑，红润的小嘴嘟着，嘴角往上微微一挑，钻进了老莫的怀里，像只乖巧的猫咪。

麦冬说："我在这儿睡觉，你给我糖吃好不好？"

老莫有些糊涂："你回家吧，要不卢花该扯着嗓子喊你了，回去你又得挨打。”

麦冬忽地坐起来，仰着小脸把嘴噘得老高：“别给我提她，她心里只有……”麦冬把后面的话咽下去，又低下头来看着老莫，“我白天来，好不好？”

“你想吃糖，我回头去小卖部给你买。”老莫躺在床上，半闭着眼睛，软塌塌的。

“我不！我要吃你儿子给你寄来的糖，你儿子寄来的糖是大城市里的，我们这儿没有。”麦冬抓着老莫的手撒娇道。

老莫紧闭着嘴，不再发出任何声音。给儿子的糖，他自然要留着，要是哪一天儿子突然回来了，他没有糖给儿子吃怎么办，儿子一定还是喜欢吃糖的，像他小时候一样。老莫想着嘴角漾出一丝微笑。

“喂，卡西莫多！”这个声音钻进老莫的耳朵，老莫慌忙睁开眼睛，他看到卢花站在自己面前。他急慌慌地往后退，一头翻进了屋子里，捂着头哎哟哟地叫起来。

卢花捂着肚子嘎嘎嘎地笑：“老莫头，你是不是想通了，答应帮我了？”卢花说着手在空气中抚了一下，轻飘飘的。“你喊一声就行了，我自己过去拿，你看你还是这么热心。”

卢花说着四处打量，她没看见传说中老莫那个祖传的，装着他积蓄的红木盒子。

卢花愣了愣，随即又笑了：“你看我这张嘴，你抱着送来，毕竟腿脚不利落，一会儿我过去取。”卢花说着扶起老莫，又转身给老莫冲了杯糖水。

老莫没接，他的眼睛一直盯着绑在椅子上的麦冬，她的小脸上绑着一根宽宽的红底黄花的布条，看起来越发消瘦了。老莫突然想起了刚才的梦，连忙把目光收回来，受了惊吓般，他的身体又有些微微发抖，舌头也开始失灵了：“你，你，你放了她。”

老莫伸手指指麦冬。

卢花依旧笑嘻嘻地说：“我这个娃，太不听话，一点也不体谅大人的心，就知道闹，你看看，我这也是没辙。”

卢花笑眯眯地瞅着老莫，手摸索着把布条解开。

“咱现在去拿东西吧。”卢花说着就去拉老莫。老莫闪开了，说：“我，我，没有，真没有。”

卢花的嗓门忽地高起来：“卡西莫多，你这老头儿，怎么说话不算话呢？糟蹋了你卡西莫多的名声。”

老莫低着头，蔫蔫的，缓缓朝门口移动。

老莫出门一直朝西走，麦冬追上来张开双臂拦住老莫。

“你去哪儿？”

老莫没说话，又继续往前走。

“你不回家？”麦冬跟了上来，“去你那儿好不好？”

老莫停在路边的桐树下，重重地叹了口气，蹲下来。麦冬也蹲下来，学着他的样子叹气。

“村子里没有派出所，得去乡里，我忘了，老糊涂了。”老莫拍拍自己的脑壳。

麦冬也伸手摸摸老莫的头：“你去派出所干什么？”

“办点儿事。”

“那里面关的都是坏人，坏人才会被抓进派出所。”麦冬认真地说。

“那我是坏人吗？”老莫转过头，眼里含着泪花。

“不是啊，爷爷是好人，还给我糖吃。”麦冬说着在地上坐下来，靠着老莫的肩膀。

“你是去找警察，把卢花抓起来吗？”麦冬突然直起身子。

“不是，我……有别的事。”老莫说着摸了摸麦冬的头，他心里又开始揪扯着疼，眼里浑浊的液体顺着脸颊淌下来。

“不许哭！”麦冬突然跳起来，站在老莫面前大声喊道。

老莫愣愣地看着麦冬。

“走，回家去。”老莫被麦冬拉着，机械地挪动着脚步，脑子一片空白。

麦冬十二岁，上初中一年级。小学毕业的时候，麦冬有一段时间坚决不去上学。老莫每天都能看到卢花拿着擀面杖追着麦冬满院子跑，她们的身影在老莫眼睛里忽明忽暗，卢花的声音像是从远处掷过来的：“你个兔崽子，你出去打什么工，还没甂子大……”

老莫蹲在门口，看着她们在亮亮的阳光里奔跑，他颤巍巍地摸出一根烟点燃，吸一口，苦苦的。

麦冬跑累了，就躲在老莫的身后，卢花紧追不舍，一副咬牙切齿的样子。老莫在她高高举起的擀面杖前慢吞吞地说：“你打就打我吧，我这把老骨头，一把打散了，也不亏。”

卢花开始骂老莫，但骂着骂着就转身进屋了。

麦冬冲着卢花的身影扒着眼睛吐舌头。扒着扒着眼里就扒出了眼泪，麦冬就又开始揉着眼睛笑，咯咯的，很清脆。她说，太阳怎么这么大啊？晒得我眼睛都酸了。

但卢花却关着屋门呜呜地哭起来，声音很大，肆无忌惮的。她哭着骂着：“老麦你死哪儿去了？你真不是人，就这么抛下我们孤儿寡母的。……”

卢花哭了一阵突然又拉开门出来了，她一手拿着擀面杖，一手拿着酒瓶子，朝麦冬冲过来：“你个兔崽子，你说你去打工是不是想去找你爹？我告诉你，你爹早跟别的女人跑了，不要你了。你竟然还想着他，要不是老娘，你早饿死了。”

卢花的擀面杖落下来，结结实实的，麦冬呜呜地哭喊着。老莫张着手，想把麦冬护在怀里，却怎么也跟不上她们的脚步。

“你说，你上不上学？”

“上，上……”麦冬蜷在地上抱着头求饶。

卢花扔下擀面杖哭起来，哭得声嘶力竭。

丁大壮是这个时候来的，穿着新买的果绿色的T恤衫，手插在裤兜里吹着口哨。

卢花看见他，拿起擀面杖就朝他扔过来，丁大壮跳了一下躲开了。

他笑嘻嘻地追上卢花，跟在她屁股后面。

卢花转过脸，眼里还蓄着泪水。丁大壮拍拍卢花的肩膀，满是柔情。

卢花却“呸”地一口吐在地上。

“你滚，你靠女人养着，还算男人吗？”卢花指指门口。

丁大壮扭头看了看麦冬和老莫，讪讪地笑着，然后转身甩了卢花一个耳光，骂骂咧咧地离开了。

屋子里又传来了卢花的哭声。

麦冬恨丁大壮，就是丁大壮说在城里的时候碰见了老麦，他领着一个女人，妖里妖气的，女人还抱个孩子，看起来一岁多，是个小子。

丁大壮是去城里干活的，但他待了一个月，花光了所有的钱也没找到合适的工作。最后他是装傻，让派出所的人给送回来的。

他常常叼着烟卷说，瞧瞧，人民警察就是好，为人民服务。

他回来一个月后开始来麦冬家的。他是冲着卢花来的，他说，嫂子，你想我哥了吧？

他说，嫂子，我在地里弄的野花，你看漂亮不？野花就配你这种大胆泼辣的人。

卢花比他大十来岁，但是他却说着赤裸裸的话，做着赤裸裸的事，相当地胆大。

卢花开始躲着他，但很多时候是躲不过的。

丁大壮说，人活着是为了啥，及时行乐，何必苦了自己？

卢花听着听着眼里就渗出了泪水，一汪一汪的，但她依旧板着脸说：“你快回去吧，按理说你该喊我婶子呢。”

“爱情是没有年龄界限的！”丁大壮梗着脖子，脸憋得红红的。

卢花猛地愣了，她慌忙地看看四周，恨不得把自己藏起来。

丁大壮最后干脆拉了把椅子坐下，表情凝重地说：“姐，我跟你说实话吧，我本来不想说的，我怕你伤心，老麦哥外面有人了，不会回来了。”

麦冬就是那个时候回来的。她冲进去用细细的胳膊推着丁大壮：“你走，坏人，你骗人，我爹会回来的。”

卢花把麦冬拉开，麦冬哭着跑了。

老莫拉开门，麦冬满面的泪水，她说：“爷爷，我爹不会不要我的，是不是？”

老莫缓缓地点了点头。

他拉着麦冬的手，朝自己屋里走去。他的屋门黑洞洞地敞开着，像一张掉光了牙齿的嘴，喷吐着一股怪异的气息。

麦冬从老莫屋里跳了出来，她一只手攥着糖果，另一只手攥着皱巴巴的零钱。一枚红色的蝴蝶结发卡在她脑海里晃着，配着这浓重的夜色，成了一团艳艳的红，在她的脑海中燃烧着。

麦冬眯着眼睛笑了。她笑了一阵，又觉得该安慰一下屋里的老莫。屋子里没开灯，黑黑的一团，麦冬看着床上那个黑乎乎的轮廓，捂着嘴嘿嘿地笑了。

“卡西莫多，你早点睡吧。”麦冬朝屋里喊道。

老莫没吱声，他蜷在床上捂着肚子，抽泣起来，声音很小。

这让麦冬有些烦躁，她嘟起嘴提高了声音：“我又没白拿你的东西，我是靠劳动挣钱。”

麦冬说完就朝家里走去，她寻思着卢花这会儿应该在外面打麻将。卢花打麻将是把好手，虽然都是块儿八角的，但聚在一起，就成了小小的收成。

村里的孩子很羡慕麦冬，总是拉着麦冬的衣角问：“麦冬，你妈又赢了，她回去是不是都给你钱让你买糖吃？”孩子们说着，眼睛亮亮的，舔着嘴唇。

麦冬把下巴抬起来，噘着小嘴很骄傲地说：“是啊，很多糖果，我妈托人在镇上给我买的。”

孩子们问她讨要的时候，她板起脸，转身就走。

“小气鬼！”孩子们就开始在后面喊。

突然一个男孩笑起来，他的笑声很尖锐，刺啦一声划破了麦冬的心。他说：“你以为我们不知道，卢花的糖都给丁大壮吃了……”

麦冬气呼呼地推开屋门的时候，丁大壮刚刚从卢花手里接了什么东西，笑嘻嘻地塞进口袋里。

卢花还大声骂着：“你就是个窝囊废，你不会也出去打工？”

丁大壮的脸拉下来，卢花的语气就软了：“行了，我也是为你好。”

丁大壮冲卢花挑了挑下巴，笑了：“我知道。”他说着又拍了拍卢花的肩膀，转身走了。

麦冬吸了口气，想把眼里的泪水吸回去，然后伸出手说：“我想买个作业本，买个文具盒。”

卢花伸出食指重重地戳在麦冬的额头上：“呵，作业本我都买好了，给你拿。文具盒就算了，你以为你是个小姐，有老子供着呢！”

卢花说着从屋子里的柜子里拿出一个本子，扔在桌子上。

麦冬使劲吸鼻子，仰起头眨了眨眼睛：“我想买糖吃。”

卢花随手拿起麦冬的书包砸过来：“吃，你就知道吃，屎你怎么不吃？”

这天晚上，卢花没去打麻将，因为丁大壮把她堵在了家里。

丁大壮满身的酒味儿，打着嗝，大大咧咧地推开了卢花家的门。

他进屋也没跟卢花打招呼就径直进了里屋，边脱衣服边说：“给我弄点儿水。”

卢花愣了愣，皱着眉头去倒水。

丁大壮咕咚咕咚地喝了，就去拽卢花的衣服。

卢花推开他，冷冷地说：“我们分开吧。”

丁大壮扑通一声跪在卢花面前：“姐，你别这样，没有你我可怎么活啊？”

卢花一声冷笑：“我真的没钱了，麦冬还得上学呢。”

丁大壮站起来，一把把卢花推倒在床上，骂骂咧咧地说：“你装什么装！你就是老子的女人，老子想怎么样就怎么样，你现在想赶我走了，没门！”

丁大壮说着扑了过去，卢花躺在床上，眼泪一点点地溢出来。

麦冬回去的时候见屋子里亮着灯，她推门，却推不开。她准备开始捶门的时候，里面传来了争吵声。

“我说让你去要呢，这么长时间你屁也没弄个来。”丁大壮吼着。

“老莫，一个老头子，也不容易，再说了也许他真的没什么钱。”卢花的声音很低，在麦冬耳朵里隐隐地跳动着。

麦冬站在门口，听到里面先是发出噼里啪啦的声音，然后是卢花的哭声。麦冬咬着嘴唇，站在门外啪啪啪地拍着巴掌，眼里却蓄满了泪水。

丁大壮拉开门气呼呼地走了，还推了挡在门口的麦冬一把，他说：“你再给老子闹，老子灭了你们娘儿俩。”

卢花坐在屋里呜呜地哭着，脸上大块的瘀青。

麦冬没进去，她拉过门口的小木凳坐下，从口袋里摸出一个糖果，慢慢地剥开，把像黄色水晶一样的糖果填进嘴里，却总也感觉不到糖的那种酸甜。她觉得胸腔里有个洞，里面刮着风，凉飕飕、空荡荡的，泛着淡淡的苦涩，怎么捂也捂不住。

老莫一整天都蜷缩在床上，他记得那个冬天的深夜，很近或者很远，但那个夜晚确实很冷，凉冰冰的，你伸出手就像触到了一块带着尖利棱角的冰块。那晚，他蜷在被褥里发抖，喉咙里不停地发出含糊不清的声音，像是对这个夜晚的控诉。

外面呼啸的风声，在空荡荡的夜里撞击着，徘徊着，但这种宁静突然被扯破了。

“你去死吧，你还想买新鞋？想买什么橡皮糖？你想，你找你老子去，老娘凭什么养着这个负心汉的种。”

这是卢花的声音，老莫在心里告诉自己。接着便是噼里啪啦的声音，他听到什么东西在这个夜里碎了，碎得满世界都是。

麦冬的哭声从窗外传来，尖细，单调。

老莫想起来，他刚刚伸出手臂，就被一股刺骨的寒意逼了回去。

他又听到了卢花的哭声，一种嘶哑的轰鸣。

麦冬是这时候来的，她敲门，一下一下，好像敲在老莫的梦里。

“莫爷爷,我冷。”她的声音很轻,像一根针,细细地扎在了老莫身上。

老莫翻身起来拉开了门，他一把把麦冬拽了进来。

他拽麦冬的时候，胳膊上充满了力量，好像衰老的肌体瞬间复活了。

他给麦冬倒了一杯热水，但他把水杯举到半空的时候，停了下来。他用积满了灰垢的指甲，一点一点地抠掉搪瓷缸上厚厚的水垢。他冲麦冬笑笑，麦冬也咧了咧嘴角。

老莫把杯子放回桌子上，麦冬伸手抱了起来，然后抱着搪瓷缸笑嘻嘻地坐进老莫的被窝里。刚才挂在脸上的泪珠，随着她的笑滑落下来，掉落在被子豁口处看不出颜色的棉絮里。

“来。”麦冬冲老莫摆摆手。

老莫在那个夜晚像一个木偶，他按照麦冬的指示坐在她旁边，麦冬突然趴在他怀里呜呜地哭起来，泪水像是早就准备好的，忽地就把她整张小脸盖住了。

老莫打了个激灵，从一种恍惚的状态中回过神来。

“我想我爹。”麦冬趴在他怀里抖动着肩膀，像一只柔弱的小猫。

“不哭，不哭，不哭……”老莫摸着她的头不停地重复着这两个字，自己眼里却开始掉眼泪，吧嗒吧嗒的。

那个夜晚，麦冬依偎在他的怀里，小小的手臂紧紧地贴着他干瘦的躯体，像一根嫩绿色的藤，长在一棵即将枯死的树干。

那个夜晚，老莫梦见了大孬，他脆生生地喊爹，老莫让他坐在自己脖子上，举着他的手在阳光下旋转。他还梦见了自己那脸上长满麻子的老婆，她咧着嘴冲自己笑。

麦冬常常在夜里听见卢花压抑的哭声。她努力让自己在这哭声中微笑，却总是笑出眼泪。

老麦失踪后卢花的性情变得越来越暴躁，麦冬盛饭的时候不小心洒出来一点就会挨上一巴掌。第一次卢花的手落在麦冬脸上时，麦冬半张着嘴看着卢花，满是疑问的惊讶。卢花冲她喊道："还不快去吃饭，看什么？"麦冬才缓缓地合上嘴巴，端着碗离开。她揣摩着脸上那种火辣辣的感觉，委屈，疼痛。

麦冬眼睛一眨一眨的，就有晶莹的液体滴落在碗里。她埋着头把碗里的饭往嘴里扒，苦苦的，涩涩的，硬生生地咽下去，鼓鼓囊囊地堆积在胃里。

麦冬有时候赌气般地把饭弄洒，洒得衣服上、胳膊上都是。她等待着卢花，卢花的拳头，结实有力。麦冬在拳头下面，流着泪，咧着嘴，傻笑；然后在卢花的叫骂声中，把自己的胳膊擦干净，然后换好衣服，自己洗干净。

麦冬在下课的时候看着同学吃糖，去商店买漂亮的本子，还有发卡。但她的口袋空空的，从老麦失踪后一直都是这样。

起初，丁大壮来的时候她是高兴的，丁大壮见过老麦，麦冬一直这么认为。但那天麦冬回去的时候，听到了卢花的哭声，还有丁大壮和他那听起来真诚至极的谎言。老麦不会不要麦冬的。麦冬认定那些都是谎言，有一段时间麦冬甚至怀疑是丁大壮把她爹藏了起来。

但卢花显然是相信了丁大壮，她软在了丁大壮怀里。

麦冬咬着嘴唇，瞪着眼睛，把头歪在老莫怀里。

她又想起了那一幕，她轻轻地推开卢花的房门，那种异样的声音在屋里流动。

麦冬回过神来，抿起嘴对老莫说："我们回家吧。"

麦冬所说的家是老莫的家。她的家，青色的砖瓦，实实在在地立在那儿，但她却总觉得那是假的，她的家飘走了，飘到了一个她所不知道的地方。

卢花是这时候出来的，她的眼睛下面带着大片的瘀青，嘴角挂着血渍，眼睛里布满了血丝。

她抬起的手落在了麦冬肩膀上，很轻柔。麦冬微微吃了一惊。

"你先回家吧，我有事跟你莫爷爷说。"卢花声音沙哑，没有平时的那种尖利。

麦冬的心软了一下，她乖巧地点点头，却又霎时扬起了脸，换上了一种敌对的表情。

"该回去的是你，大半夜地跑出来吓人。"麦冬噘着嘴，一副不屑的神情。

卢花随即扬起巴掌，但她没落下，她动了动嘴角大喊："你给我回去，听到没有？"

麦冬的身体颤了一下，极不情愿地站起来，朝家走去。她走的时候，又瞪了卢花一眼，但她看到了卢花眼里蓄满了亮晶晶的东西。卢花扭过头，又冲她喊了一声，麦冬才离开，但卢花眼里那未曾掉落的液体，好像落在了麦冬的心底，她觉得心里湿漉漉的。

她躲在屋里，透过门缝看到了卢花和老莫的身影。在亮亮的月光下，两个人像是在表演舞台剧，卢花双手握着老莫的胳膊，肩膀抖动着，膝盖都快着地了。老莫呢，他的腿微微颤抖着，努力地把卢花的手臂往上拉。后来老莫进屋里，卢花转身回来。麦冬连忙爬到自己的小床上，装出一副熟睡的样子。

那个晚上，她把窗户推开，让亮亮的月光流进来罩着她的小木床和床上小小的她。她在睡梦中又听到了老莫压抑着的哭泣声，她想一定是卢花又欺负卡西莫多了。她想着又迷迷糊糊地走进另一个梦境，那个寒冷的夜晚，她偎依在卡西莫多的怀里，很暖，很暖。

风很大。树枝、塑料袋和地上的垃圾、灰尘都发疯般抖动着身躯，在风的拉扯下胡乱地撞击。

麦冬搬着小凳子坐在院子里的梧桐树下，眯着眼睛，细细的手指捏着一颗糖果，她用一只手护着，另一只手一点一点地剥开糖纸。风号叫着冲过来，裹着亮粉色的糖果纸扬长而去，晶莹剔透的淡绿色糖果纸滚在土黄色的世界里。

麦冬弯下腰，用胳膊肘护着头，轻声抽泣起来。她感到左边腮帮子里，有什么东西正在腐蚀着她的牙齿，疼痛从口腔向全身蔓延。

屋门紧闭着，里面隐隐传来卢花和丁大壮的争吵声。

"你积点德好不好？他一个老头子，你难道连他的那点棺材本都不放过？"是卢花的声音。

"你好心，你存的钱给我！"

这时一帮小年轻拿着家伙冲了进来，他们大声喊着丁大壮的名字。卢花明白了，丁大壮欠了赌债。

丁大壮指着卢花，给那帮人赔着笑说："她有钱，过几天，过几天就给我还。"

那帮人气呼呼地走了，还掀翻了桌子。

丁大壮坐在地上，长长地舒了口气。卢花半张着嘴，愣愣地看着窗外。

卢花知道她该和丁大壮分开了，但她每次说分开，就会遭到一顿暴打，打完了丁大壮又抱着她，摸着她的头说："我爱你，对不起，真的，我没办法，你不能看着他们把我逼死。"

卢花去找过老莫，老莫要么紧抿着嘴，要么就说自己头疼，身体不好逃开。

村里人都知道，老莫有个木盒子，里面装着他的财产和命。

卢花看着老莫那种疼痛、惊恐的眼神，心一下一下地抽着。

她没办法去逼着老莫要，老莫是个好人，他常常给麦冬买糖吃，还给麦冬零花钱，她都知道。

她说，丁大壮，你听着，我要不来卡西莫多的盒子，我也不会让你弄到那个盒子。

丁大壮双眼凸着，红红的，他一脚踹在卢花肚子上，拳头雨点般落下。

卢花的一声号叫从屋子里传来，扯破风的呼啸声，响彻了整个村庄。在人们惶惶地竖起耳朵听时，却再没有了声音，只有风声呼呼地往人们耳朵里灌。

麦冬木木地坐在院子里，捂着疼痛的腮帮子，对着风沙喃喃地说："卡西莫多的木盒子里真的没有钱，真的没有。"

老莫最近蔫蔫的，两只眼珠像落满灰尘的玻璃球，深陷在眼眶里，毫无光泽，好像随时会变成两颗土坷垃。

老莫坐在门口，嘟嘟囔囔地说话。麦冬搬着小凳子，坐在他的旁边。二孬卧在他们脚边，耷拉着脑袋，有气无力的。

"大孬啊，我对不起你呀，你要照顾好自己，吃好的，喝好的，将来娶个漂亮媳妇，要高高瘦瘦的那种，最好人家有个房子，你就少受苦了。"老莫的嘴不停地翕动着，"将来给我生个大胖孙子，我……"

麦冬歪头看了看，她在老莫灰色的瞳孔里看到了自己那张窄窄的脸。

"你想你儿子了？你怎么不给你儿子打电话了？"麦冬把头转回来，老莫仍旧呜呜啦啦地嘟囔个不停，他不看麦冬，不理麦冬。

"我们一起去城里吧，你去找你儿子，我去找那个——老麦，你的钱够不够我们的车费啊？"麦冬说完，老莫依旧没有任何回应，她的小嘴就高高地噘了起来。

老莫依旧自言自语，麦冬就拉着脸，跳起来，她拉起老莫干巴巴的手说："走，回屋。"

老莫就站了起来，机械地挪动着双脚，嘴里依旧嘟囔着。

麦冬牵着他走在亮亮的阳光里，老莫木木地跟在后面。他像是麦冬的一个玩具，陈旧、破烂，没有思想，任由麦冬摆布。

走进屋子后，麦冬抽出手关门，二孬也想进去，却被麦冬突如其来的一声“滚”吓得夹着尾巴怯怯地跑了。

麦冬心满意足地拍拍手，把门从里面插上，然后牵着老莫的手向那张散发着酸臭和潮气的木床走去。

门再次拉开的时候，树木、房屋已经从太阳那种近乎焦灼的炙烤中挣扎出来，它们把自己的影子一点点拉大、拉长，制造出一片片略带惬意的阴凉。

麦冬攥着手里的五毛钱，盘算着去买两毛钱的糖，剩下的三毛钱存下来，她有更重要的用处。这么想着的时候，她就握紧自己的拳头。她想其实自己可以把五毛钱都存起来的，那样也许她的计划就可以快点实现，但是她做不到。一天不吃糖，她的胸腔里就空洞洞的，里面好像有很多带着毛刺的小舌头，舔着她，刺刺啦啦地响。

糖，吃糖。麦冬在心里念叨着，快速移动脚步。村子里的人在麦冬走过的时候，用眼睛紧紧地追着她，没有人说笑，他们咂着嘴颇有深意，有时会发出一声无奈的叹息。在那声惨绝人寰的叫声后，人们就很少见到卢花。有人说见过她，天差不多黑的时候，她的半张脸都瘀青着，甚是吓人。

麦冬接过糖果，迫不及待拨开糖纸把糖果往嘴里塞。她塞进去两颗，又把第三颗用力地塞进嘴里，撑得她的腮帮子鼓鼓的。那股甜甜的汁液顺着她的喉咙缓缓地淌下去。

她突然觉得这样吃不过瘾，于是就用舌头顶着糖果努力地翻动它们，然后用牙齿狠狠地咬下去。随着糖咔咔嚓嚓的碎裂声，麦冬感觉到一阵痉挛般的疼痛。她猛地张开嘴，碎裂的糖果落在地上，糖果里带着一丝血迹和一块牙齿的尸骸。

麦冬愣愣地盯着地上，卢花和丁大壮的争吵声从门缝里、窗户里、屋顶瓦楞的缝隙中传来，铺天盖地。

吵闹，号叫，然后是寂静。麦冬在静谧中抖动了一下身子，一种不祥的感觉悬在空中，像一只乌鸦的翅膀扑棱棱地拍打着她的额头。

麦冬推开卢花的屋门时，被卢花尖利的吼声吓得退了出来。卢花抓着乱乱的头发，眼窝深陷，她瞪着红红的眼睛冲麦冬喊："你滚，滚出去，我再也不想看到你！"

麦冬仰头眨了眨眼睛，把眼里的潮气收回去，细小的尘埃在亮亮的阳光中翻滚。麦冬觉得鼻子酸酸的，她吸了吸鼻子，用手揉了揉，重重地甩上了门，走了。

麦冬咬着嘴唇，用胳膊把老莫家虚掩的门撞开。老莫端着水杯，愣在原地，半张着嘴。

"我以后住这儿了。"麦冬拉着脸，爬到床上，盘腿坐着。

"住这儿？"

老莫愣了愣，用手撑着地站起来："我找卢花去。"

"不许去！"麦冬喊完立刻又换上一副软软的腔调，"求求你了，莫爷爷，爷爷是天底下最好的人了，你说过不会赶我走的。"

麦冬嘟着小嘴，怄气般看着老莫，手指在破旧的褥子上抠着，把裸露在外的棉絮拽出来，在手里轻轻地捻着。

他记得那个下午，卢花抓着他的手跪在他面前。他整个人都慌了，怎么拉卢花她都不愿意起来。

卢花眼睛红红地说："他大爷，我不要你的木盒子了，我知道那是你的命。我想明白了，丁大壮就是个混蛋，现在我走到这一步，谁也不怨，都是我自己混，但是麦冬，她没有过错啊。"卢花说着用手背抹了一把脸："我求求你，要是有一天我出了什么事，麦冬这苦命的孩子就交给你了，我知道，你心好。"

老莫又想给儿子打电话了，他拉开门，在亮亮的阳光下眯起眼，趿拉着没后跟的黑色棉布鞋向街里走去。

成群的孩子又笑嘻嘻地跟在他屁股后，呼喊着，然后一起装出呜呜的哭声，老莫没回头，好像他什么也听不见了。

老莫又往前走了几步，就被人们围在了中间，好像在看一件稀罕的宝物。他们的眼睛亮亮的，在阳光下一闪一闪，闪得老莫不得不把眼睛眯起来。

但老莫很快明白他们关注的不是自己。

他们你一句我一句地问卢花和丁大壮的事，还有人亲昵地拉着老莫的手。

老莫咂了咂嘴，把嘴里酸涩的黏液咽下去。

一阵吵嚷的声音隐隐约约地传入人们的耳朵里，接着又是一声凄厉的尖叫。所有人都抬头傻愣愣地看着天空。世界又恢复了寂静，仿佛刚才那叫声只是大家的一种幻觉。老莫转身匆匆往回走去，他想去看看卢花，他想拿起砖头狠狠地闷在丁大壮脑壳上。

畜生。他骂道。

麦冬坐在门口的小凳子上发呆，她的小脸在阳光下成了一种毫无血色的白。

“卡西莫多，我不会让人欺负你的，还有……”麦冬咬着嘴唇顿了顿，“还有卢花。”

麦冬说着按了按口袋里那个带把的水果刀。

她冲二孬吹了声口哨：“二孬，我们走。”

等老莫回过神来，麦冬和二孬已经不见了。

老莫慌慌张张地追出去，又折回来。他知道麦冬的脾气，他是无能为力的。

他焦急地拍着卢花家的屋门，大声喊着：“大妹子，你快出来，要出大事了。”

老莫结结巴巴说了半天，急得卢花满头都是汗，他也没说出个所以然，最后拍着大腿憋出一句话：“麦冬，麦冬她，带着二孬出去了，还，还，带了把刀。”

卢花看着亮亮的阳光，眼前却猛地陷入了一片黑暗。

麦冬站在丁大壮面前，她细细的胳膊握着那把水果刀，折射出明亮的光芒，让丁大壮不得不伸出胳膊挡了一下眼睛。

丁大壮揉着眼打着哈欠说：“闺女，你来找你爹干吗？”

“我要杀了你！”麦冬咬着牙冲了过去。

她的刀扎在丁大壮大腿上，丁大壮半张着嘴，殷红的血冒出来。

丁大壮抬胳膊一抡，麦冬就倒在了地上。她嘴里咸咸的，歪头朝旁边一吐，地上就多了一摊血迹和一颗牙齿。

麦冬抬起胳膊指着丁大壮，对二孬说：“去，咬他！”

二孬抖了抖身子，爪子坚实地摁在地上，弓着背，嘴里发出呜呜的声音，连一向软塌塌的毛都炸了起来。

丁大壮瞪着二孬，顺手拿起铁锹朝二孬砸过来。二孬汪汪地叫着，跑了。跑了几步，二孬又回头冲着丁大壮汪汪地叫。丁大壮一动脚，它就夹着尾巴跑了。

丁大壮扔下铁锹，拍了拍手，挑起嘴角笑了笑。他走过来，麦冬瞪着他一动不动。丁大壮一手捂着流血的腿，抬起另一条腿在麦冬身上狠踹了两下：“别闹了，闺女，回去吧，让你妈把钱准备好。”说着他又换了一副很害怕的姿势，抖动着肩膀，手抱在胸前：“你知道，那些要账的人，没人性啊，我自己倒无所谓，只是你们……”

麦冬回去的时候天已经黑了，她径直朝老莫家走去。卢花却走过来一把拽着她的胳膊，啪的一个耳光落在她脸上，麦冬狠狠地瞪着她。

“我的事不用你管，你以为你是谁？杀人？你做梦吧。”卢花眼睛红红的，咆哮着。

麦冬哼了一声，随着脸部肌肉的抽搐，她挤出一丝冷笑，然后转身进了屋，把门从里面插上。

老莫从黑暗中直起身子。

这天，穿警服的人去了麦冬家，戴着手铐的是卢花。她头发乱乱的，脸色蜡黄，低着头，看不清她的脸，但脖子上、胳膊上青紫的血瘀依旧清晰。

接着几个人戴着口罩，从里面抬出了什么，沉甸甸的，带着一种腐臭。

"杀人了！"

"卢花？"

"丁大壮！"

来围观的街坊吃惊地议论着。

老莫重重地蹲倒在地上，他用干巴巴的手捂着脸。

麦冬抹着泪进来的时候，老莫歪在柜子边，身体冰凉。他手里抱着那个红褐色漆的木盒子，紧紧地抱着。盒子上覆满了黏稠的液体，成群的蚂蚁在盒子上和老莫身上爬行。

一盒子的糖，都化了……

（原载《莽原》2015 年第 1 期）

孩子与逃犯

白　芷

男孩儿穿上雨靴，隔着门缝最后看了一眼床上的父亲。父亲睡着了，还在皱着眉，看来真气着了。

男孩儿暗下决心，我要证明给你看。他擦了擦眼泪，锁上门，撑开迷彩雨伞。

雨下得可真大，雨点子落在地上绽放出一朵朵巨大的水花，啪，啪啪，相继绽放，又倏忽消失。男孩儿已经不哭了。他闻到水花湿漉漉的香味儿，吧唧吧唧，专往水坑里跳。

出了城，雨就小了，周围雾气蒸腾，什么都看不清。男孩儿揉了揉眼睛，脑海里冒出一个句子：雾是一双巨人的大手，遮盖了城里城外。他在心里一阵雀跃：瞧瞧，谁说我学不好语文呢？这样的句子可不是谁都能想出来的。他又想起昨天的作业：（　）的野兽。他填的是可爱的野兽，老师狠狠地给了大叉，作业本都画破了。男孩儿很丧气。回到家，爸爸也说是错的。他不服，巴巴地辩解。

谁说野兽就不能可爱？

爸爸说，你填凶猛的野兽、残忍的野兽都行，不能用可爱。

狮子不可爱吗？看《狮子王》妈妈都掉泪了。

那是童话。

童话里的狮子也是野兽呀，还有蛇，跟主人一起睡觉，还有大象，大象救小孩儿。

那是个例，懂吗？你要学会用大多数人的眼光来看世界，如果“可爱的野兽”大多数人接受不了，那就是错的。

为什么？

没有为什么，照我说的改。爸爸武断地结束了谈话，趿拉着拖鞋走进卧室。

男孩儿委屈地咕哝道，妈妈要是在，准会挺我。没想到，这句话彻底惹火了爸爸。妈妈生气去姥姥家，已经一个星期了。

爸爸从阳台上取出衣架，威胁道，哪儿那么多废话？改不改？

男孩儿不出声。

爸爸骑虎难下，只好抽打男孩儿的屁股，叫你犟，叫你犟！改不改？

男孩儿忍住，就是不哭。

爸爸真火了，吼道，改不改？去！拿笔改作业！

男孩儿流下眼泪，站在原地，胳膊下垂。

爸爸把笔硬塞进他手里，男孩儿手指蜷曲，笔掉了。

爸爸扔了衣架，毫无办法，最后憋出两个字：滚！滚！冲他挥挥手，掩上了卧室的门。

男孩儿站在客厅里，鼻涕眼泪糊了一脸。

男孩儿生出滚的念头，源于那道窗口的闪电。闪电太像大象的牙齿了。他又想起作业本上的大叉，萌发了要证明自己的决心，只要证明可爱的野兽成立，老师的大叉就是错的，爸爸就能原谅我了。野兽，山里才有野兽。男孩儿的居住地离最近的蟠龙山大约有五十公里。得坐汽车，得有钱，还得有相机，把跟野兽一起玩的照片拍下来，带回家让爸爸看，他才会信。男孩儿悄悄洗了脸，打开抽屉，拿走一百块钱。他从没拿过这么多钱，胸口有只青蛙在扑通扑通地跳。他又拿了爸爸的手机，拍照用。

下车以后，走了两个多小时，进了山，男孩儿才意识到事情的复杂。撑伞的胳膊又酸又疼，两条腿拖在地上。爬到半山腰，他还没见到一头野兽的影子，连只野鸡都没有。

男孩儿坐在亭子里四下看，山脊在雾气里呈现出毛茸茸的弧度，覆盖着湿漉漉的青草，像巨兽的脊背，稳稳托着他和亭子。

直到晚上七点，他才感觉到害怕。天已黑了，回城的车早没了，虽然吃的还有，但没拍到一张与野兽的合影，怎么向爸爸证明呢？

他犹豫着折回身，往山下走，越走越快。

他跑了起来。

山上的泥沙、鹅卵石磨破了他的雨靴，磨破了他的脚趾，鲜血直流。他没有深想跑着干什么，回家吗？

在第七次跌倒的时候，他仰头发现了那个小木屋，隐藏在老白果树后，树皮做的小木屋，墙壁是树皮，屋顶也码着树皮，那些鳞状的纹路，像一张沧桑的脸。门前凌乱地堆着柴垛，不仔细看，很容易把木屋当成白果树的一部分。男孩儿踩上石阶，雨伞流下的水珠凉凉地漫过脚面，顺石阶淌下去，淡红色，他这才发现雨靴破了，脚趾很疼。

木屋正中央蹲着巨石，上面放着一只石碗。里边有张吊床，床头是树枝绑的木架，摆放着动物的头骨，还有一副假牙，或者，是真牙？狐狸的，野獾的，还是木屋主人的？男孩儿努力回忆《动物世界》，没能找出答案。吊床另一头是树根做的流星锤，沉甸甸的，男孩儿抓起来，差点把自己带倒。

木屋里没人，但肯定住过人。男孩儿坐在巨石上，掏出饮料和饼干，专注地吃喝，很快忘了周围的环境。吃喝完毕，男孩儿的眼皮开始打架，索性脱去雨靴，躺到吊床上，晃晃悠悠，真舒服啊。在“云彩”上睡着以前，男孩儿似乎还想了想，爸爸会不会着急？吃晚饭的时候，金毛见不到自己会不会挑食？像所有的十岁孩子一样，他没来得及想清楚，就流星一样坠入了梦乡。

逃犯很晚才赶着三只羊回山，大胡子火红火红。火红的胡子中央，下唇肥厚地耷拉着，要承受不住自身的重量掉下来似的。脸上的肉堆叠着，中间挤出个肉疙瘩，戳俩鼻孔出气儿。两颗龅牙不招人待见地生生被踢出局外。

逃犯今天收获不小，用羊毛换了二十只鸡蛋，还有一箱啤酒。他哼着歌，不紧不慢地回到住处。看到木屋门口的迷彩雨伞，他吓了一跳，没有马上进屋，先借助灌木掩护，绕木屋转了一圈儿。他悄悄拉着三只羊，推了母羊一把。母羊咩地叫了一声，秀气地甩着小尾巴走进木屋。他又捶公羊一把，公羊一溜小跑进了柴门。末了，狠拍小羊的屁股，小羊奶声奶气咩了声妈，蹦蹦跳跳钻进屋子。他这才松口气，伸个大懒腰，踏上石阶。

石桌上摆满了垃圾，娃哈哈、可乐、八宝粥罐子，饼干袋子，香蕉皮，堆得小山一样。逃犯骂骂咧咧，转眼看见吊床上的男孩儿。男孩儿两条细腿搭在吊床边上，正在咯吱咯吱磨牙。好家伙！抢老子地盘。逃犯正准备把男孩儿揪起来，赫然发现，对面的树皮墙上插着一只易拉罐的拉环，银灰色的圆，像一只瞪大的眼睛，对他怒目而视。他哈哈笑出声，红胡子抖动起来，伸手把“眼睛”扭下来，随着动作，左胳膊肌肉鼓胀，凸起大片黑色的胎记，如同毛乎乎的“黑袖子”。

嚓！咔！嘟嘟！木屋外传来响亮的砍伐声，男孩儿闻到新鲜木料的气息。他睁开眼，好一会儿才想起自己在哪儿。小肚子胀得疼，他掀开毛毯，吸着肚子跳下床，看见红胡子“野兽”，正在屋外砍白果树。嗒！嘟！嗒嗒！每当斧头抡起，红胡子左胳膊上的黑色胎记就鼓胀一回，屁股上两把钥匙跟着摇晃。可他砍了半天，树皮上仅留下几道白印。那老树得多结实啊！男孩接连打了两个寒战，站到外边，把憋了半天的东西尿出来。

嚓！逃犯终于砍断了一根树枝。

男孩儿心一凛，随即就被周围的凉转移了注意力。此刻，站在台阶上，实在清爽。他还看见泛红的朝霞、高高擎出草窝的蘑菇、贴在树干上的木耳……雨后的森林，到处充满了草木香味。他觉着自己就是泡在香味里的一颗水珠，晶莹剔透。

哦噢！哦噢！远处传来鸟叫声。

男孩儿忍不住应和，哦喔！

哦噢！

哦喔！哦喔！

逃犯扭头对男孩儿咧着嘴哈哈大笑，抖着红胡子，眯着眼。小子哎！打哪儿钻出来的？他喊道。

谁说是钻出来的？我进山找野兽。

野兽？逃犯夸张地哈哈大笑，掀开花纹衬衫，砰砰捶着毛乎乎的胸脯，说，娃娃哎！看看，俺像不像野兽？

男孩儿看看逃犯毛乎乎的眼睛、毛乎乎的红胡子、毛乎乎的胸口和毛乎乎的胎记，点点头说，像！

哈哈哈！逃犯大笑。

又不像。

逃犯眼一瞪，嗯？咋不像？

野兽有尾巴，不穿衣服。

有意思，你多大了？叫啥名？家里几口人？

你多大了？叫啥名？家里几口人？男孩反问。

俺问你哩！

你不告诉我你叫什么名，我就不告诉你我叫什么名，哦，我知道了，你屁股后边挂两把钥匙，是汽车钥匙吧，光头强拉树木的汽车，嗯哪，我就叫你车钥匙叔叔好吧。

俺？嗨！车钥匙叔叔？逃犯要拧耳朵。

男孩儿躲开。

逃犯进屋拿了只鸡蛋，在龅牙上磕烂，生着喝了，问男孩饿不饿，要不要也喝一只。

男孩儿认真地看着他说，生鸡蛋里有寄生虫，不喝。

逃犯扔下只破麻袋，说，俺今天还下山，得走好远的路，来，你钻进来，俺背你回家。

男孩儿想起狼外婆，利索地回道，我有腿有脚干吗要你背？又在心里说，得进屋收拾东西，接着进山了，一张照片都没拍到呢。就在这时，他意外听到了金毛的声音。养了五年的金毛，早已融进他的生命。那是再熟悉不过的声音。

呵哒呵哒！

是金毛！

男孩儿跑下台阶。

金毛犬硕大的躯体扑上男孩儿，抱成一团。

逃犯见金毛犬毛发闪闪放金光，贪婪地感叹道，真是条好狗！

嗨！车钥匙叔叔，这是我兄弟！

兄弟？逃犯怪模怪样挠了挠大脑袋。

金毛很快恢复温顺敦厚的表情，咧着肉乎乎的胖嘴，仰脸望着逃犯，慢吞吞地走过来。

逃犯后退一步，眼露凶光。

金毛只是舔了舔逃犯的膝盖。

男孩儿带着金毛在山上转了小半天，除了一只野鸡、半只野兔的影子，还是没拍到任何东西。他很泄气，揣起手机，带着金毛在森林里撒开了欢。这一玩可了不得，周围居然隐藏着那么多野兽：探头探脑的小田鼠，偷吃松果的松鼠，扑棱棱飞过灌木丛的野鸽子、野鸡，还有一只野獾。可惜不等他取出手机，它们就逃走了。一群机灵鬼，它们就躲在暗处，看着男孩儿和金毛玩。金毛追出去几次，总是无功而返。森林里有很多蘑菇、踢踢芽、涩拉秧、蔷蔷苔、梭子草、酸不溜，挂着水珠，走过去，就噼噼啪啪下起小雨。蒲公英像一颗颗小太阳，这儿冒出一片，那儿还有一片。有座旧坟，不知何故被削去一半，男孩儿看见好大一个洞，是野兽干的，还是盗墓的干的？洞口残留着焚烧的痕迹，黑色的草灰里钻出几根青草。男孩儿让金毛进去打探，金毛出来冲他摇头。

雨后的太阳水洗一样，男孩儿捉住一只瓢虫，放在耳朵上，继续向前走。他闻到浓烈的花香味，是妈妈的味道。

果然，一大片薰衣草。

不能想妈妈。男孩儿蹲下来，手指在金毛犬金灿灿的长毛里穿过，体会到什么叫柔软蓬松。他问金毛，你想燕子吗？我想咱家燕子了。

金毛望着他，咧开嘴，吐出肥厚的舌头。

走廊里的燕子去年孵了两窝崽，这次是四只，小燕子挤在巢边，脑袋又黑又亮，嘴巴张得比脑袋还大，可爱极了。你不觉得可爱吗，金毛？怎么就会摇尾巴呢？

哦哦。金毛连忙点头。

燕子本来就可爱，可爱的燕子，为什么就不能是可爱的野兽呢？男孩儿又想起作业本上的大叉，还有爸爸的衣架。他站起身，抱着金毛亲了一口。

傍晚时分，太阳越来越烈，森林里蒸腾起灼人的热浪。

逃犯没想到男孩儿会再次回来，激动得两眼放光，鼓着伤风鼻子嗡嗡说道，小子哎，可别乱跑，森林里有狼、有豹子，啊呜，吃人！

逃犯黑胖高壮，肥嘟嘟的手不停地甩汗。

金毛稳稳地踱过来，立在逃犯和男孩儿之间。

逃犯一双手乱抓乱挠。他一直在流汗。他扇着红胡子说，热啊热啊！好像有盆火在追着他。

到了晚上，气温骤降，又冷了。逃犯把木屑堆起来点着，还是冷。

空气中充满木材燃烧的气味。

逃犯拿出一副扑克牌，小子，跟俺学魔术吧。

嘿！我什么都学过，就是没学过魔术。

你学习好吗？

车钥匙叔叔，我数学好，语文不好。男孩儿不好意思了。

咋不好？你爸妈打你对不？哈哈哈，你回去告诉他们去，会玩儿才会学。我上学的时候是全班尖子生。

你怎么玩？

怎么玩？追自己的影子，用袜子灌水，偷豌豆，哈哈，多啦多啦！

他们从不喜欢我出门，总把我关屋里学习，做卷子。

你想咋玩？今儿叫你玩个痛快！

我想玩滑梯。

好嘞！

逃犯拖来掏空的树干，砍去一半，竖靠在白果树上，滑梯就成了。他滑得比孩子还溜，一边滑一边嗷嗷叫。他还教男孩儿把腿吊树上，蝙蝠一样倒挂着，那眼里出现的自是另一番奇妙的景象：头顶的“天”长满树木杂草，脚底的“地”却是海蓝的，更奇妙的是树木杂草都脱离地面，一头扎进“天空”。逃犯还告诉男孩儿，艾草上唾沫样的巢穴，里边藏着小知了。男孩儿早就注意到路边的草上有“唾沫”，里边居然会有生命。他折了根草茎，把“唾沫”挑开，果然，一只绿豆大小的知了慢慢爬出来，旁边还有蜕下的壳。动物真善于伪装。男孩儿还是第一次知道，这种袖珍的知了不是在土里长大的。逃犯告诉他说，唾沫巢穴的外形专门迷惑敌人，对付想把知了当美餐的家伙。男孩儿看着逃犯下垂的嘴唇，崇拜感油然而生，觉着他像个文雅的教师，简直比数学老师还酷。

男孩儿问道，车钥匙叔叔，你说，可爱的野兽对不对？

野兽？可爱？嗯嗯，当然对啦，人不欺负野兽，野兽是不吃人的哦。人就不同啦，你不招惹他，他也害你。

男孩儿欢呼起来，就是嘛！我就是这么说嘛，爸爸偏不信！车钥匙叔叔，你跟我回去吧，证明给他们，可爱的野兽是对的！

逃犯狡黠地看了男孩儿一眼，铺上麻袋，坐下去，拿出扑克牌洗了洗，抽出一张梅花 A，让男孩儿和金毛看，又把扑克牌洗一遍，右手一抬，甩出两张牌，梅花 A 和黑桃 A。

嘿！车钥匙叔叔，你好厉害！

哈哈哈！逃犯心情大好，又即兴表演了两个小魔术，硬币和杯子的把戏。有几个动作没做好，男孩儿看出纰漏，却不拆穿。逃犯越发得意，表演到最后，摇晃着毛乎乎的大脑袋，简直就是飘飘然的大狗熊。“可爱的野兽”，男孩儿脑子里冷不丁又冒出这道题，飞快地拿出手机，搂着逃犯的大脑袋自拍了一张。

逃犯不乐意照相，把麻袋翻了面，说，明天俺真得送你下山，你爸妈急疯喽！

还有什么能比魔术更征服人呢？男孩儿信任地望着逃犯点点头，火光照着他稚嫩的小脸，很乖。显然，他困了，还在努力地睁着眼睛，迷迷糊糊看着逃犯，一下一下点头，就是不睡过去。

逃犯望着他，打了个冷战。司机的儿子躺在床上，看见他的时候，就是这种表情。

车钥匙叔叔……男孩嘟囔着歪倒在火盆旁。

逃犯把孩子抱起来，装进麻袋，放吊床上，死盯着看。

他想起一些不愉快的事情。

倒霉孩子。

逃犯有个女儿，在上高中二年级。女儿随妻子的长相，漂亮，不随他。他原来也比现在好看，虽说不够帅。妻子看中的是他的才。女儿学习成绩随他，一流，用功，周末不常回家。有一天，女儿打电话说考完试了，要回来，他在上课，让妻子去车站接女儿。没想到回来的路上，遭遇车祸，女儿当场毙命。妻子在医院挣扎了两天，双腿截肢。一个家，瞬间天塌地陷。他都不知道自己咋活过来的。女儿没了，妻子的双腿也没了。妻子最受不了的，是一辈子要在后悔中接受他的照顾。她让他杀了她。我的亲人！他抱着妻子，号啕大哭。当天夜里，他狠狠心，果真用围巾勒死了妻子。

早春的黄昏，天很冷，他坐在拖斗车上，穿着黄大衣，佝着背，一夜之间苍老了十岁。身后就是为她娘儿俩准备的棺材，崭新的原木色，还没来得及刷漆。两个花圈漂亮得有些残忍。他不敢看。女儿生前爱漂亮，即便再着急，出门也要先洗脸，把头梳顺扎好。

谁在叫爸爸？

谁又在叫他的名字？

他慢慢抬起头，没人。目光随着空气中飘浮的红色火星，越飘越高，直到与屋顶的鳞状树皮交会。

男孩儿在磨牙，咯吱咯吱吱。

他看见了死神。

他杀了肇事司机的儿子。

司机的儿子起床撒了泡尿，要睡着的时候看见他，睁着迷迷糊糊的眼睛，看他，就是男孩儿刚才那种眼神。

逃犯哆哆嗦嗦关了柴门，从屁股后边拽出车钥匙。那确实是汽车钥匙，就是夺去女儿生命和老婆双腿的肇事司机的钥匙。

他杀了司机的儿子，原本准备自杀，最后关头，却失去了死的勇气。

不是每个人都能坦然地直面死亡。他带上家里所有的现金，开车连夜出逃，来到这荒山野岭，一住就是五年，再没下过山。粗糙，再粗糙，他与大自然很快融合，外形越来越接近一头野兽。

他自己都不知道，是什么支撑他活下来的，动物求生的本能吗？

逃犯穿着黑白相间的条纹褂，光脚，怀里抱着锯，呼哧呼哧地喘。周围大片树木倒下。躲在灌木丛里的小动物们知道大难临头，纷纷逃走。只有小狼蛛还挂在树梢，静观其变。

男孩儿觉着车钥匙叔叔跟昨天不一样了，哪儿不一样？说不好。

逃犯触碰到男孩儿清凉的眼神，直接掠过，生硬地说，你该走了。他胳膊上的黑色胎记随着锯齿的运动收缩、鼓胀。

他又把破麻袋扔过来。

男孩儿手心里托着一颗牙，走近逃犯。

逃犯瞪着眼，目露凶光，记住，我背你下山，不准说见过我！

男孩儿没听懂，执拗地托着昨夜掉的乳牙说，车钥匙叔叔，我的牙掉了。

逃犯粗暴地打飞牙齿。他讨厌内心潜伏的软弱。

男孩儿的泪光在眼睛里闪，为什么大人都喜欢动武，喜欢翻脸？

逃犯被男孩的眼泪弄得很烦，横端着电锯恶狠狠地说，再啰唆，我杀了你！红胡子竖了起来。

男孩儿呆了。

其实，刚说完逃犯就后悔了，他看见不远处，树后探出的枪口。

没有退路。

他迅速拧过男孩儿的耳朵，从腰里抽出猎刀，逼在男孩儿脖子上。

男孩儿仰头望着他，目光清凉。

逃犯一动不动。

男孩儿看见一颗子弹，无声无息从逃犯后背飞来，穿过火红的大胡子……

男孩儿躺在地上，努力想刚才发生了什么。子弹哪儿来的？外星吗？

他看见围拢来的警察，爬起来，好像明白了什么，大喊：他是好人！他是好人！

好人——好人——

清脆的童声在山间回荡。金毛伏在逃犯身上嗅来嗅去。大片血迹。野兽的气息。

男孩儿抱住逃犯的大脑袋摇晃，车钥匙叔叔！车钥匙叔叔！

那颗脑袋可真沉哪，鲜红的血从窟窿里淌出来。

男孩儿用手去堵。

堵不住。

更多的血从指缝里涌出来。

男孩儿呆住了，隐约看见逃犯在山上设陷阱捉兔子的情景。他设一个自己拆一个，气得他直摇晃大脑袋。他真希望，他再摇晃摇晃大脑袋。

他又看见又丑又笨的纸飞机，他教他向纸飞机机头呵几口气，朝着夕阳掷出去。他教他对着火，对着太阳，眯起眼看“烟花”，看“铁花飞溅”。

他把他从树上接下来，他朝下看他的腿，又粗又长，鼓胀着大疙瘩肌肉，宛如非洲狮……

这些快乐，是数学老师都给不了的，爸爸妈妈更给不了。

可爱的野兽。

男孩儿哭了。

他哭着说，我证明了，我证明了！野兽是可爱的！可是车钥匙叔叔，我叫贝贝，你叫什么名字啊？

警察把孩子拉起来，哄着，要带他走。

金毛顺从地跟在后边。

太阳下山了，灿烂的云霞染红了森林。小动物们都从洞里钻了出来，目送男孩儿回家。

男孩儿忽然挣脱警察的手，飞快地朝前跑去。金毛肥大的身躯也箭一样射出去，带起大片闪闪金光，竟完全遮蔽了孩子的身影。

警察一愣，赶紧去追。

他们听见男孩儿在前边大声喊，你们别以为我迷路了，我没有！我要证明可爱的野兽！证明给你们看！你们，这些愚蠢的大人！

警察也边追边喊，孩子，别跑，你爸妈都在警察局等你！

（原载《啄木鸟》2015年第1期）

奔跑的蚂蚁

张中民

一

十多年前，我在一所乡镇中学教书时，阿丙经常来找我玩。说经常只是相对而言，其实那时他已在市保安公司当了保安。你可别小看这保安，在当时，这可是份相当体面的职业，大檐帽、绿制服，腰束武装带，雄赳赳气昂昂的，往那里一站，不怒自威，所以怎么看都像公安干警那样威武。一个高考落榜生非但没落在农村，反而跳到城里找了份体面工作，想想都让人觉得不可思议。大概正是这个原因，我们一些老同学经常私下感叹世道不公。像我们这些当年刻苦学习者，尽管发扬头悬梁锥刺股的精神，终于挤过高考的独木桥好不容易才考上大学，结果毕业后却被分配到这等偏远地方做老师，实在让人想不通。

阿丙家在农村。当我们还在大学校园里继续接受高等知识再教育的时候，他就结婚成家了，等我们毕业分配参加工作时，他已是两个孩子的父亲。老婆孩子热炕头。阿丙人虽在市里当差，可他经常借星期天或节假日往乡下老家跑。他老家在我任教的镇子南边，小镇是他从市里回乡下老家的必经之路。就这样，他把我所在乡镇中学的宿舍当成了半路歇脚的驿站。

说句公道话，阿丙是那种喜欢炫耀的家伙。每次从市里回来，他都会给我带来一些城里的见闻，什么市里新修了几条大马路，哪里建了栋标志性高楼，另外还有市政变化、街头逸闻、单位趣事、大领导的人事更迭和八卦等，都是他谈论的内容。说到兴奋处，阿丙眉飞色舞常露得意之色。看他小人得志的样子，我心里愤恨难平，就连说出的话也带着几分嫉妒：

还是城里好。哎呀，看你现在混得人模狗样的，真让人羡慕！

听我把话说得酸溜溜的，阿丙居然毫不谦虚地张大嘴巴笑话我，看看你们这些当年天天抱着书本努力考大学的，到头来不还是窝在这种小地方吃苦受累？这和我们没考上大学早早就踏入社会的有什么区别？

谁说不是！

阿丙的话让我好不郁闷。想当年我们一起读书时，何曾见他有飞黄腾达的迹象？可他现在愣是成了大家称羡的对象。

其实阿丙不叫阿丙，他真名叫陈丙来。那时我们都知道有个叫阿炳的盲人会拉二胡，一曲《二泉映月》拉得让人肝肠寸断泪流满面的。因此我们记住了那个把二胡拉得惊天地泣鬼神的盲人。陈丙来也会拉二胡，于是我们就套用那个人的艺名，把他叫成了“阿丙”。

那时阿丙是我们班里的活跃分子，吹拉弹唱样样都会，是个很有几分文艺范儿的青年。可惜那时不像现在许多大学都扩招，想着法子办各种能赚钱的专业。受当时条件限制，许多有艺术爱好的考生只好望洋兴叹，被隔离在艺术院校的门外。特别是像我们这些穷苦人家出身的农家子弟，又哪里有学艺术专业的机会？所以阿丙的这些爱好在我们那个时代根本没有什么用场。如果说有，也就是一年一度庆祝元旦或五四青年节时，学校在一些热心者的张罗下搞场联欢晚会而已。当然只有此时，才是阿丙最为风光之时：晃着尖瘦的脑袋，迈着小碎步在教室讲台上跑上跑下，像个赶场救火的大牌明星似的，手里抱着乐器，一会儿吹笛，一会儿拉琴，要么就是背着一把不知从哪里找来的吉他，穿身牛仔装，屈着一条腿站在讲台上，摇头晃脑地演唱当时的流行歌曲，诸如《北国之春》《军港之夜》《小城故事》《外婆的澎湖湾》《酒干倘卖无》等。尽管不是太专业，但他声情并茂的演唱也能博得同学们的掌声。可是联欢会一结束，阿丙又变成一个无人注意的小人物。都是高中生，前边有高考任务压头，谁还有心去玩浪漫？可这时阿丙却不，整天沉浸其中不能自拔。看他天天吊儿郎当自我陶醉的样子，仿佛学习成了他的摆设，根本不用考虑将来的前途问题。

有人刻苦学习，有人随波逐流，还有人及时行乐，这就是我们那代高中生的真实写照。随着时间推移，结果很快便见了分晓：努力学习者把自己奋斗成了跃入龙门的大学生；随波逐流者或上或下，完全靠命运安排；只有那些及时行乐者，很不幸，沦落到名落孙山的地步。阿丙就属于后者。

不过和他相比，我的结果也没好到哪里去。我因高考成绩不理想，最后被市师范院校录取。从此我和阿丙就成了两个世界的人。

三年师范毕业，就在我留城无望，极不情愿地分回故乡的乡镇中学教书时，没想到阿丙此时已经捷足先登地来到市里，当上了人人羡慕的保安。这不是世道不公是什么？每次看到阿丙头戴一顶大檐帽，身穿一身保安服，趁着从市里回乡下省亲的机会拐到学校，风风光光地来找我玩时，我的自尊心受到极大伤害：看看人家阿丙，别看没上大学，不照样混到了市里？落坡凤凰不如鸡。我尽管读了师范，可最后却沦落到如此地步，想想心里都不是味儿。

唉！我怎么这么窝囊呢？

二

大概是阿丙那身将军绿的保安服引起了人们注意，我所在学校的几个青年教师悄悄过来打探情况。当得知阿丙是我高中同学时，他们不由得大发感慨。看看你们老同学多风光，哪像你？虽说读了大学，到头来还不如人家呢！听到这话我气得想吐血。所以每次阿丙只要一离开，我立马就会在背后气呼呼地骂世道不公，叹自己命运不济，害得被人瞧不起！

不行，我一天也不想在这里待，我要想办法把自己调走。即使去不了好单位，只要能进城，随便去哪里都行，哪怕不让我教中学，就是下到小学当老师也愿意！

就在我苦思冥想着怎样才能实现自己的愿望时，我的脑海里突然蹦出一个女同学来。这个女同学是我在师范读书时的校友。我们同系不同班，直到读大二时她才开始主动和我接触，可我那时清高孤傲，哪里把她往眼里放？尽管知道她父亲在市里某局当领导，家庭背景不错，但我还是看不上她的相貌。我一个好不容易才跳出农门的大学生，怎会甘心屈就在她的手里？我几乎没怎么考虑就拒绝了她的热情。不过她好像并不怎么死心，对我的拒绝不以为然，反而一厢情愿地在暗中喜欢我。其实她哪里知道，当时我正在暗恋着另外一个漂亮的同班女同学，结果等毕业分配时，一看我没留在城里，漂亮的女同学便绝情地与我拜拜了。正是受了这个打击，从师范毕业到现在，我都没谈过女朋友。掰着指头算算，现在都过去两年多了，也不知道那位过去一直喜欢我的女同学情况如何，找对象没有，结婚成家了没有。

管她现在情况怎样，先试试再说。我于是翻开同学通信录，很快找到了这个女同学的电话。那天上午，当我把电话打过去报出自己的名字时，女同学激动得差点儿叫出来。后来当我寒暄一番，向她叙过旧后问到她现在的情况时，她突然变得神情黯然起来。得知她谈了几个男朋友先后告吹，现在仍然待字闺中时，我心里不由得暗自狂喜。

怎么样老同学，你有没有考虑过我啊？

什么？你说什么？女同学不相信地冲着话筒对我说，你是说叫我考虑你？

怎么？难道不行啊？我调侃起来。

不是不行，而是你说得太突然……

有什么突然的，再说我们是老同学，你还有什么可犹豫的？

我，我不是犹豫，你，你总得给我个考虑的时间吧！

得，事情在我以守为攻下很快出现转机。后来当我在电话里做了一番表白，希望能与她冰释前嫌重修旧好时，女同学只来得及短暂地犹豫一下，很快便表示愿意和我确定恋爱关系。

唉！可惜咱俩离得太远，如果能在一起就好了！听女同学答应得如此干脆利落，我突然有种找不到北的感觉，于是急忙抖出自己的意图发起感慨。

这有什么可为难的？女同学听了我的潜台词，几乎没怎么犹豫就满口答应，没关系，只要你同意，我来想办法。

毕竟两人以后要在一起生活，我想只要我们俩的事一成，她不可能把我单独扔在离她一百多里外的乡镇不管，不然这成什么事了？

女同学在市里一家事业单位上班。为了表示诚意，我趁星期天和节假日去看过她几次后，她也回报似的来到我所在的乡镇中学看了我两次。每次来，她都皱着眉头为我的工作环境深感不满：

看看这地方，要啥没啥，脏得没个下脚的地方。不行，我一定让我爸想办法尽快把你调走，好让你脱离这里。

女同学说到做到。在她父亲的努力下，我的工作调动问题很快办成了。两个月后的一天，当她在电话里兴奋地向我报告这条好消息时，我激动地挥起拳头用力捶着面前的办公桌，不知道该如何表达自己的心情。

拿到调令那天晚上，我在镇里一家最有名的饭店大宴宾朋，邀请学校领导和一些要好同事参加，感谢他们曾经给我的帮助和鼓励。

那天晚上我喝高了，至于喝了多少酒连我自己都不知道。反正当我夜里醒来找水喝时，发现自己躺在宿舍的单人床上，床前被我吐得一塌糊涂，房间里到处弥漫着一股腐烂变质令人作呕的腥臭味儿。事后我才知道，因为兴奋，那天晚上我喝了至少有一斤白酒，是几个同事把我连抬带架地送回学校的。

离开乡镇中学那天上午，全校老师都跑来送我。他们围住我叮嘱说，吴迪，你小子可真行，别看你平时不哼不哈的，没想到还有这一手。不过你今后到市里可不能把大家给忘了，有机会还要回来看我们啊！听着这些话，我连忙回答，大家放心，我一定不会忘记你们，只要有机会，我一定还会回来看你们。不过我也希望你们今后有机会去市里找我。到那时，我就在全市最高级的饭店里请大家！

我的话很快博得在场者的一片欢呼。

其实自从离开那所中学后我就知道，自己这辈子说什么都不会再回去了。我好不容易才实现了成功逃离，又怎么可能再回到这个地方？

三

调到市里不久，我就进了一所中学继续当老师。一年后我就毫无选择地和那个女同学结了婚。我知道尽管自己并不喜欢她，但我不能出尔反尔地做出对不起她的事情，我要为自己的行为负责。不然我成什么人了？我可不想让自己背上忘恩负义的恶名。

都说婚姻是爱情的坟墓。结了婚的人不再烦躁，欲望少了，懒惰多了，这话说得一点不假。

我们婚后的生活一开始还过得挺浪漫，可是蜜月期一过，日子便开始变得像白开水一样乏味起来。

由于刚调来时错过了单位福利分房的机会，我和妻子只好暂时先住在岳父家。然而由于年龄上的差异，我们很快发现两代人在一起生活有多么不便，饮食不同，起居不同，就连一些生活习惯也不尽相同，由此引发的问题一直在困扰着我们。没办法，后来我们只好咬着牙在外面租房子住，才算免去了一些尴尬。

阿丙就是在这时才又开始出现在我的生活中。

其实我调到市里不久就知道阿丙已经不在那家保安公司干了。他生性放浪形骸，多年养成的文艺思想使他与周围的人和环境格格不入，加上他天天吊儿郎当的样子，经常出现迟到旷工现象，已经引起领导的注意。找他谈话，他不以为然，反而找出各种理由为自己申辩，闹得领导对他意见很大。谈话过后，阿丙丝毫没有改正的意思，依然我行我素。有时领导看不过批评他两句，他倒好，不但不听还顶撞。你说像他这种脾气和性格又怎么能在单位里混？

保安公司待不下去，阿丙又找了几家单位，可他在每个单位都待不长。刚开始去上班时还珍惜自己来之不易的工作，天天早出晚归地把自己当成敬业的楷模，可是过了一段时间之后他便旧病复发，所有的坏习惯很快涌出来。工作不上进，满脑子都是不切实际的幻想。这且不说，还经常在单位里骂骂咧咧发牢骚，这使领导对他极为不满，结果只有让他拍拍屁股卷铺盖走人。

就在阿丙频繁更换工作的过程中，我的生活也过得很灰暗——一个靠吃软饭换来一切的男人，你说我的心情会是什么样子。

应该说我还算是个模范丈夫。除在单位里干好工作外，平时我不打牌，不喝酒，不抽烟，不搓麻将，不和社会上那些不三不四的人交往，当然更不与嫖赌沾边。大概在师范读书时念过几年中文系，唯一的爱好是喜欢舞文弄墨，在文章里发发牢骚，借以抒发自己对生活的不满。这有什么可奇怪的？工作是岳父帮助调动的，生活是妻子安排的，像我这个百无一用的书生又怎敢在妻子面前多刺？何况来到市里成家立业后，经过一番努力，我发现自己根本不是干大事的那块儿料，只好垂头丧气，天天生活在老婆的阴影下，小心翼翼的，又怎么能过得开心愉快？只有当阿丙来我家时，我们才会坐在一起说说笑笑的，谈些过往之事。

当然这种情况下，我们是免不了要喝上两杯的。

我说过阿丙是个容易得意忘形之人。别看他人在市里，但他老婆孩子还在乡下老家，算是孤身一人在外面闯荡江湖打天下。由于他不安心工作，又没有其他门路，来市里多年，他一直没有自己的房子，至今还在城中村租来的小房子里孤军奋战。别看他现在的日子过得不怎样，可是只要两杯小酒下肚，他就忘掉了一切。坐在那里跷起二郎腿，趾高气扬的样子很容易让人想起《红楼梦》里的焦大，说出的话大得简直可以把天给吞掉。说到高兴处，他激动得手舞足蹈的，常常惹得在旁边看电视的妻子不时皱起眉头盯着看他两眼。我想如果不是因为有我在旁边坐着，她真会冲上来把他赶走。可阿丙根本没有察觉到这些，而是继续在那里纵声大笑，唾沫横飞，简直把我们家客厅当成了他的跑马场。除了喝酒，阿丙还喜欢抽烟。他每次来都把我家当成抽烟室，一根烟常常被他抽得云遮雾罩的，呛得人直咳嗽。妻子为此不得不生气地冲过去打开门窗透气。

每次只要阿丙前脚刚走，妻子马上就从卫生间里拿来扫帚、撮斗和拖把打扫起卫生。看着满地烟蒂和涂满地板的痰迹，妻子经常边干边冲我不满地发牢骚。

看看你交的都是什么人？连点儿起码的道德素质都没有，进门不换拖鞋不说还随地吐痰，到处丢烟头，他以为他是谁呀？难道把这里当成了自己的家？

快别说了好不好？不都是老同学嘛！我在旁边打圆场，他生性就是这个样子，既然他到家里来玩，咱就不能说人家不是，不然传出去别人会怎么看？

老同学也不行！难道老同学就可以在别人家里为所欲为？

听妻子的话越说越多，我知道再争辩下去两人准得吵架，于是我只好高挂免战牌，坐在旁边生闷气。

四

我妻子能干是在婚后体现出来的。平时除了上班，她还暗中炒股，在市中心步行街租了间门面雇人卖服装，天天早出晚归的，没个休息时间，我则担负起去幼儿园接送孩子的任务。

岳父岳母曾经放出口风来，如果想有房住，就得和他们老老实实待在一起，但是如果我们要买房，他们是根本不可能支持的。言下之意，一切只有靠我们自己打拼。我和妻子都听出这话里的弦外之音，又不好和他们计较，只有咬紧牙自己想办法。

为了买房，我把自己的爱好也停了。那两年，我像个金盆洗手的江湖人士那样，从此再不去鼓捣那些劳神费力卖文为生的东西，而是效仿同事，私下在校外办了个辅导班，偷偷干起捞外快的事情。

你别说，办辅导班比写文章来钱快。一个学生一个月三百块钱辅导费，招上一二十个，每月就有五六千块的额外收入，这是多大的诱惑？

我的胆子越来越大，等到辅导班的影响打出去后，我便扩大规模，在一个位置相对优越的写字楼里租了十多间房子当教室。后来看没人过问，于是我就开始悄悄在学生中间宣传自己的辅导班如何如何，以图扩大招生，增加收入。

那几年我们两口子省吃俭用，压缩掉几乎除必要日常生活之外的所有开支，把资金全都攒起来用于买房子。

功夫不负有心人，我和妻子的励精图治很快有了结果。不到五年时间，我们两口子就实现了买房梦，在市里有名的花园小区买了套两居室。

搬家那天，阿丙也来帮忙。由于是为老同学干事，他那天显得很卖力，一直跑前跑后的，忙得连头上的汗都顾不上擦。等搬完家，一切安排停当坐下来休息时，阿丙站在我们焕然一新的房子里，环视着摆满房间的家具和家电不禁感慨万分：哎呀，如果我要有套这样的房子就好了，可惜呀可惜，唉，看来我这辈子是指望不上喽！

听他叹气，我急忙递过一瓶果汁安慰他：阿丙，你别灰心好不好，努力一把，你也会有今天的。

我？阿丙看我一眼，目光倏地一暗，如熄掉的灯泡一样，不无揶揄地苦笑起来：吴迪，你别取笑我了，再说我现在的情况你又不是不知道，老婆没工作，俩孩子又在家里上学，加上我父母又体弱多病，就这条件我指啥买房？做梦去吧！

听他说得如此凄惶，又知道他现在的处境确实不佳，我禁不住跟着叹气。看来我们都是被生活所迫的人啊！

是啊，谁说不是呢！

越是在这种情况下我们越要努力，不然我们靠什么养活自己和一家人呢？

算了，不说这些。阿丙仰起脸，一口喝干手里的果汁，接着自我安慰起来，无所谓，无所谓。我这辈子也不想那么多，还是好好过好眼前的日子吧！

五

大概是看我生活得不错，阿丙开始找我借起钱来。

我记得清清楚楚，就在我搬家后不久的一个晚上，他找到我家让我借给他五千块钱，说是家里急用。问他什么事，阿丙做出一脸苦相，说是母亲生病住院，医疗费不够，想从我这里打打饥荒。可我刚刚买过房子，手里也没多少钱，这可怎么办？

吴迪，我知道你比我有办法，要不我也不会来找你帮忙。阿丙大概看出了我的心思，只好皱着眉头央求，我用不了多长时间，只要家里粮食一卖，我就还你账。

看他低着头愁眉不展的样子，我只好咬着牙让妻子给我凑了三千块钱，递给他时我安慰他说：阿丙，啥都别说，我手里钱不多，你先拿去用吧！

阿丙拿着钱显得很不好意思，一再表示感谢：吴迪，你放心，只要我家里粮食一卖，马上把钱还你！

快别这么说，给你母亲看病要紧，你还是赶快拿着去医院吧！

看着阿丙千恩万谢地走后，我心里突然生出一种说不出的悲哀。看看他过的都是什么日子！生活都到这一步了，整天还在好高骛远，真是个执迷不悟的家伙，看你什么时候才能挣到钱！

阿丙第二次来找我借钱是为了他儿子上学。他大儿子读高中，又赶上二儿子读初中，两个孩子的费用加起来不是个小数目。

吴迪，你帮帮你老同学吧！阿丙找到我可怜巴巴地说，我现在已经走投无路，俩孩子要上学，我总不能因为手里没钱就让他们两个辍学吧！

孩子上学是大事，不能耽误。我皱起眉头说，可我实在帮不了你，要不你再去别处想想办法！

吴迪，我是实在没法啊，你能不能再帮我一把？阿丙坐在我家新买的沙发上，嘴里抽着烟眼巴巴地望着我，我家的两头猪快该卖了，等卖了猪我马上还你……

我不是那意思。我说，你知道我现在的情况吗？因为买房欠下的钱还没还，怎么会有钱借给你？

我需要不多，两千块就够。你看能不能……再紧紧手帮我一把？

听他把话说到这个份儿上，我知道自己没有退路，只好坐在那里低头不语。

说句老实话，我真不想借给他钱。他上次借的三千块都没还，我怎么可能再继续借给他？常言说，有借有还，再借不难。可他先前借的钱到现在连提都不提，我怎么可能再借钱给他？他上次说等卖完家里粮食就还我的，可是半年的时间都过去了，也没见他把钱还上。他这次又说等卖完猪后再还，天知道他说的究竟是真是假！说实话，我现在都开始怀疑他借钱的理由能不能成立。

吴迪，你再帮我一把吧！真的，如果你不帮我，就只有眼睁睁地看着两个孩子辍学……

唉！叫我怎么说你呢？我翻起眼皮看着他，看你把话都说到这一步，我怎么能说不借给你？只是我手里实在没那么多钱，要不这样好不好，我先借给你一千，你先拿回去给孩子用，怎么样？

看来也只好这样了。阿丙叹着气，唉，我怎么把日子过成了这个样子？现在看来还是你们考上大学好，有稳定工作，有固定工资，要什么有什么，哪像我现在过得人不人鬼不鬼的。

快别这么说，其实都不容易。我跟着叹气，你没看我现在的日子，过得都快跟要饭的一样了。难啊，谁让我们生活在这个世上呢？生活生活，生下来就是要我们活的，可是这个活并不容易！

是啊，都不容易！听我把话说得如此悲观，阿丙也坐在那里陪着我感叹一番，这才拿起我借给他的一千块钱匆匆忙忙地离开。

等阿丙第三次来我家借钱时，我已经记不清什么理由了。只记得他找到我家时说得可怜巴巴的，叫人无法拒绝。我这人心软，加上念及他是我老同学，只好又借给他两千块钱。

阿丙拿着钱刚走，妻子就在背后不满地发牢骚，看你交的都是啥人？过去是来家里蹭饭蹭烟蹭酒的，没想到现在又向咱借起钱来，而且每次都是有借无还的，世上哪有这种人？

你别再说了好不好？再说都是老同学，他一个人在这里闯荡，既要养活老婆孩子，还要供两个孩子上学，要说他可真够不容易的……

你说谁容易？妻子气呼呼地反驳我，他不容易，咱们容易吗？为了买房我们下了多大劲儿？他知道吗？

咱买房子他怎么会知道？再说他也没必要知道这些……

你别什么事都护着他！老同学怎么了？老同学就不懂得人情世故了？老同学更应该懂得相互帮忙，顾及别人！怎么能像他这样来一次借一次钱，他把咱家当成什么了，慈善机构呀，开银行啊！要知道我的钱也不是大风刮来的，不是从树上掉下来的，那是我没日没夜辛辛苦苦赚来的血汗钱。怎么说借就借，而且借了不还，世界上哪有这种人？如果他下次再来借钱，我说啥也不会再给他，不但我不给，你也不许给，听见没有，吴迪？

听见了，老婆大人。看老婆一副气呼呼的样子，我故意拉长声调回答说。

六

妻子买房上了瘾。这年头看房价一个劲儿地往上涨，她早就坐不住了，经常在家里开导我：

吴迪，你别整天蔫不唧的，咱得好好干！没看现在人们为了赚钱都快疯了一样。

谁说我蔫了？谁说我不挣钱？我不是在办辅导班吗？

哼，就凭你收那俩辅导费，别说赚钱，连日常生活都维持不了。

看你把我说成啥样，我还没有那么差吧！

你以为自己挺有能耐啊？有能耐怎么会在乡镇中学里窝了那么久？

一听妻子说到这里，我就感到羞愧难当无地自容：那你说怎么办？我总不能为了赚钱去抢银行吧！

谁说叫你去抢银行了？妻子白了我一眼，难道不去抢银行就不能挣钱？

我不是没那本事吗？不然我怎么会这样窝在家里吃软饭？

哼，既然没本事，你就老老实实把自己的事干好，别天天在家里和我顶牛，充大老爷儿们。

是，老婆！我马上双脚一并，啪地对她敬了个军礼，今后保证完全执行你的命令，决不再顶撞领导，一定做一个安分守己的好士兵！

看我表现得这么滑稽，妻子一下子被我逗笑了。

在妻子的努力下，我们利用自己手里赚来的钱，很快又在市区黄金地段以按揭形式买了套一百五十多平方米的高层住宅。

我们买这套房的目的不是居住，而是为了炒房，好让它升值，变成我们的财富之源。那段时间我们的心情好极了，仿佛自己摇身一变成了千万富翁似的。然而谁也没想到，就在我们花去全部积蓄以首付方式贷款买下这套房子不久，局势便急转而下。

先是妻子购买的股票一落千丈，跌得血本无归。再是她的生意也出了问题，进了批假货，被人告发后，不但被工商局狠狠罚了笔款，而且那批货还被全部查封。不到一个月的时间，一连遭受双重打击，妻子承受不住，整个人几乎都快疯掉了。

按说妻子那边出了问题，我这边应该没什么事儿的，可是屋漏偏遭连阴雨，就像多米诺骨牌似的，妻子那边刚出问题不久，我这边也跟着倒了霉——我利用工作之便私下办的辅导班的事被人给捅到媒体上。校方得知后，勒令我停止工作在家休息，等待上边的处理结果。

按说家里接连出现的这些灾难性事件，应该要我那位有能量的岳父出面搞定才对，可他退休半年后就因患脑血栓瘫在床上，面对这些接二连三的变故根本无力回天。

面对这种局面，我和妻子难以招架，整天处在胆战心惊的状态中，根本不知道下一步该怎么办。

妻子的生意关门后，她除天天上班外，还要时不时去看望瘫痪在床的父亲，整个人很快变得憔悴不堪起来。看到妻子这种样子，这时赋闲在家的我，除接送孩子辅导功课外，还担负起处理家务的任务。

由于家庭变故，加上心情不好，我现在已经没有心思写稿了。把孩子送进学校后，平时只要妻子不在家里，等干完家务活后，我就坐在二十六层高的房子里，天天对着窗外的蓝天白云发呆。

七

阿丙那天下午来我家时，我正斜靠在沙发上眯着眼睛打盹儿，是阿丙一阵急促的敲门声把我惊醒的。

阿丙这次又是来找我借钱的。

刚一进门，阿丙连凳子也不坐，就站在那里愁眉苦脸地对我说，他妻子得了乳腺癌，急需去医院做手术，由于手里没钱，只好向我求救，希望我能给他帮帮忙……

听说他妻子得了癌，我吓了一跳，一个挺健康的农村妇女怎么可能患上这种病呢？可是看阿丙那副愁眉不展的样子，就知道这事儿不会有假，不然他不可能把这么大的事往老婆身上揽。可我现在是泥菩萨过河，自身难保，又哪里有钱借给他？

吴迪，我知道你有难处，可你也不能见死不救啊！阿丙灰着脸小声央求说，我实在没办法，总不能眼睁睁看着我老婆在那里等死吧……

你说说，你在外面都干的什么？怎么就挣不到钱呢？我没有回答他的问题，而是埋怨起他来。不过后来我想，可怜之人必有可恨之处。于是我瞟瞟他身上那件皱巴巴的旧西服，我发现他那张瘦得刀条似的脸上此时已经长出了皱纹，不由得有些生气。

我天天在外面帮人干零工，你说我又能挣到什么钱？

既然你在这里挣不到钱，那你为啥不回乡下去呢？听说现在农村收入也不低，凭你两只手应该不会没钱花。

不行啊吴迪，你知道我现在已经回不去了。阿丙向我摊着手低声说，来市里这么多年，就这么灰溜溜地回去，你说我的脸往哪里搁？

都到这个时候了你还要考虑这些？我没好气地说，那你也不能就这么死要面子活受罪，赖在城里不回去！毕竟那是你的家。再说现在过日子是真金白银，来不得半点虚假！

我知道，我知道！可我现在实在没办法啊。阿丙说着抽起鼻子，像是要哭出声来，你说我在市里混了这么多年，怎么能说回去就回去，这样别人会怎么看我？

那也不能就这么一直混在城市里！再说你这样做什么时候是个头？

唉，先这么着吧。阿丙抹了把脸，仰面看着我家的天花板叹着气说，混一天算一天，什么时候混不下去了再说。

听阿丙说得如此凄惨，我知道自己没法再劝他，只好陪着他叹气。想当初我们大家都在羡慕你，没想到你现在竟然过到这一步，真让人想不通！

可我又有什么办法？……阿丙说这话时整个身子都在跟着发抖。

我的叹息没能挡住阿丙继续向我借钱。半个月后的一天，当他最后一次来到我家提出借钱为他妻子化疗时，我实在无法满足他向我提出借两千块钱的要求，只勉强给他凑了五百块。

妻子曾经给我算过一笔账，这几年，阿丙前前后后从我这里借走的钱已经超过了一万，可他一次也没还过。非但没还，甚至连提都没提。他每次来总是以种种理由向我诉苦，搞得我也跟着他难受，这让妻子极为不满。她经常在背后骂我，没本事，交友不慎，引火烧身！可我又有什么办法？作为老同学，面对阿丙提出的各种理由和借口，我又怎么能拒绝？总不能见死不救吧！

那天下午，阿丙拿着我借给他的五百块钱离开时，看着他晃着单薄的身子走路时摇摇欲坠的样子，我就知道他已经走到了崩溃的边缘，同时我也知道他的心情一定糟透了。根据他现在的情况，我想，阿丙此去之后再也不会来找我了，我不由得感到一阵悲哀。

想到这里，我快步来到窗前，看着阿丙从电梯里出来离开我住的这栋楼，很快消失在小区大门口时，我心里突然一动，想到自己和阿丙一样，从早到晚，在这个城市里忙忙碌碌地打拼多年，最终却一无所获时，不由得一阵伤感，于是急忙跑进书房打开电脑，手指在键盘上啪啪地敲着，很快在屏幕上敲出几行文字：

我们都是这茫茫人海中的蚂蚁
没有人知道我们将何去何从
奔跑、挣扎、折腾
都留不下安静的身影

看烟花散尽，转头是空

走在这漫漫的世界上

哪里才是我们最后的归程

（原载《当代小说》2015 年第 2 期，《中华文学选刊》2015 年第 4 期“佳作点评”推介）

脚下的天台

尚　攀

一

晚上六点，终于下班了。当然，在回到公寓之前，我不能有任何一丁点儿的放松，我时刻提醒自己保持高度的精力集中，好让最后一点即将消耗殆尽的体力支撑着身体。意念这种东西还真是奇怪，它虽然时常不听你的话，但却能让你在公交站牌下挤进第一辆到来的公交车。看着车窗外大部分没有挤进公交车的人，我总算能舒口气了。车内的味道却让人喘不过气来。我借着身后人拥过来的力量，也顺势往前挤着，当前面被我挤到的人回头对我表示不满时，我就给他一个无辜的表情，好让他明白这不是我的错，而是后面的人把我逼到了这个地步。凭借着我的努力，终于在后面一个靠窗的位置站稳了脚跟。

我开始拿出手机浏览网页和微博，李亚鹏和王菲居然离婚了，科比也开始了伤后的初步练习……许多八卦新闻匆匆掠过，时光终于在我的消磨下缓缓流逝过去了。下车以后，我开始思考晚上吃什么，饥肠辘辘的身体让我没有花费太多时间，一份鱼香肉丝盖浇饭，一个烧饼夹菜。喝些什么呢？红茶？绿茶？酸奶？算了，回去烧些水喝吧。

走到公寓的大门时，房东叫住了我，除了把今天的报纸给我，还有一封私人信件。我想，这么多年了，除了保险公司和银行会给我寄信，我还从来没有收到过任何一个人给我写的信。我对房东表示感谢，然后就上楼去了。

带着好奇的心态，我来不及吃晚饭便把信封撕开了。看到既熟悉又陌生的字迹之后，我马上就知道了寄信人是何方神圣。我又看了看信封上的字迹，有一点点的懊恼，自己竟没有看出那清秀的字迹，就像某一天接到好朋友用陌生号码打来的电话，却没有听出他的声音一样。那样清秀的字迹证明，信只有可能是李程碑寄来的。但我还是忍不住翻到最后看了看落款，果然是他。

阅读李程碑的信的时候，疲惫感让我下意识地躺在了床上。曾几何时，他也无数次像我这样躺在我下铺的床上阅读一些东西，诗歌、散文、小说，或是别人的情书……那场景历历在目。那时李程碑的身体极其瘦弱，不禁让人联想起非洲贫民窟的营养不良的少年，他左手夹着烟悬在床外，右手拿着手机看电子书，除了时不时地抽口烟，他都像个尸体一样一动也不动。那时我们的宿舍是两室一厅，住了十四个人，没过多久，由于话不投机半句多和道不同不相为谋的缘故，无法共同生活在同一屋檐下，就搬走了两个。话不投机的那个在他网上的个人空间里说我们剩余的各位都是既毫无品位又无比幼稚的低能儿，既不能理解他说的话，更不能达到他的思想高度，他实在忍无可忍，就搬出去了。道不同不相为谋的那个就简单多了，他是个既白嫩又文弱的娘娘腔，说起话来都要捏起兰花指，他只是对像集体宿舍这样的群居生活毫无兴趣，所以，见他捏起兰花指说话的机会也是屈指可数的。

李程碑的上了锁的小柜子里，有个黑色皮面的约两厘米厚的笔记本。他时不时地会在上面写些东西，不写的时候，偶尔也会拿出来翻一翻看一看。我发现他有这么个笔记本的时候，他已经写了一多半了，我以为他一直有写日记的习惯，听他说了之后才知道这是他的第一本日记。

我说："写什么呢？"

李程碑说："日记啊。"

他的回答让我觉得自己的问题很愚蠢。

我试探着说："方便看一下吗？"

他把笔记本递给了我。

二

李程碑写道：我的父亲是个老师，母亲也是个老师。

这让我想到了鲁迅写两株枣树的句式，一株是枣树，还有一株也是枣树。

我继续往下看。

> 父亲只教语文，母亲则除了英语什么科目都能教。就因为我的父母全是老师，所以我的一生都学习不好，我不是个好学生，初中没考上，高中没考上，就连三本也没考上。
>
> 听母亲说，我出生七天眼睛都没有睁开过一次。母亲说当时吓坏了，以为我是个天生的瞎子，不过后来我还是睁开了眼。母亲说当时很担心我长大以后会有一双小眼睛，她说那样不好看。可上天还是给了我一双明亮的大眼睛，视力一直都保持在1.5，而且是双眼皮。我用它们看世间的一切。我曾经幻想过，如果我真是个天生的瞎子，那我就只有沿街乞讨的份儿了，或是多读些书当个算命先生。
>
> 我刚学会借助桌子或墙根走路时，就发生了意外。那天，母亲像往常一样在厨房做午饭。我双手扶着不远处的桌子站在母亲身后，她正吃力地摇着面条机，面粉把她的双手染得更白了，雪白的面条像瀑布一样从面条机里倾泻而下。这是我第一次看见那神奇的美景，雪白的瀑布吸引了我。我双手离开桌子，竟没有借助任何支撑快步走到了母亲那里。母亲只是认真地摇着面条机，丝毫没有察觉到我。瀑布仍在倾泻，

我忍不住伸手去摸。母亲突然觉得黑乎乎的齿轮有些卡住了，便顺势用力一摇，瞬间雪白的瀑布变成了红色。伴随着我仅有的一声哭声，母亲才发现卡住齿轮的竟是我左手的中指。

母亲抱着我向村里的诊所跑去，我看见那日的阳光明媚，把翠绿的树叶照得更加生机勃勃了，几乎呈半透明状。我的血液仍在透过左手中指的缺口往外涌，在阳光下显得异常的鲜艳。当时真的不痛，我只哭了一声，我觉得美艳极了。诊所医生家的孩子是母亲的学生，所以格外地用心。虽然最终我的左手中指变得跟无名指与食指一样长，看起来就像三个亲兄弟，但我左手中指的指甲还是得以存活下来，这么多年了，它一直在生长着，我还得时不时地修剪一下，免得它长进肉里。

李程碑说："我从未体会过有一个完整的左手中指是什么感觉。"

我说："其实，也没什么特别的。"

我左手的中指长得非常难看，有时候我自己都不想多看它一眼。人多的时候，我总是有意无意地把它隐藏起来，生怕暴露了它。也许是因为我隐藏得好，或是我的左手中指残缺得还不够狠，所以很少有人能发现我这个秘密，几乎没有人发现它。对于一些熟悉的人，我倒是坦诚得很，我会向他们展示我那奇丑无比的左手中指。他们总是先拿在手里用好奇的神情观摩一番，然后再问怎么回事。我说是见义勇为的时候被坏人用刀砍的，无论我说得多么认真严肃，始终没有一个人相信。

上初中的时候，母亲带我去一家叫"北斗星"的琴行学吉他，那时候，母亲觉得我应该学会一门乐器，因为她看见很多和我一样大的孩子都在学习乐器。吉他是我自己挑选的，我曾在电视里看见过很多在舞台上抱着吉他声嘶力竭的明星，我觉得他们帅得很，也酷得很。其实我并不想学什么乐器，我当时除了玩什么也不想。关键是我还听说，吉他是最好学的乐器，两个星期就学会了。我学了两个月，一无所成，觉得受到了欺骗，便把吉他扔在柜子的角落里再也不理它了。

琴行的老板是个和母亲同姓的中年男子，都姓陈，我叫他陈老师。他的鼻子很大，夸张得像漫画里的人物，头顶光秃秃的，像是喷了除草剂的土地，冒出的几根杂草般的头发显得越发难能可贵了。他先是问我有没有学习音乐的经验，有没有学过其他什么乐器。他的鼻音很重，声音像是完全从他那大鼻子里发出来的。我老实回答说没有。母亲突然想到了我那残缺的左手中指，便问琴行老板对学琴是否有大碍。琴行老板抓起我的手看了看，然后在指头尖那儿捏了捏，问我疼不疼，我说不疼，他说并无大碍，还给我和母亲举了个残疾人学吉他的例子。他说有个人的左手就剩两根手指了，但由于太钟爱吉他，便开始学左手琴，而且现在弹得很牛。最后在琴行老板的建议下，我选了把四百元的暗红色古典吉他，又交了四百元的学费。

陈老师虽然是个大鼻子的光头，但看起来一点也不凶神恶煞。他教我弹琴的时候不爱说话，也没什么表情，给我示范一些曲目的时候眼睛总是斜视左上方或右上方，不像我买琴的时候那样滔滔不绝，甚至还给我讲励志的故事。商人和教师这两种不同职业导致的这种态度上明显的反差，会让我觉得是不是我做错了什么而使他有些讨厌我，所以我在他面前一直都小心翼翼的，生怕得罪了他。不过我慢慢地发现，他对每个学员都不怎么说话，这让我心里轻松不少。

陈老师虽然不怎么爱说话，说话时也不正眼瞧你，但他还是很好说话的。比如说在前一首曲目没有练好的情况下，让他教下一首曲目他也会欣然答应，他不会骂我“连爬都没学会就想学跑”之类的话。我们每次练琴的时间是三个小时，我总是在一个半小时的时候如坐针毡，每当我背负着沉重的罪恶感给他说我先走的时候，他总是说好。这时，他的眼神里会有一些冷漠的无所谓，还有一丝“跟我有什么关系，你不来才好”的笑意。在我离开之前，他这样看着我时，我的罪恶感会变得更加沉重。

在一次我背负着沉重的罪恶感落荒而逃时，终于发生了意外。之所以说是落荒而逃，是因为那次我提前离开时没有告诉陈老师，我实在是不想看见他那使我沉重的眼神。我趁着他给一位新来的女学员示范《欢乐颂》的时候，就匆忙离开了教室。当时，我只是个中学生，匆忙之中不免有些慌乱，以至于忘了把黑色琴包的拉链拉上。我刚走下楼梯，吉他就咣的一声掉了下来，狠狠地摔在了楼梯台阶的棱上。要知道，吉他对我来说可是贵重物品。这突如其来的意外吓了我一跳，感觉所有的血液都飞速地冲进了心脏和大脑，心脏跳动快而强烈，头皮有些发麻，脸也是麻的，我知道我的脸红了。

虽然隔着黑色的琴包，我还是本能地抓住了琴颈，还算及时，琴颈的一半还在黑色琴包里。我赶快检查一下吉他上和楼梯台阶碰撞的那个地方，从外表来看，并无大碍，丝毫不像落地时摔出的声音那么严重，只是碰掉了一小块漆皮，看上去有些不美观，就像我的左手中指。我的头皮和脸还是有些发麻。我赶快把吉他重新装回到琴包里，然后又小心翼翼地拉上了拉链。我想，回去以后被母亲知道了，肯定又得唠叨个没完没了。这个意外在母亲的脑海里留下了深刻的印象，多年以来，她每次看见这把被我不小心摔了的吉他时，总会旧事重提，然后跟我唠叨几句，就像我刚刚故意摔的一样。

咣的一声之后，我听见陈老师以一种置身事外的口吻说，肯定是拉链没拉。紧接着，就在我正小心翼翼地拉拉链时，一个一起学习吉他勉强算作同学的同龄人就跑出来了，他站在台阶上，一脸把幸灾乐祸憋在心中的表情。他俯视着我说，琴摔了啊？声音怪大的，没事吧？看着他想笑但又碍于面子的表情，一脸假惺惺的关心，我正要渐渐平息的头皮和脸又开始更强烈地发麻了，我的脸肯定比刚才更加红了，我说，没事。

我一边下楼一边恶狠狠地诅咒着那个幸灾乐祸的人，我希望他的吉他摔得稀巴烂，但我的愿望并没有实现。随后的日子里，他一直拿着他那把完好无损的吉他在练习。走到附近的一家音像店时，我看见一条足有五十米长的长队，心想，这家店的生意可真好。原来是有明星助阵，品冠正站在店门口拿着麦克风说些什么，下面的长队很激动，大多数人手里都拿着 CD 在向他招手。当时我对品冠没什么概念，只知道他是唱歌的，具体唱的什么歌也不知道，第一次听他的歌已经是两年以后的事情了。

我提着黑色的琴包往公交车站走去，心里还想着刚才那个一脸幸灾乐祸和假惺惺的人，并诅咒他把自己的吉他摔得稀巴烂。上了公交车又开始担心怎么跟母亲交代，快到家时倒是坦然了，摔就摔了，又不是故意的，你还能打我一顿不成。

三

记忆力衰退这件事，我是这些天突然发现的。就拿不久前的团体旅行来说吧，除了满山遍野飘散的雾气，刻有游客笔迹的竹林，拥挤的人群，在盘旋山路上飞驰的观光车，被毒蜂咬伤的同伴，以及永远看不到尽头让人绝望的台阶，别的就无所记忆了，我甚至记不得我们都去了什么地方。回来以后，看着在旅途中拍摄的两千张照片，就如同看着两千面镜子，能想起的确实不多，反倒使自己变得更加陌生。我意识到，原来，再多的照片也不能真的保存记忆，有些事情，忘了就是忘了。

当然，会有一些事情在我们的脑海中留下永久的记忆，我们说起那些事总是用刻骨铭心来形容。那些事情，仿佛和时间划清了界限，每每想起，都如同昨日之事。

回忆起童年了吗？是的，我想起了一群远处飞奔的狗，看见它们我有些害怕，因为我曾经被一条成熟的德国黑贝追得吓飞了魂魄，如今想起来仍然不寒而栗。我很庆幸当时我出门时留了门，不然我很难想象两个十岁左右的孩子被德国黑贝逼在墙角会发生什么事情。我躲在门后，从露出的一条缝隙偷偷地看，发现德国黑贝正吐着舌头看着我。它表情严肃，仿佛我是要入侵它主人领地的盗贼。我再次用力地关上门，感觉心脏要冲破身体，脚下也变得轻飘飘的，向母亲说起这件事时声音已经变得颤抖了。

还有一望无际的麦田，当时对绿油油的长得像韭菜的麦苗没有丝毫的感情，甚至把它们无情地踩踏在松软的土地上或是连根拔起扔在风中，长大后去了别处才发现随风摆动的麦田原来是如此纯粹的美景。我们花上一百元买一张通往山林的门票，在一条完全被名字支撑的小溪旁拍照留念。我们如此接近大自然，却怎么也找不到当时在麦田中奔跑的感觉。

我在人为的麦田中感受到大自然，在自然的山林中感受到人为，自然和人为就这样在我的生命中交换了位置。

我对金黄色的麦田已经没有了记忆，只记得在收割过后的田地里拾麦子，其实也不是拾麦子。我不像母亲，总是沿着田地的分界线来来回回地捡起农人们遗留下来的麦穗。我拾麦子的时间很短，觉得那样按部就班一点儿也不好玩，于是，我和别的小朋友就动了歪脑筋，偷麦子。

我家住在一所学校里，学校坐北朝南，大门很是气派，这里集结了周边大多数村子的中学生。学校分三个区，进了大门是教学区和办公区，教学楼后面是学生和老师的居住区，在这两个区的东面是一个硕大无比的体育场，里面并没有什么体育器材，跑道也是煤渣的。包围学校的有一小段墙，墙并不高，墙的上半部是镂空的漂亮图案，所以攀爬起来格外轻松。我当时上小学五年级，从来没觉得那面墙是一道障碍。

那时，农人家刚收割的麦子都一捆一捆地立在墙根处，它们一动不动，像一排纪律严明的矮人部队。我和李多一在我家翻箱倒柜，终于找到了钳子和一根珍贵的铁条。我用钳子把铁条的一端拧一个钩，在另一端拧个小圆圈，然后把事先准备好的绳子穿过小圆圈，打个结实的死结，一个偷麦子的作案工具就制作完成了。

事情并不像我们想的那样简单，由于捆绑麦子的麦秆实在太紧，以至于软弱无力的钩子怎么也钩不到立在墙根的麦子，就算钩到一点点，一用力麦子刚脱离地面就立刻又坠落了。正当我们想尽一切办法，努力把那钩子钩进麦捆时，麦子的主人就发现了我们，就像所有的阴谋在电影里的结局一样，在最关键的时刻它总是会被揭穿的。于是，我们匆忙跳下围墙，往那个硕大的体育场跑去，绳子还在我手中紧握着，在飞速的奔驰中能隐约听见铁钩和地面摩擦的声音，回头还能看见一小溜儿灰尘。

我当时跑得多快啊，像风一样，风也追不上我。

本来我是应该和我的弟弟一起度过所有美好的追风时光

的，只可惜，当我真正体会到和小朋友们在一起时的美好，学会动偷麦子这种歪脑筋时，我的弟弟已经死去了，就死在我母亲的怀里，母亲的头发也是那个时候开始变白的。

看到李程碑写到这里，我便问他："你还有个弟弟？"

李程碑说："有，不过很早以前就已经死了。"

我说："就是你小说里那个李多一？"

李程碑说："不是，他是我童年时的一个小伙伴。"

看着李程碑平静的表情，感觉这确实是很早以前的事情了，我又问道："你弟弟是怎么回事？"

李程碑说："成神经细胞瘤。"

我说："不懂。"

李程碑说："就是癌症。"

我的弟弟叫李石，这是母亲给他起的名字。因为他出生的时候身体很弱，比我出生时还弱，几乎要夭折了，所以，母亲希望他的命像石头一样硬。不过，老天并没有看在母亲的面子上让弟弟拥有像石头一样坚强的命，反而使他在一个风和日丽的日子住进了医院，从此他再也没有出来过，并把性命留在了那里。弟弟在母亲怀里死去的时候，是四岁半。我那时已经过了六岁生日。

从弟弟住进医院的那天开始，医院就成了我和弟弟全部的世界，也成了母亲的全部世界。穿着白大褂的医生和身穿粉色连衣裙的护士，接二连三的吊瓶，白色的药片，体温计，被针头吓哭的隔壁病床的小朋友……这些成为我们生活的基本元素。弟弟用身体承受着这一切，母亲用心灵承受着这一切，父亲在外面拼命地工作，只为了弟弟和母亲更好地承受，只有我，对这一切似懂非懂，既不高兴，也不悲伤。

有时候我甚至羡慕躺在病床上的弟弟，母亲总是对他言听计从，尽量满足他的要求，好吃的好喝的也都是让他优先，亲朋好友来医院探望时，所有的焦点都在弟弟身上，他就像个国王，所有人都对他说好话，而从来没有人对我说可以随便吃桌子上的新零食。托弟弟的福，在医院那段时间，我的生活有了很大的改善，我们共享了很多零食和玩具，我就是在那时第一次吃到德芙巧克力（比在小卖部买的两毛钱一块的巧克力好吃多了）以及和变形金刚成为好朋友的。我当时沉浸其中，有时也幻想着自己能像弟弟一样躺在病床上，然后被穿着粉红色连衣裙、戴着天蓝色口罩、只露出一双画有淡妆的美丽大眼睛的护士给我来上一针。这样，即便是我不要求，母亲也会给我买来我喜欢的零食和玩具，更不会强迫我在晚上九点还写家庭作业。我十岁的时候，当我想象着母亲当日抱着死去的弟弟流下伤心欲绝的眼泪时，我宁愿用我全部童年的快乐时光、所有的零食和玩具来换回弟弟的生命。

弟弟的身体变得更加瘦弱了，眼圈变成了黑色，像只可爱的小浣熊。那时候，弟弟已经完全没心思和我玩变形金刚大战的游戏了，所有的零食也几乎成了我一个人的特权，因为一个个药片和通过扎进手背的针头输进弟弟身体里的一瓶瓶药水剥夺了他享有一切欢乐的权利，除睡觉和偶尔进点食外，他基本都处于痛苦的哭泣中。母亲已经没有更多的精力和心思来照顾我，她本来该享有的合家之欢随着弟弟病情的加重已经彻底烟消云散了。她把我送到姥姥家，说过段时间就来接我，并叮嘱我听姥姥的话。姥姥把双手放在我的肩膀上让我依靠着她的身体，她安慰着母亲，说一切都会过去的。母亲则又流出了眼泪。我本想吵闹一番以抗拒把我独自一人留在姥姥家，但看着母亲那不容商量和伤心过度的眼神，我还是表现得像个乖孩子，一句话也没说。

在姥姥家的两个月里，是我有生以来吃得最胖的两个月，我把我的小长脸吃成了大圆脸，肚子也像撑了个小船。后来母亲经常感慨，说还是五谷杂粮最养人。母亲把我从姥姥家接走以后，我的大圆脸又变回了小长脸，肚子里的小船也划走了，从那以后我就再也没有胖过，一直都骨瘦如柴。

母亲去姥姥家接我的时候，我从她的发线之间看见了几丝白发，但那时我却不懂那白发的含义。吃完午饭以后，母亲和姥姥坐在床边说话，而我则跑去了外面玩耍。我正忙于用一个小铁铲在姥姥家的院子里挖一个能伸进一只手并且很深的洞，然后再灌入一瓢水，用旁边早已准备好的木棍一下一下地捣进去，就像打井一样。不一会儿，我听见屋里传来伤心欲绝的哭声，我听出了那是母亲的声音，我猜想她肯定是遇到了什么难以跨越的困难，但我不知道那哭声是因为他的小儿子也就是我的弟弟死了。听着母亲的哭声，我也难受起来，我不敢进屋去看个究竟，只能使自己专注于手中的活计。

四

李程碑的女朋友叫陈静，是个比他更瘦的人，但是他们的爱情持续了不到一年便结束了。为此，李程碑很是伤心了一段时间。我问他和陈静分手的原因，他说他也不知道，他是被分手的那个人，只是因为陈静说他们两个真的不合适，便从此再也不和他联系了。在李程碑尚未从爱情的伤痛里解脱出来的那段时间，他尝试着给陈静发信息和打电话，但陈静从来都不回信息，也不接电话。他只能从仅存的回忆中聊以自慰，从前和陈静在一起时的快乐时光，经历的每一个小细节，发过的每一条短信，说过的每一句话，都清晰地出现在他的脑海里。直到他快从爱情的伤痛里解脱出来的时候，他才无比震惊地从那些小细节里发现了他和陈静分手的真正原因。比如说，陈静从来没有反驳过他的意见，没有在他面前要过小脾气或是撒娇，更没有花过他一分钱；他们牵手的时候也从来不用力握住他的手，只是那么被他牵着……这些小细节让他陷入了更加绝望的境地，那原因就像一加一等于二那么简单：陈静不爱他，而且从来没有爱过。他心有不甘地又给陈静发信息问她是否爱过自己，陈静依然没有回复。

李程碑就是从那个时候开始写小说的。也是从那时起，他再也没有上过一节课，连每学期的期末考试也不参加，以至于很多人都以为他离开了学校，但是人们永远不会忘记他，因为每次上课前老师点到他的名字时，总是一阵哄笑。这哄笑声中，有看热闹的，有幸灾乐祸的，还有的自己也不知道在笑什么。差不多一年之后，辅导员才想起来有一个从来不上课的名叫李程碑的人。有一天中午，上完辅导员的课之后，没有吃早饭的我正要飞奔餐厅吃饭并顺便帮李程碑带一份鱼香肉丝盖浇饭的时候，辅导员叫住了我。

辅导员说："李程碑怎么回事啊？他怎么天天不来上课？你回去给他说一声，想要毕业证的话就去我办公室一趟。"辅导员的口气很严厉，字字带着不满意，这让我觉得天天逃课的人不是李程碑，而是我。

我说："李程碑这几天身体有点儿不舒服，我回去了给他说一下，让他去您办公室一趟。"

回到宿舍以后，我一边把装着鱼香肉丝盖浇饭的食品袋放进李程碑早已准备好的铁碗里，一边告诉了他辅导员让我给他带话这件事。

我说："我觉得你应该适当地提高一下你在人们视野中出现的频率，否则人们会永远记住你的，特别是辅导员，她可是有生杀大权，你的一纸前途都在她手里了。"

李程碑说："已经晚了，去与不去已经不重要了。"

辅导员果然说话算话，李程碑没有得到毕业证。其实，辅导员给过李程碑机会，说只要他补考，把学分修够了，就可以得到毕业证，但李程碑连这种翻身的机会也不屑一顾，依然对辅导员采取不予理睬的态度，后果是可想而知的。

李程碑用那笔原本属于补考费的钱请我们吃了顿饭，剩余的钱买了几本书。我们知道我们吃的是李程碑的补考费，也知道这笔钱虽然为数不多但却能够拯救李程碑，但我们吃得是如此心安理得。

李程碑举起倒满啤酒的一次性杯子，说："干杯，让毕业证见鬼去吧。"

他说这话的时候正站在楼顶的天台上，倒进嘴里的也正是用他的补考费买来的啤酒。宿舍的其他人在讨论着《穿越火线》《英雄联盟》和女人，我对他们玩的游戏兴趣不大，只有他们说到女人时会插上两句。李程碑从来不参与这种话题的讨论，他用一种极为失落的眼神看了看他们，也看了看我，然后干了一杯啤酒又为自己满上。他拿着那杯新满上的啤酒，站起身来，往天台的边缘走去。

我说："你干吗去？"

李程碑说："吹吹风。"

楼顶的天台是没有护栏的，只有一道很高的台阶。看着他离边缘处越来越近，眼看就走到台阶上了，我赶快叫住他，让他不要开玩笑以身试险。其他人看着他的冒险行为，丝毫不担心他的安全，还有人开玩笑说有本事就跳下去。

他似乎没有听到我的喊叫，竟走上了那台阶，并开始在上面散步。我曾站在一堵高两米多的墙头上，我清晰地记得那种对高度的恐惧让我举步维艰，而这是六层楼，楼下是坚硬的水泥地，这里距离死亡仅有半步之遥。李程碑就那么站在死亡的边缘，慢慢地走着。

我马上停止了叫他，甚至不敢大声出气，我怕我发出的一丁点儿声响会成为他失足掉下去的导火线。他沿着死亡的边缘走了十几米，又返回来，然后在他踏上台阶的那个地方面朝外坐下来。他喝了一口啤酒，然后把杯子放到左手边，他让双腿悬在六层楼高的半空中，还不时地来回荡两下。他坐在那里看着远处的灯火和天上的星星，风从他凌乱的头发和坦然的表情上掠过。这让我明显感觉到和他之间的差距，那一瞬间使我感慨万分。

那天以后，李程碑消失了将近两个星期。后来，我问他去了哪里，他没有告诉我，只是说以后有机会了再告诉我。他又去天台坐了几次，每次都是坐在那个位置。这让我每次都提心吊胆的，我真的怕他不小心失足掉下去，那他可就必死无疑了。

其实，那天晚上我不仅仅担心李程碑会不小心失足掉下去，更让我担心的是，他会跳下去。但他一直都没有像我担心的那样跳下去。

回到宿舍以后，我故意以开玩笑的口吻说："我真怕你一跃而下，那以后可就没人陪我玩实况足球了。"

他只是看着我笑了笑，继续让单薄的身体摊在床上，凹陷的腹部随着抽烟的节奏一起一伏的。

有一天，将近凌晨四点的时候，由于之前晚上喝了太多啤酒的缘故，我起床小解。我拉着床边的护栏，一只脚刚找到拖鞋的时候就发现我的下铺没人了，床上的东西整齐而简洁，一看就知道是精心收拾过的。通常这个时候，不是李程碑躺在那里睡觉，就是坐在那里写小说。显而易见，李程碑不见了。正当我想要问问宿舍里其他正在睡梦中的朋友时，借着窗外微弱的灯光，我看见了放在李程碑床上的那张简易小桌子上的一张留言纸。我赶快开了灯，坐在李程碑那整洁的床上读了起来。

住在同一个小房间的另外两个人睡意正浓，被我下床时弄出的动静给吵到了，又感觉到突然亮了灯，便不耐烦地说"干吗呀？"然后就用被子蒙起头继续睡觉了。我能感觉到那被子底下憋着一股强大的怒气。这种事在集体宿舍里已经司空见惯，所以没必要放在心上，我现在只关心字条上的内容。

内容不多，一看就知道是李程碑清秀的笔迹。

亲爱的朋友们，不知道你们谁会第一个发现这张字条。首先，原谅我的不辞而别。我不喜欢告别，相信你们同样不喜欢，所以我才选择了在凌晨三点离开，当你们读到这张字条的时候，我应该已经在去往远方的火车上了。

前段时间，我突然发现我必须离开这个地方，去哪里我也不知道，一切都不重要了，我走了，有缘我们会再相见。

我们再也没有相见。

五

李程碑的信丝毫不讲究格式，就像他这个人丝毫不拘泥于形式一样。他没有在第一行顶格写“亲爱的朋友”，而是直接空了两个字的位置写道：“嘿，兄弟，好久不见。”这样的称呼和开头让我备感亲切。

费了好大的劲，终于找到了你的地址。

你过得怎么样？算了，还是说说我自己吧，因为就算你写信告诉我你的情况，我也不会收到你的来信。我现在只是在一个小镇上歇歇脚，明天在哪里我也不知道，所以你不用给我回信，这样可以省去你很多麻烦。知道你懒。

还记得第一次去宿舍楼顶天台的那天晚上吗？之后我离开了一段时间，你问我去了哪里，我没说，其实我哪儿也没去，只是回家了。因为那个时候，我父亲出了车祸，我是回去奔丧的。那时候，我和陈静的感情也即将走到终点。我可真是祸不单行啊。有一天，父亲和一个同事骑一辆摩托车去并不算太远的城镇出差，同事载着父亲。若是早一分钟，或是晚一分钟，父亲和同事一定能躲过那从天而降的大铁柱子，甚至不必一分钟，早几秒或是晚几秒就可以躲过一劫，但命运偏偏不早不晚地让他们赶上了。倾倒的铁柱砸向父亲时，他本能地用手臂挡了一下，但却丝毫也阻止不了铁柱继续砸向他的脑袋，这一挡，也没能挡住铁柱那致命的一击。父亲的同事也被砸中了脑袋，由于父亲在后面起到了缓冲作用，所以伤势比父亲轻些。他们在医院同一间病房里一起度过了两个晚上，父亲的同事度过了危险期，但父亲却没有。父亲单位的领导是在父亲死去之后才通知母亲的。母亲抽泣了一路，到医院看到死去的父亲时，她哭得更凶了。

我曾一度担心母亲会为了父亲的死而寻了短见，但我的担心是多余的，小儿子和丈夫的死只能让她更加坚强地活下去。我知道你也曾担心我会寻了短见，你的担心和我对母亲的担心是一样的，也是多余的。说实话，我从来没有过轻生的念头，即便是在这个世界上只剩下我孤零零的一个人的时候也没有过。让我在艰难的生活中勇敢地活下去，余华的《活着》曾对我的内心起到过不小的潜移默化的作用。这本书还是你推荐给我看的。

那天，我站在咱们宿舍楼顶上，我只是想知道当一个人站在死亡的边缘时是什么感觉，我也幻想自己纵身跳下去，但我知道我没有那个勇气。死是很简单，比活着简单，但却需要比活着更大的勇气。我突然感受到了死亡的恐怖，它让我窒息，让我开始敬畏生命。可当我意识到自己终有一天也会死去的时候，我发现我的生命中少了什么东西，虽然我并不知道它是什么，但我必须去寻找它，于是我就离开了。

这些年，我去了很多地方，北京、上海、云南、新疆、西藏、内蒙古，我几乎跑遍了整个中国，甚至还越过边境去了缅甸和越南。这一路上，我靠着打些小零工和捡些废品养活自己，有时候实在过不下去了就偷点东西。你知道的，有些地方的安保工作不是很好，当然，也不是什么值钱的东西，填饱肚子而已。有一次在北京，我差点被人骗去搞传销，好在我及时发现，才逃过一劫，不过还是被骗去了五百块钱。对了，我又恋爱了，是一个在火车上认识的上海女孩，她很漂亮，我对她一见钟情，她彻底俘获了我的心。我能感觉到，她就是我要一起度过今生的人，于是我很快就向她求婚了。她虽然拒绝了我的求婚，但我们还是在西藏度过了一个月的快乐时光。有一天，我早上醒来，发现她不见了，只留下一张字条，说她走了，如果我能再次遇到她，她就答应我的求婚，我一定会再遇见她的。

我一直没有找到我想要的东西，不过值得欣慰的是，我觉得我离它越来越近了。也许我一辈子也找不到它，但我没有停止脚步的意思，我会继续追寻，直到生命的尽头。

给你写这封信的时候，我正患上了重感冒。人在生病的时候是最脆弱的，难免会想起一些人。当我陷入回忆的深渊时，才发现只有你和我母亲是我仅能想到的活着的两个人。我已经给我母亲写了信，这一封写给你。我也是在想给你写什么的时候想到了那个无关痛痒的约定，其实机会早已成熟，只是我们将当初在乎的东西忘却了。

如果有一天我发现我要寻找的东西在最初的地方，我就会回去，到时候我们再见。

（原载《山东文学》2015 年第 8 期上半月刊）